インクルージョン

崎谷はるひ

JN283229

幻冬舎ルチル文庫

CONTENTS

✦目次✦

インクルージョン

✦カバーデザイン＝吉野知栄（CoCo.Design）
✦ブックデザイン＝まるか工房

イラスト・蓮川　愛✦

インクルージョン

東京、朝。午前八時をすこしまわった時刻の私鉄沿線。乗車率二百パーセントを超えた電車のなかには、眠気とストレスと疲労がぎっしり詰めこまれている。

そして吊革《つりかわ》にぶらさがった早坂未紘《はやさかみひろ》も、いまだ慣れない満員電車の圧迫感と不快感のすさまじさに、ほかの乗客と同じくうんざりと顔をしかめていた。

上京してはじめての夏、七月も中旬をすぎて、日に日に暑さは増していく。

大都会のこの街は未紘の実家のある九州よりも北に位置するはずなのだが、ヒートアイランド現象のおかげで連日の気温は南の土地よりも高い。体感温度と不快指数は地元の倍もあるのではないか、というくらいに耐えがたい。

（痛い、暑い……くさい）

なにより未紘が滅入《めい》るのは、あり得ないほどの電車のなかの人口密度と、この粘ついた湿気と饐《す》えくさい蒸れたにおいだ。他人の汗のにおいがこびりついた空調はぬるい空気をかき混ぜるばかりで、このすし詰め状態では効くも効かないもない。

天井の扇風機も回転するたびぬるい風を顔にぶつけて、前髪をくすぐるだけだ。鼻さきにまといつく濁った空気に息をつめるおかげで、顔が真っ赤になっている。

電車が揺れるたび、剝《む》きだしの腕が他人の汗ばんだ身体《からだ》に張りつき、押しくらまんじゅうに骨は軋《きし》み、未紘の少女めいた顔立ちをさらに歪《ゆが》ませた。

（これもあさってまでたい。後期からは、ぜったい一本早い電車に乗るけん、よか）

あさってからの長い夏休みを思い、未紘は細い脚で必死に踏ん張る。

大学への通学経路にこの電車を利用してはや数ヶ月になるが、このラッシュにはいっこうに慣れない。こめかみを伝う汗すら拭《ぬぐ》うこともできない密着度に、未紘は今度こそ早起きするぞと決意する。毎朝このラッシュで疲れ果ててしまい、朝一の講義はあくびをかみ殺すのも大変になるのだ。

おまけに大教室の講義はつい気もゆるみ、眠くなりがちなのだが、この日の一限目は『民法総論』で、担当教授は藤島《ふじしま》だ。彼の講義は厳しいので有名で、居眠りした生徒をめざとく見つけては質問を浴びせたり、場合によっては退室を命じることだってある。

（なんし《なんで》、あげん《あんな》講義ば取ってしもたんね、俺）

吊革に摑《つか》まった腕に体重をかけ、「はあああ」とため息をついた。

単位取得のためには、一年次の必修講義は重要だ。大学に入ってまで時間に縛られるような生活があるとは思っていなかったと、未紘はうんざり首を振った。

（それに、試験……もー今回は死ぬかて思った）

おととい試験を終えたばかりの身体はだるく重い。入学して初となった今回の試験は、未紘にとっては最悪としか言いようがなかった。というのも、未紘の選択した授業のコマは、今期の試験においては、時間もスケジュールもハードな組みあわせになっていたのだ。

しかも一歩間違ったら、試験の日程がかぶって単位を落とすところだった。幸いそれは免れたものの、試験直後にまた試験と、ぎちぎちに組まれたスケジュールには涙目だった。

それもすべて自分の責任だとわかっているが、圧倒的に情報不足だったのだ。

自分自身で講義を選択する大学のシステムには一応の予備知識もあったし、入学後のオリエンテーションで概要を説明されてはいたが、受講や試験の日程を効率よく組むやりかたは、ひとりで考えるには限界があった。

(誰かと、話、できたらよかとに)

うそ寒いような孤独感に、汗ばむ身体が小さく震える。

情けないことだが、未紘は上京して三ヶ月をすぎても、つっこんだ話のできる親しい友人や先輩がいなかった。さすがに入学して三ヶ月も経《た》てば顔見知りくらいはできたけれど、入学したてのころは知りあいすらおらず、いまよりもっと情報に疎《うと》かった。当然、受ける講義をどう選べばいいのかなどと相談する相手は誰もいなかったのだ。

(地元におったら、いまよりは、しゃべるやつ、おったかな)

受験勉強まみれの高校時代に、さほどいい思い出があるわけではないし、とくに思い入れのある故郷でもない。けれども東京に出てきて以来、無性に戻りたくなることがある。

いわゆるホームシックだろうかと思いつつ、昨晩は高校時代の友人に電話してみた。だが楽しそうな様子を聞いては却《かえ》って打ちのめされただけで、朝になっても憂鬱《ゆううつ》な気分を引きずったままだ。

自分の居場所など、どこにもない。そんなあまえたことを考え、うじうじする自分がいちばんいやだ。ぶんとかぶりを振ると汗ばんだ前髪が額をかすって、さらに不愉快になった。

（ああ、くそが。暑いし、うざかし、でこはかゆいし）

そろそろ伸びすぎて鬱陶しくなってきた髪は、切ろう切ろうと思いながらもなかなか機会を見つけられずにいた。汗ばんだ額を覆う茶色い前髪が、ちくちくとおでこを刺激する。

むず痒《がゆ》さに、明日こそは髪を切ろうと決意したとたん、古い車体が大きく揺れた。

「だっ！」

勾配のきつい坂をのぼるため、大きく傾いた私鉄沿線のなか、どっと、すし詰めになった乗客の重みがのしかかってきた。

思わず声をあげたけれど、身長が一七〇センチぎりぎりと小柄な未紘は、こうなるとまったく踏ん張りきれず、Gが移動するたびにあちらこちらへと流されていくほかにない。

「し、死ぬ……」

誰かがぽつりとつぶやいて、未紘は内心大きくうなずき歪んだ顔であえいだ。が、ラッシュでは、『これ』に耐える以外になんの対処も解決法もない。

大きな揺れがくるのはわかっていたのに、前髪に気を取られてしまった。それもこの暑さのせいか。こんなラッシュに揉《も》まれていたら、そのうち本当に、骨が折れるかもしれない。

肋骨が軋む苦しさを覚えた数分間ののち、電車はまた大きく揺れ、車体の傾きが逆方向になった。おかげでどうにかプレスされそうな危機からは逃れた未紘は、吐き気を覚えた胸をこらえ、「ふう」と息をついた。

(毎朝とはいえ、しんどい)

大学卒業までこのラッシュに耐えるのかと思うと、げんなりする。そして気づくと、もといた場所からずいぶんと流されてしまったことに気づき、眉をひそめた。

出入り口の両開きのドア脇、手すりのバー付近の空間。ぎゅうぎゅう詰めの電車のなかでは、比較的スペースの確保がしやすい立ち位置ながら、未紘はこの場所が好きではない。

さっきのようにひと波に押されると、肩や背中がスチール製の手すりに押しつけられて、骨が折れるかと思うほど苦しいのだ。しかも頬《ほお》が当たりそうな目のまえのガラスには、頭髪のあととおぼしき脂汚れがバーコード状に残っていて、思わず顔が歪む。

そして——電車に乗って大学に通うのがいやになるのは、むせるようなひといきれや暑さのせいばかりでない。未紘がこの場所をきらうには、もうひとつ、最悪の理由があった。

(まあた、きよった……っ)

ジーンズに包まれた尻をさわさわと探る手に、ざわわ、と背筋を悪寒《おかん》が走る。不愉快な手が尻や脚に触れてくるのは、もはや毎朝の恒例行事だが、さりとて慣れるわけもない。

勘違いではなく、これはあきらかに痴漢行為だ。東京にきてからたびたび被害に遭うようになったのだが、身動きの取れない状況に陥るたび、狙いすましたように尻を揉まれる。

とたん、未紘の脳裏に、先日の刑法の講義で論点とされていた項目がばっと浮かんだ。

（下着のうえからだと条例違反で、下着のなかに手ぇ入れたら刑法が摘要……だったか）

痴漢は『痴漢行為』として東京都迷惑防止条例に引っかかる場合と、『わいせつ行為』として刑法で裁かれる場合とがある。未紘の場合、まず現時点では服のうえからのタッチになるので前者だ、といえるだろう。

（身動きが取れない状況を利用されてるから『強制わいせつ』にあたるな）

暴行や脅迫行為が加わったり、むろん公衆の場での行為であることから『公然わいせつ』としての違反も加味され——と、頭のなかで堅苦しい条例文や教授の言葉を再現するのは、冷静でいようと努めるからにほかならない。

だがその間にも、尻を揉む手はぐねぐねもみもみ卑猥なことをしかけてくる。

（くそ……どっちにしたっちゃ、犯罪は犯罪ぞ！）

はじめて痴漢に遭ったときは、小柄できゃしゃな未紘の性別を間違えたのだろうと、軽く受け流していた。だが常習犯に目をつけられたのか、このところ同じ電車に乗るたびに、不愉快で卑猥な目に遭わされている。

しっかりと股間を揉みしだかれて、女性と勘違いされたのではないと気づかされたのは、初夏のころだっただろうか。

（こ、この、ヘンタイがっ）

上京したばかりのころは、この路線が都内でも有名な痴漢の出没ポイントであることを知らなかった。そして、そうと知ってからも、電車の時間帯をずらしたりはしていない。

小柄できゃしゃ、女顔の未紘は、地元にいたころ『オンナオトコ』とよくからかわれた。おかげで必要以上に気が強くなり、頑固で融通の利かない性格になったのも自覚している。

そもそもなぜ、犯罪者に屈して逃げなければならないのだ。退避行動は『負け』だろう。未紘にとっては消極的な解決方法などあり得ないことだった。

だが――こうも連日続くと、意固地な自分がばかばかしくなるのも事実だ。

ねっとりと肌を伝う汗や、耳もとに感じるぞっとするような不快な息遣い。肉厚の指が自分の尻と脚の狭間《はざま》を撫《な》でまわす感触。ひたすらじっと耐えるうちに、さっさと逃げ出すか、路線を変えればよかったのでは、と思えてくる。

朝のラッシュで体力を搾《しぼ》り取られたあとに、二コマ立て続けの講義があるのだ。心が萎《な》えそうになる、ヘンタイの攻撃に対応する余力は、もはやない。

（き、きもい。……俺、なんしこげんこつ《なんでこんなこと》、我慢しとっとやろか……）

いまも、未紘の薄い尻の肉をがっちりと摑《つか》んだ手は捏《こ》ねるような動きをみせ、あまつさえジーンズの縫い目、奥まった狭間を狙うように、ぐいぐいと突いてくる。性的なもの以外なにもない、卑猥にすぎる手つきが気持ち悪くて、首筋に鳥肌が立つ。

それでもこの朝、未紘が不機嫌マックスで身をよじりつつ我慢しているのは、耳について離れない、あるひとことのせいだった。

――それってさ、早坂が男好きですってフェロモンでも出してんじゃねえの？

脳裏に再生された声は、理不尽な痴漢行為以上に未紘の気持ちを重くさせた。

中野《なかの》は友人というには距離の遠い相手だったが、東京に出てきてから数少ない、会話を交わす同級生のひとりだった。

未紘としては、腹に据えかねる痴漢について、愚痴を聞いてもらいたかっただけだ。たぶん同情されるだろうと思って打ち明けたのに、返ってきた言葉は、こちらをばかにしたようなもので――思わずそれで相手を殴ってしまったのは、未紘のほうが悪いのだけれど。

あの件でもっともきつかったのは、殴られた中野が、未紘の痴漢被害についておもしろおかしく吹聴してくれたことだ。

――おとなしそうに見えるのにな。いわゆる、『キレる十代』ってやつかあ？

早坂未紘は凶暴で、すこしでも気に入らないことがあると、目があうなり殴るらしい――そんな妙な噂が立ってしまったせいで、未紘は大学ですっかり孤立している。

（あげんばかにされてまで、ダチとかなっとらんでいい）

思い出すだけで胸の悪くなる顚末《てんまつ》に、未紘は歯がみした。

べつに大学生にもなって『おともだちがいません』などと、嘆くつもりはない。それでも、誰も頼るもののいない都会でひとりきりというのは、存外こたえる。

先日など、通りがかった商店街のおばちゃんに「いい天気ね」と世間話をふられただけで、妙に嬉《うれ》しく感じてしまって、どれだけ自分が滅入っているのか思い知った。

そして、あんな程度の男としか口をきくこともできず、へたに立ちまわって孤立した自分は、どこまで不器用で、価値がないのだろう。

大学も、東京も、きらいになってしまいそうだ。どうしてこんな暑苦しい電車のなかで、鬱陶しい物思いに浸らねばならないのだと、未紘はいらいら唇を嚙《か》む。

根がまじめな性格ゆえにサボりもできず、がんばってひとりで起きて、揺れる電車のなか、細い脚で踏ん張っているというのに——。

(あああっ、だから、揉むな、ケツを!)

メロウな青春の悩みも、この状況ではむなしいばかりだ。朝から元気な痴漢さんは、未紘の心境など知ったことかとばかりに、肉の薄い尻を一生懸命に撫でて揉んだりしてくれる。

未紘は尻にへばりついた手に歯を食いしばり、こめかみに青筋を立てた。汗ばんだジーンズの縫い目をぐいぐい突かれ、いやだと身をよじるが、隙間から指を伸ばしてくる。あきらかに女性とは違うだろう手触りの前面を撫でられ、鳥肌が立った。

「……ええかげんにせんか」

完全に目を据わらせた未紘の口から、ぼそりと低い声が発せられ、うしろにいた男が身じろいだ。振り返り睨《にら》もうとするが、相手は首を仰《あお》のけなければ顔を見ることもできないほどの長身で、吊革ではなく、そのうえのバーに摑まっているのも憎たらしい。

（こいつか。……毎朝毎朝、好き勝手しよってから！）

いままでの経験から、犯人の見当はついていた。毎度、未紘が立つ位置にほど近く陣取る、鬚面《ひげづら》の男だ。迷彩柄のTシャツを纏《まと》う身体はがっしりしていて、肩も胸も厚い。

好き放題跳ねたくせの強そうな真っ黒で長い髪。浅黒い顔立ちに生えた無精鬚と相まって、いかにも胡散臭《うさんくさ》かった。だらりとさがった長い右腕は、未紘自身の身体が死角になって見えない。だがこの手がおそらく、いま自分の尻を好き放題触っているのだ。

未紘の目が剣呑《けんのん》に尖《とが》った。男はその射貫くような視線にも気づかず、涼しい顔で天井の吊り広告などを眺めている。

『――次は……駅になります。お忘れ物のないようにご注意ください』

電車が次の駅へと到着するアナウンスが流れたとたん、またぐらりと電車が揺らいだ。とたん、たたらを踏んだ未紘の脚の隙間《すきま》に、不穏な指は潜りこんでくる。

（この……っ）

股の間をいじる手をどうにかつねりあげ、大きな二重の目で力いっぱい睨《ね》めつけても、男は眠そうに彫りの深い顔を歪めているだけだ。どこまで図々しいのかと腹のなかが煮え、未紘のなかでぶつりと、なにかが切れる音がした。

「ええかげんにせえて言いよろが！」

「——は？」

怒気もあらわに怒鳴りつけた相手は、怪訝《けげん》そうに眉をひそめただけだった。だがその瞬間、いやらしい手が去ったことに確信を得て、未紘は背後にいた男の腕を摑む。

「ひとがおとなしぃしとりゃ調子ン乗りくさって、この痴漢！」

「は、あ？　ち、痴漢？」

ぽかん、と男は口を開ける。まだしらばっくれるのかと、未紘はますます頭に血をのぼらせた。

男が痴漢に遭うなど恥以外のなにものでもないと、いままで沈黙を続けていたが、もう我慢の限界だ。もめれば遅刻もするだろうし、野次馬の注目は浴びるだろうが、こうなればこいつを警察に突きだしてやる。

「とぼけんな、貴様《きさん》が怖《え》ずかこつしよるんは、わかっとるっちゃけんな！」

「ああ？　おい待て、えず……って、なんだそりゃ」

怒りのあまり方言丸出しで怒鳴りつける未紘に、男が目を丸くする。とぼけた反応に、さらにいらついた。

「日本語もわからんとか、この阿呆《あほ》が！」

あほ、はさすがにわかったのだろう。ぎりぎりと眉間を狭めた男も同じくらいの声量で怒鳴りつけてくる。

「なに⁉　てめ、わけわかんねえことわめいてんじゃねえよ！」

不穏な声に周囲の視線が集まったのと、電車がホームに滑りこんだのはほぼ同時だった。もめるふたりを物見高く眺めつつも乗客たちは、そそくさと開いたドアから降りていこうとする。

「ごまかすな、ボケ！　警察つきだしてやるっ、降りんか！」

「ばか、やめろ、おい！　離せこのクソガキ、いったいなんのつもりだっ」

焦ったように、男は身じろいだ。未紘はますますしがみつき、必死になってドアのほうへと男を引っぱる。

（ぜったい、逃がさん！）

未紘の体格では、上背でも肩幅でも腕の太さでも敵《かな》いそうにない男を引きずり下ろそうとするのは無謀と思われた。だが、他人のもめごとなど知ったことかとあわただしく下車するその波に押され、もがいた長身の男と未紘の身体は、ホームへと押し流されていく。

「ちょ、冗談じゃねえ。離せっつってんだろうがっ」

「もう、ええかげんあきらめんや！」

「なにあきらめろってんだ、ってか、さっきからなに言ってんだかわかんねえよ！」

「触っとったっちゃろが、俺のケツ！」

このヘンタイ！　と罵《ののし》ってやると、男はぎょっとしたように目を瞠《みは》り、血相を変えた。

「ああ!?　ふざけんな誰が、そんな真似《まね》……だいたい俺の手はなあっ」

わめきあいつつもドア口を挟んで睨みあう。必死で足を踏ん張る男と、その腕を引っ張る未紘の耳に、じきの発車を知らせる音楽が聞こえてくる。

未紘は焦りながら、強引に体重をかけて男を引きずり出そうとした。

「もぉ、早よせえ、降りんか！」

「ば、てめっ、だから引っ張んな、あぶね……っ」

「せからっしゃ！」

衆人環視の状況に苦い表情を浮かべた男が、なにかを怒鳴ろうとした、その瞬間。ドアを閉めるまえの圧力音が聞こえ――そして。

容赦なく閉まったドアが、がつん、といやな衝撃を受けて一旦止まる。

「――ぐぁ！」

「えっ……」

叫びに、未紘はぱっと手を離した。だがすでにときは遅く、警告するかのような笛の音と、駅員が走ってくる足音がする。

ふたたび、ぷしゅう、という音がした。事故だと叫ぶ声、焦る駅員の「離れて！　離れてください！」という叫び声に混じり、ドアに指を挟まれた男が苦痛の呻《うめ》きを漏らす。

そこに現れた光景に、未紘は呆然《ぼうぜん》とつぶやいた。

「う、うそ……」

満員電車のなかでは全容を見せてはいなかった、男の右手。未紘が自分の尻を撫でまわしているとばかり思いこんでいたその指には、大きな工具箱のようなケースが握られていた。

そして、その金具とプラスチックでできた把手《とって》は、容赦ないドアにプレスされて潰《つぶ》れ、男の長い指を挟んだまま、ねじくれている。

あのとき、未紘はたしかに吊革のうえのバーを握る、彼の手を見ていた。そしてもう片方の手にこんな重たそうな道具を抱えていたとしたら――。

(こいつじゃ、なかったつか!?)

ざあ、と音を立てて血の気が引いていくのがわかった。

愕然《がくぜん》と目を瞠ったまま、もういちど「嘘」とつぶやく。どっと冷や汗をかいた未紘の耳に、痛みを押し殺した男の、呻く声が聞こえた。

「だ……っから、俺じゃねぇって、言ったろうが……っ！」

ごとりと工具箱を振り落とし、男はカーゴパンツに包まれた長い脚を折るようにして、苦痛をこらえるためにうずくまった。

「痛っ……てぇ……」

歯を食いしばったあげくのような悲鳴に、未紘はもはやなにも言えなくなる。

耳障りなほど大きくなった心音に、ざわついていた周囲の声が、遠くなった。

電車は、男の指を吐き出したあと、なにも知らぬげに走り出す。

そしてあとには、蒼白《そうはく》になった未紘と、指を押さえてうずくまり、こちらは痛みに青ざめる男だけが、取り残された。

＊　＊　＊

さきほどの駅から最寄りの病院を駅員に教えてもらい、駆けこんだのは『平能《ひらの》内科・外科・小児科』という看板のかかった小さな診療所だった。

いかにも町の診療所、といった造りで、診察室も待合室もひどく手狭だった。そこに大柄な照映《しょうえい》がむっつりと顔を歪めて座っていれば、圧迫感はすさまじい。

秀島《ひでしま》照映、と問診票に書いた手を、未紘はぼんやり眺めていた。

「なんだよ。じろじろ見んな」

「あ、いや、左利き……なんですね」

「おかげさんでな。利き手じゃねえだけ多少マシだったたな」

唇を歪めた照映は、添え木をされた右手を軽く振ってみせる。とりつくろうように告げた言葉が皮肉で叩《たた》き落とされ、未紘は小さく身を縮めた。

不機嫌極まりない大柄な男と、悄然《しょうぜん》とする小柄な青年の間には、相当に剣呑な空気が漂っていたが、そこに割ってはいるように呑気《のんき》な声が聞こえた。

「まあ、ぱっきりいったねえ。でも運がよかったよ、関節のほうは問題ないから、くっつきゃすぐだ」

告げたのは『平能』というプレートのついた白衣を纏い、白髪に白い鬚の浮いた口もとをした、老医師だ。彼の言葉どおり、電車のドアと工具箱の持ち手に挟まれた照映の中指と人差し指は、見事にぱっきり折れていた。

「ふざけんな、これで運がいいわけねえだろうが！」

「そう怒りなさんな」

がなった照映にも臆さず、平能院長はからからと笑ってみせる。動じないのは年の功だろうが、白衣の下はパジャマのままで、さもありなん、この日は休診日というプレートがかかっていた。無理に押しかけた急患にあわてたのは服装からも知れて、未紘はますます身の置きどころがなかった。

「本当に、ごめんなさい。俺が大騒ぎしたから……」

しょんぼりと細い肩を落としてうつむく未紘の哀れな姿に、平能は苦笑した。朝早くから強引に診療させた際、パニックに襲われた未紘は言わなくてもいい痴漢騒ぎの顚末を、すべて老医師に語り尽くしてしまっていた。

「ま、あんたみたいなかわいい顔してりゃあ、女の子にも間違われるわなあ。あんまり気にしなさんな」

平能のなだめる声に、ますますいたたまれなくなった未紘が肩をすくめると、低く重い声が憤りもあらわに怒鳴った。

「ふざけんな、俺は気にするぞ！　どうしてくれんだよこんな怪我《けが》、仕事だってあんのに！」

「すっ、すみませ……っ」

びくっと怯《おび》えたように身体が震え、未紘は唇を嚙みしめた。

基本的に、未紘はさして気弱なほうではない。中野の件がいい例で、かなり短気だしけんかっぱやいが、しょせんは現代っ子、同年代の友人ともめた程度の経験しかない。

さきほどは興奮状態だったせいでどうにかなったが、体格も自分よりあきらかに勝る大人の男の太い声に、本気で怒鳴られるというのは、理屈でなく怖いのだと痛感した。

ひとに怪我をさせただけでもショックなのに、照映が剣呑な表情をするたびに胃が縮みあがるような気分を味わった。

そして未紘が血の気を失っている理由はもうひとつある。怪我の原因にもなった、大きな工具箱。あんなものを持っているということは、つまり照映はなにか、ものを作るひとだということだ。そんなひとの、大事な指に怪我をさせるなんて論外だ。

（どうしよう。どうしたらいいんだろう）

真っ白になった頭は、それればかりを繰り返すだけで、なんの役にもたたなかった。男のくせに痴漢に遭ったあげく、相手を間違えて怪我までさせて、みっともないやら情けないやら、恥ずかしいやら申し訳ないやら、だ。

（あ、やばい、泣く……）

目のまえが霞《かす》んで、こらえるためにまばたきをしたのに、睨むように見つめていたリノリウムの床にぼたっと雫《しずく》が落ちていく。

「おま……そこで泣くかあ⁉」

うわずった照映の声があきれたように響いた。未紘は彼の気持ちがわかりすぎるほどわかった。怪我をさせられたうえ泣かれるとは、もう目も当てられない気分だろう。

「す、すみません。なんか、と、止まらん、で」

ごしごしと目元をこするけれど、いちど出たものはなかなか引っこんでくれない。ひっく、としゃくりあげる未紘に、怒気を孕《はら》んだ重たい声がする。

「だから、てめえが泣いてどうすんだよ。泣きてえのはこっちだ」

「すみません、ほんとに、ごめんなさいっ」

もっとほかにも言いたいことがあるのに、がたがたと震える唇はその謝罪の言葉を紡ぐのが精一杯。情けないやら恥ずかしいやらでますます顔があげられなくなる。

縮こまる哀れな姿に、さすがに大人げないと思ったのか、照映も声のトーンを落とした。

「どうしようもねえな、ちくしょう……」

未紘にというよりも、きかない指に苛立《いらだ》ったように彼が舌打ちをすると、老医師はすこし疲れた声で彼をなだめた。

「まあそう怒りなさんな、朝っぱらから。いい大人が、子ども相手に恥ずかしいだろうが」

「おっ、俺っ……こど、もじゃ……」

ないです、という言葉が喉《のど》につまった瞬間、「ひいいっく」とみっともなくしゃくりあげ、羞恥のあまり死にたくなった。

（も、ほんと、最悪）

混乱と嗚咽《おえつ》にこめかみが痛くなった未紘の鈍った聴覚に、「あーもー、いいよ」と投げやりにつぶやいた照映の深いため息が響いた。

「で、センセイ、いつ治るんだこれ」

「安静にしてたら一ヶ月ってとこだろ」

「一ヶ月っ!?　冗談じゃねぇぞ！」

「冗談でもなんでもないわ。無理して動かすと長引くぞ」

「まじかよ、あー……くっそ」

脱力したような照映はそれでもあまり大きなリアクションは取れないようだった。痛みがあるのだろうと思えば申し訳なく、未紘はまたもや頭をさげる。

「ほんとにごめんなさい！　ごめんなさいっ」

「って、謝られてもなあ。どうしようもねえだろ」

首筋に汗で貼りつく長めの髪を包帯のない手で払い、照映はぼやく。未紘への当てこすりでもなんでもなく、困り果て、あきらめたような声は、責められるよりよほどきつかった。

だが、いまは自分の感情などにかまっている場合ではないと、未紘は必死に声を絞る。

「俺、なんでもしますからっ！　お詫び、させてください！」

「……は？」

「許してくれとか言えないけど、このままじゃ申し訳ないから！」

未紘は必死に照映をすがるように見つめ、泣き濡《ぬ》れた赤い目をひたとあわせた。

「なんでもって、おまえ、どういうこったよ。なにできるっつうんだよ」

「できることならなんでもしますっ」

真剣な未紘の表情に、彼はすこし驚いたように瞬《まばた》きをした。じっと見つめる未紘の目はまだ潤んだままで、照映はなぜだか気まずげに視線を逸《そ》らす。

「……いらねえよ。べつに詫びとか、してもらおうと思ってねえ」

素っ気ない声に、「おまえになにができる」と言われた気がした。ぐさっときたのは、それが事実、そのとおりだからだ。

(でもここで、引っこむわけにいかん)

許してもらえなくても、精一杯謝る。気持ちだけでもわかってほしいし、償いがしたい。

「パシリでいいです。荷物運ぶのとか、……仕事手伝う、とか、身のまわりの世話とかっ」

「だから、いらねえっつってんだろ」

さきほどと違い、声に怒気はない。ただ、すこしだけうろたえた様子に思えるのは、平能医師が言ったように、子どもを泣かせてばつが悪いのかもしれないと未紘は思った。

「でも、でもっ」

「しつけえっ！　ただでさえいらついてんのに、益体《やくたい》もねえこと言うな！」

食いさがった未紘に、さすがに照映はうんざりとしたのか、また怒鳴った。ぎろりと睨まれてしまうと、せっかくこらえていた涙がまた、ぶわっと下瞼《したまぶた》にたまっていく。

ただでさえ不安定なところに、照映のそれはひどく効いた。冷たい声にもうどうしていいのかわからずに、未紘はぼろりと涙をこぼす。

とたん、照映はまた焦った顔をした。

「おい、だから泣くなっつってんだろが！」

「ごっ、ごっ、ごめ、……うっ、うえっ」

こらえようとすればなおのこと止まらなくなる涙を嚙めば、情けなくもしゃくりあげる。

「これじゃ俺が泣かしたみてえじゃねえか！　泣くな！　おま……」

「——あああ、もう、鬱陶しい！」

わめく照映の声を打ち消したのは、いまのいままで温厚に黙っていた平能医師の一喝だ。

その怒声の剣幕にびくりとしたのは照映も未紘も同時だった。

啞然《あぜん》とするふたりに処方箋を突きつけながら、老医師は額に青筋を浮き立たせる。

「ここは病院だ、会議室でも裁判所でも託児所でもない！　ましてもめごとならごめんだ、治療は終わったから、外いってやれ、外いって！　儂《わし》はまだ眠いんだ！」

広い額まで赤くして怒鳴った平能の迫力に、涙さえ止まった未紘としかめ面も忘れた照映は、同時に無言のまま顔を見あわせ、こくりとうなずくしかなかった。

＊　＊　＊

平能に追い出された形で外に出ると、すっかり日は高くなっていた。

「仕事が……」

「あああ、出席カード……」

照りつけてくる容赦のない陽射しに、この日のすべてのスケジュールが崩れ落ちたことを知ったふたりは、同時に呻き、がっくりと肩を落とす。

落ちこみが激しいのは当然照映のほうで、まだ赤い目のまま、未紘は頭をさげた。

「本当に、すみませんでした」

「いいっつってんだろ、もう」

照映はしょげ返った未紘を一瞥《いちべつ》し、「くそ、暑いな」とつぶやく。Tシャツの首を包帯を巻いた指で引っかけ、犬のように舌を出した。

その横顔には疲労が滲《にじ》み、未紘はますます申し訳なさを募らせた。眉をさげたまま、じっと見つめていると、彼はしかたなさそうに息をついた。

「おまえだってあれだろ、あわ食ってたんだからしゃあねえだろ」

「え……」

把手のひしゃげた工具箱を脇に抱えなおして、こきりと首を鳴らしながら言う照映に、未紘は目をまるくする。状況を考えると、驚くくらい寛大な言葉だった。

「威勢がいいのは、きらいじゃねえ。まあ、次からは人違いじゃなく、ほんとの痴漢捕まえろよ」

「は、はい」

「つってもあの剣幕だと、捕まえるよりさきにボコりそうだな。自分が暴行犯にされないようにしとけや」

ため息ひとつで、照映は肩をすくめた。その表情にはすでに怒りはなく、未紘が面食らっているると、あっさりと彼は背を向ける。

「じゃあな、気ぃつけて帰れ。もう早とちりすんなよ」

はっとした未紘は、あわてて広い背中を追いかけた。

「あっ、ま、待ってください。治療費は俺が——」

払います、という言葉は、振り返った照映にぎろりと睨まれ、喉の奥に引っこんだ。

「ばかかってんだよ。誰が、すねっかじりのガキに金出せっつった？」

抑えこんだような低い声で照映は言った。また不機嫌さを見せた、切れ長の目の迫力に飲まれそうになりつつ、未紘は声を振り絞る。

「でも、だってそれじゃあ」

「うるせえ！　いいからもう、帰……いっつ！」

びりっと空気を震わせるような声で怒鳴った照映は、顔をしかめて呻いた。自分の声と、反射的な動きが怪我に響いたらしかった。

「だ、だいじょうぶですか」

「あのクソ医者。痛み止めはトンプクでいいだの言いやがって……効きやしねえ」

照映がぼやいたとおり、鎮痛剤は飲み薬より注射のほうが即効性があるし効き目も強い。しかし、平能医師はそれを拒んだ。

――怪我が痛いのは当たりまえだろうが。仕事もいいが、身体ってのは壊れたら休ませるモンだ。

忠告を素直に聞き入れそうもない照映のことを、平能は重ねた年齢のぶんだけ鋭い眼で見破ったらしかった。「鎮痛剤でごまかして仕事をしても、治りが遅くなる。痛くなきゃ、なにしてもいいってもんじゃないだろう」と説教をされて、照映はうんざりしていた。

だが未紘も、ある意味平能には賛成だ。仕事ができないといらついていた照映が、痛みさえなければ無茶をするだろうことくらい、ほとんど彼のことを知らない未紘にだってわかる。

（でも、きつそう）

重そうな工具箱を抱えたままというのも響くのだろう。額にみっしりと汗が浮いているのは、たぶん照りつける陽射しのせいだけではない。証拠に、照映の顔色はさきほどより青ざめていて、反射的に未紘は声をあげていた。

「俺、それ持ちます！」

「あ？」

「それで、せめて家まで送っていきますから……送らせて、ください」

こんなことがなんの謝罪にも、罪滅ぼしにもならないとはわかっていた。けれども、言わずにはいられなかった。もしかするとまた、冷たい一瞥を投げかけられるかもしれないけれど、怯《ひる》んでいる場合ではない。

「荷物、持たせてください」

沈黙はひどく長く感じられ、未紘の胸は不安でどきどきした。

（ま、まだ怒っとらすとかなあ）

だが、震えそうな腕を伸ばして見あげた照映の目に怒りはない。濡れた黒い目は、不思議なものでも見るように未紘を捉えていた。

（なに……？）

苛立ちと困惑、それから、なにか未紘にはわからない、熱を含んだような色がよぎる。

混沌とした色の意味を未紘が理解するまえに、不可思議なそれはすうっと消えてしまい、あとには奇妙なざわめきだけが残った。

「あの、荷物……」

しつこく繰り返すと、根負けしたように、照映は肩で息をした。そうしてふいと視線を逸らした彼の精悍《せいかん》な頬は、暑さのせいだろうかどこかしら赤みを帯びていた。

「――おら」

「うわ、重……っ」

ひょいと差し出された工具箱。照映は片手で軽々と扱っていたけれど、未紘の腕にはずしりと重かった。あわてて肩かけのバッグをずらし、五キロはあるそれを、両腕でしっかり抱えこんだ。

「ははっ、落とすなよ。商売道具入ってんだから」

「は、はいっ。死んでも落としません！」

未紘の必死な様子に、からからと照映は笑った。わだかまりなど知らぬげな表情に、未紘は感動すら覚える。

（許してもらえた、かな？）

爆発的に怒るとおそろしく迫力はあるが、あまり引きずるタイプではないのだろう。

でっかいな、とその瞬間、強く感じた。長身の照映は未紘より頭ひとつは大きいのだが、体格だけの話ではなく、心が大きい人間なのだと、直感的に思えた。

（モテるよな、このひと、たぶん）

大柄なうえに無精鬚のせいで相当な年に感じていたが、よく見るときれいな目をしているし、鼻筋もとおっていて、精悍な顔をしている。かすかに汗の浮いたTシャツのうえからもわかる、引き締まった筋肉。手足は長くスタイルもいいし、思ったよりも若そうだ。

厚みのある肩からはたくましさと包容力が滲んでいる。そして迷惑をかけた未紘を——まあ怒鳴り散らしはされたが——怒るだけ怒ればあっさり許す懐の深さ。

無精鬚がワイルドすぎて苦手な女性もいるかもしれないが、この手のタイプが好きなひとにはたまらないだろう。

（むしろ、寄ってくる女さばくのが、大変かもしれんな）

なんでこんなにいい男が、痴漢なんて卑劣な真似をすると思いこんだのだろうか。知らなかったこととはいえ、ますます申し訳なさが募った。

「これから会社に戻るから、おまえこの手の証人になれや」

「はい！」

三角巾で吊られ、包帯の巻かれた腕を振ってみせる照映に、未紘はぱっと顔をあげた。こくこくと幾度もうなずくと、照映は鋭い切れ長の目をふっとなごませる。

さっきとは打って変わってあたたかいその表情に、未紘はとくんと胸が弾むのを感じた。

「変なガキだな」

「ガ、ガキじゃないです。未紘です、早坂未紘」

「へいへい。いくぞ未紘」

言いざま、きびすを返した広い背中を追った。腕の中の荷物はけっこうな難物だ。おまけに照映は脚が長いので、ゆったり歩いているようでも進みは早い。白い頬を紅潮させ、小走りでついてくる未紘に、「本当にだいじょうぶか」と照映が問う。

「これからまだ電車乗るし、そっからも歩ってくぞ。持ってられっか？」

「だいじょうぶですっ。見た目で判断せんでくださいっ」

「……なあ未紘。おまえ、田舎どこ？　その言葉って、九州だろ。熊本？　鹿児島？」

照映はくっきりとした眉を撥《は》ねあげる。未紘は息を切らしながら答えた。

「ふ、福岡県、です」

「おーやっぱりな、九州男児か。暑苦しいけど、義理がてえわけだ」

田舎者と笑われるかと思ったら、照映はまた意外なことを言った。すこしばかり皮肉な物言いだったけれど、未紘の取った行動を肯定して――誉《ほ》めてくれているのがわかる。

「あ、暑苦しく、ないです。ふつー、のこと、しよるだけですっ」

ムキになって答えながら、ふと気づく。照映の言葉は、未紘には冷たく聞こえる標準語より、いわゆる江戸弁に近いようだ。さっきから、未紘という呼びかけが、『みしろ』に聞こえるのは気のせいではないだろう。

（さっきも、『歩って』とか言うとったし）

独特のそれは、地元の、荒っぽいけれどぬくもりのある響きに通じるものがあった。切れがよくてぶっきらぼうな照映の言葉が、あたたかく感じられるのはそのせいだろうか。

まじまじと背中を見つめながら考えていると、おかしそうに照映が見つめてくる。

「んだよ、もう息切れてんじゃねえか。ま、無理すんなよ。きつくなったら言え」

「はいっ。がんばりますっ」

また笑われたけれど、すでに照映が自分を許してくれたことを知る。よかった、と内心胸を撫でおろし、このひとのためにならなんでもしよう、と未紘は誓った。

怒れば激しく厳しいが、懐の深そうな照映の笑顔はあたたかい。冷めて投げやりに見える大学の同級生より、ずっと好ましい。

　上京して以来忘れそうだった、ぬくもりのある情が、未紘の胸に広がっていく。

　照映はまえを歩きながら携帯を取りだし、あちこちに連絡を入れていた。

「おう、俺だ。……ああ、もう聞いたか。ちょっとハプニングがあって、怪我した。……ばかうるせえよ、怒鳴るな！　聞こえてんだよ！」

　いらついた様子で交わされる会話のなかに、「今日の出向は無理だ」だの、「納期が」だのという言葉が混じり、申し訳なさで目を伏せていた未紘は、唐突に腕を掴まれて息を呑《の》む。

「ばか、てめえどこいきやがる！　ちゃんとついてこい！」

「うあ、は、はいっ、ごめんなさい！」

　どうやら照映から目を逸らしているうちに、曲がり角を曲がり損なっていたらしい。

「迷子連れてんじゃねえってんだ、まったく……」

　ぼやきながらも、未紘の腕を離さずに照映はずんずん歩く。

（すぐ怒鳴るけど、おっかないけど、いいひとだ）

　思いこみではなく、いまの未紘は息が切れていない。いつの間にか照映が、未紘にあわせてゆっくりと歩いてくれていたおかげだ。

　長い指のさき、痛々しい包帯には申し訳なさに胸がいっぱいになるけれども、それは上京して以来胸のなかにあった空虚な感覚とはまるで違う。

（背中、ごっついな）

汗で貼りついたTシャツに、照映のたくましい背筋が浮きあがっている。

地元にいたころは、いっそ格好だけでもつっぱってみせようかと考えた時期もあった。だが、ごついファッションは似合わないことこのうえなく、むしろ見苦しいのであきらめるしかなかったのだ。

自身の女顔や小柄さにコンプレックスがあるせいか、男っぽい相手には憧れと羨望《せんぼう》を持ってしまう。

「おら未紘、遅れんなっ」

「はいっ」

また『みしろ』って言った気がする。未紘は、懸命に広い背中を追いかけながら、ちょっとだけ笑った

＊　＊　＊

辿《たど》り着いたのは、平能医院から私鉄で駅三つほどの、都内でも千葉よりの町だった。

「ここだ」

照映が指さしたのは、ごみごみした駅前の商店街にほど近い、線路沿いにある、かなり古

そうなマンションだった。どうみてもふつうの住居用だったが、入り口付近のポスト脇には『KSファクトリー』というプレートがかかっている。

（会社って言ったよな？）

「なにボケてんだ未紘、早くこい！」

「はいっ！」

急《せ》かす照映はこの短い時間でもよくわかったが、相当に短気だ。工具箱を抱えた未紘は、腕が痺《しび》れたと思いながら彼のあとに続く。

インターフォンを鳴らすと、ややあってドアが開く。そこに現れたのは、驚くほどにきれいな顔をした青年だった。

「はあい、おかえりー」

ゆるいくせのある髪を顎《あご》までの長さに揃《そろ》えた細面《ほそおもて》の美形は、照映ほどではないけれども、これも未紘が見あげるほどには長身だ。

（わ、きれいかひと。でも男ったいな？）

ブルーグレーの丈の長い肩かけエプロンを腰で絞った彼は、モデルめいた柔和な顔立ちをしていた。そしてなにより、身体の薄さにも驚かされる。未紘もかなりの女顔だし、ひとのことは言えないのだが、縦に長いぶん、彼は町中にいる女の子よりも細く見えた。

「細い……」

「うん、よく言われるー」

「あ、ご、ごめんなさい」

自分を棚にあげた未紘が思わずつぶやくと、相手は怒るでもなくやんわりと微笑《ほほえ》んでみせた。あわてて意味もなく手を振るけれど、彼はますます笑みを深めるだけだ。

「あは、ずいぶんかわいいお客さんだね。ああ、荷物持ちやらされたの？　大変だったね」

「え、えっと……？」

あまりのにこやかさに戸惑う未紘の腕からきゃしゃな手で工具箱を奪い、苦もなく抱えた彼は、照映の右手に視線を移して軽く目を瞠った。

「あれ、なんだ。照映、ほんとに怪我したんだあ」

「本当にってなんだっつの。……ほれ、証人。なんとか言え」

照映が会社に戻るまえに、携帯で話しているのは聞いていた。なにかをまくし立てられ、「怒鳴るな」「うるせえ」と嚙みついていた照映の剣呑な様子に、会社についたら針のむしろだろうと未紘は身がまえていた。

まずは謝らなければ。未紘は緊張の面持ちでまえに出る。

「あ、あの俺、本当にすみませんでしたっ。俺が怪我させました！」

勢いこんで頭をさげれば、彼はおもしろそうに目を輝かせて未紘をじっと見つめた。

「きみ、名前は？　ぼく、霧島久遠《きりしまくおん》です。久遠でいいよ」

「は、はあ……早坂未紘、です」

「はい、はじめまして、よろしくね」

てっきり迷惑顔をされるだろうと思っていたのに、久遠はにこにこ笑うばかりだ。

(謝ったつに、スルー? これ、いやごと《いやみ》言いよらす? ばってん、そげん感じ、せんし……)

リアクションに困る彼に戸惑っていると、久遠はのんびりとした声で笑った。

「なか入りなよ、暑かったでしょう。汚いところだけどごめんね、どうぞ?」

大仰な名前がいやみもなく似合う久遠は、どうも独特の雰囲気と間合いの持ち主だ。未紘が「は? え?」と戸惑っていると、照映の怒声が飛ぶ。

「汚いだけよけいだ! 久遠!」

「汚いのはほんとじゃないか」

照映の怒鳴り声もどこ吹く風で、久遠はけろりとしたものだった。ふんと鼻息で返した照映は、足音も荒くさきに部屋の奥へと進んでいく。

「機嫌悪いなあ。ごめんね、ずっとあの調子じゃ疲れただろ。とにかくあがって」

促され、いまさらどうしていいかもわからず、未紘もうなずいた。

「お、お邪魔します」

「ああ、スリッパ履いててね。いろいろ落ちてるから」

「落ち……？　は、はい」

言葉の意味はわからなかったが、指示のとおりスリッパに履き替えて、おそるおそるあがりこんだ。玄関の造り自体は、ふつうのマンションとなにも変わらないが、意外に天井も高く、入り口や通路部分の間取りも広い気がする。ふと、古い建築物の一部は、間取りの広いものもあるという話を思いだした。

（たしか、一畳の大きさが微妙に違《ちご》うとるんじゃなかったかな……団地間《だんちま》と本間間《ほんけんま》だと、十センチとか二十センチの差があったとか、なんとか）

うろ覚えの知識を引っ張り出しつつなかに足を踏み入れた未紘は、驚きに目をまるくした。

（なんこれ、理科の実験室んごたる《みたいな》……？）

玄関からすぐの部屋、おそらく、もともとはふつうのマンションの台所だったらしき場所は、作業場に改造されていた。

流し台の壁面に設置された棚には、薬品の瓶《びん》や四角いビーカーのようなものがずらりと並び、見たことのない機械が不思議な音を立てて稼働していた。

部屋中にケミカルなにおいが満ちているのに、冷蔵庫や鍋、ガス台という、ふつう台所にあるものもいっしょに存在するのがなんともシュールだ。

通常、ダイニングテーブルが置かれるだろうあたりには、籐《とう》でできたパーティションとソファセットがあった。おそらくここで接客をするのだろうと見当をつけていると、「そこに座って」と久遠が告げる。

「なんか冷たいの飲む？　麦茶とジュースあるよ、どっちがいい？」

「あ、いえ本当におかまいなく……」

あわてて首を振るけれど、「遠慮しないで」と久遠は微笑み、薬品棚の近くにある冷蔵庫から麦茶のポットを取りだした。

（あ、冷蔵庫はふつうに使っとるんか）

思わず覗《のぞ》きこんだところ、ドアポケットにはジュースやドリンク剤が入ってもいたが、やはり見たことのない瓶や缶も入っている。

「あははー、ちゃんと食品類とはわけてあるから平気だよ？」

未紘の表情から考えを読みとったらしく、久遠はにっこり笑ってお茶の準備にかかった。

手持ちぶさたの未紘は、きょろきょろと不思議な空間を眺める。

いったいなにをする場所なのかさっぱりわからないけれど、音も、モノもにおいも、知らないものだらけの場所は興味深い。

奥の部屋からは、歯医者でよく耳にするようなモーター音が切れ目なく聞こえてくる。気になってパーティションの端から顔を出すと、薄くドアが開いていた。

（意外と、広い？）

おそらくは隣室も買いあげて壁をぶち抜いたのだろう。ドアの向こうは、入り口の手狭さからは想像のつかない広いスペースがあるようだ。

工具類がいっぱい積まれた大きめの作業台が四つ、向かいあわせに並べられている。そのひとつに向かい、小さなガスバーナーを使っている青年の姿がちらりと見えた。

物見高くちらちらと隣をうかがっていると、目のまえに冷えた麦茶が差し出された。

「はい、どうぞ」

「あ、す、すみません」

久遠のきれいな長い指には、洗った程度では落ちなさそうな、黒い汚れがこびりついていた。彼も仕事中だったことを思いだし、未紘は恐縮に肩をすくませる。

(なんしとっとか、俺……なごみにきたんと違おうが)

さきほどはうやむやになったが、照映の怪我についてきちんと詫びられてもいない。覚悟を決めて口を開きかけたところで、また久遠がにっこり笑った。

「汗かいて、お疲れさまだったね。ずっとあの荷物運ばされたの？」

「あ、いえ、俺が持つって言ったんで……それで、あのう」

どうやって事情や、謝罪を切り出せばいいのだろう。未紘は所在なく湿った髪を掻《か》くと、

「遠慮しなくていいよ」と久遠が告げた。

「まずはそれ飲んでから。ね？」

「あ……じゃあ、いただきます」

穏やかな美声に勧められるものを無下に断れず、グラスを手に取った。

麦茶は煮出したものらしく、えぐみがなくておいしかった。汗ばんでいた身体の潤う感覚に、ずいぶん喉が渇いていたことに気づく。一息にグラスを空けた未紘に、久遠はにこにこと笑った。

「おかわりいる?」

「あ、いやそうでなく……」

向かいに座った久遠の、しなやかな指を組んだまま首をかしげる仕種《しぐさ》がずいぶんとかわいらしい。そしてつくづく、うっとりするほどきれいな顔をしていると思う。

細面の怜悧《れいり》な輪郭は細い筆で描いたようななめらかさで、奥二重の目は長い睫毛《まつげ》に夢見るようにけぶっている。つるりとした肌は間近で見ても染みもニキビ痕《あと》も見あたらず、どこまでも白く透明だった。

未紘も肌が丈夫で、色白美肌とからかわれる。けれど、基本的に外に出るためそこそこに日焼けはしているのだが、久遠のそれはレベルが違うと思う。

(ほんなごつ《ほんとうに》、素人さんな……?)

モデルといったほうが違和感のない、長身の美形にまじまじと見つめられ、未紘はなんとなく赤くなる。照れている自分に気づいた気まずさと、言いにくい話題をしなければならない気の重さに、ぽりぽりと意味もなく頬を掻いた。

（いかん、ビビっとらんで、言わんと。謝りにきたっちゃけん）

時間が経てばますます言いづらくなる。覚悟した未紘が口を開いた瞬間だった。

「──ばかか、なにやってんだ、てめえは！」

「ひっ」

空気をびりりとさせるような照映の怒鳴り声が聞こえ、未紘は身をすくめる。思わず振り返って隣室をうかがうと、ドアの隙間から、いらいらしながら青年を怒鳴りつけている照映の肩が怒っているのが見えた。

「ロウがはみ出して、ダマになっちまってるじゃねえか。これじゃ爪がパーになっちまうだろ！　だいたいこんな仕上げで外に出せると思ってんのかっ！」

「でも、これは久遠さんが」

「久遠がこんな初歩ミスするわけねえだろ、下田《しもだ》てめえ、クラフトマン気取るならその言い訳ぐせ、いいかげんにしろ！」

さきほど未紘を怒鳴りつけたのとは、迫力の度合いが違う。本気の怒りが滲んだそれに、未紘はおろおろと久遠をうかがった。

「あ、あのう、久遠さん、あれ」

「ああ、はじまっちゃったねえ」

だが久遠は慣れているらしく、のんびりうなずくだけだ。およそ中身が麦茶だとは思えないほど優雅な所作で、おっとりとグラスを口もとに運んでいた。

「いつものことだし、気にしなくていいよー」

「いや、気にしなくて、って言われても……」

動じない久遠に驚いている間にも、耳がびりびりするような照映の声が響き渡る。

「これじゃ売り物になんねぇだろが！　だいたいなんだこりゃ、パーツが指定と違ってんじゃねえかよ！」

「でもそれは照映さんが任せるって仰《おっしゃ》ったんじゃないですか」

「誰がてめえのセンスに任せるっつった、あほ！　いいからデザイン画と原型表持ってこい、この間抜け、こんなクソ間違いしやがってっ！」

ワンセンテンスの区切りのたびに、必ず罵声が混じっている。すさまじい照映の怒りに、未紘はもはや呆然となり、久遠は苦笑しながら肩をすくめ、「ごめんねえ」とやはりいっさい気にした様子もなく、笑った。

「照映は口悪いし、声でかいからねえ、あの調子でやられたんでしょ、ミッフィーちゃんも」

「み、みっふぃー!?」

いきなりわけのわからない名前で呼ばれ、未紘は大きな目をさらに見開くと、久遠は相変わらずにこにこと笑う。

「だって、みひろくんでしょ？　だからミッフィー。ディック・ブルーナ知らない？」

きょろんときれいな目で覗きこまれ、未紘はまた意味もなく赤くなった。久遠の濡れたような目つきは、どうにも色っぽくて落ちつかなくなる。

「え、えと……それ、絵本とかの、口ばってんのウサギ？」

「そうそうそれ。通称うさこちゃん。ね？　ぴったり」

なにがぴったりなのかよくわからないけれど、久遠はまたにっこりした。つられて未紘も、うっかりにっこりしてしまう。

久遠の所作はあくまで優雅にやわらかい。作業着らしいTシャツに包まれたきゃしゃな肩をすくめ、ほっそりとした首筋を傾けるそれもいちいち絵になっていて、それなのに発せられる言葉はミッフィーだ。

（もしかすっと、このひと、むごう《すごく》変かと《なのか》……？）

いささかついていけなくなりそうな未紘だったが、あまりににこにこする久遠の話を途切れさせることもできずに相づちを打っていると、照映の怒号が隣から聞こえてくる。

「ちっくしょ、これじゃ原型っからやり直しじゃねえか。ったく、時間ねえっつのに」

「じゃあいいですよ、そこまで言うなら、僕が、責任取ってやりますからっ」

わけがわからない、と未紘はただひきつった笑いを浮かべるほかにできず、隣室の身をすくませるような会話から逃れるように、久遠の声に懸命に相づちを打った。

（なんが起きとっとや……）

グラビアから飛び出たような美形のあまい微笑と、下田と呼ばれた青年のふてくされた声とますますヒートアップする照映の怒号とのギャップに、未紘は目を白黒させるばかりだ。

「なにが責任だ、こんな造りでよくそんなこと言えるな」

「少なくとも、それなりのことができるから採用されたんじゃないんですか、俺はっ」

「あと豆知識。うさこの本名はナインチェ・プラウスっていうんだって。ミッフィーは英語翻訳版でついた名前なんだって」

「へ、へえ……詳しいですね、久遠さん。キャラクターグッズ、お好きなんですか」

「基礎もろくにできてねえで、プライドだきゃあいっちょまえかよ！」

「だったらもっとちゃんとした仕事、させてくださいよ！」

「んーん。カワイイモノ好きは俺じゃないけど……あ、そうそう。ミッフィーはねえ、口がばってんなんじゃないんだよ、鼻と口がつながってるんだってー」

「え、そうなんですか？　俺、口だとばっかり思ってました」

四人それぞれの会話が、狭い室内に響きわたる。怒声と笑い声が入り混じり、会話はもはや、とことんまでカオスになっていた。

「てめえがなにできるってんだ、ばかっ！　だからきらいなんだ芸大はっ」

「あははは ぁ、だってそれじゃあ四つに開いちゃうじゃない、こう、しゃげえーって」

「偏見じゃないですか、それ！　だいたいどうしてそう、芸大を目の敵《かたき》にするんですかっ」

「はあ、みっふぃーの口はしゃげえ……」

「きらいだからに決まってんだろうがっ、頭でっかちで口ばっか達者で使えねえからだ！」

「そおそお、しゃげえー」

照映は血管を切らんばかりに憤り、下田はそれにふてくされ意固地になり、怒鳴りあいはヒートアップする。久遠はなにが楽しいのかご機嫌に笑いながら、つやつやの唇のまえにきれいな指を持ってきて、「しゃげえー」とミッフィーの口が開くアクションをやってみせる。

未紘はただうつろな目で、ひとことも言い出せない謝罪や状況説明を喉の奥に溜《た》めこみ、愛想笑いをするばかり。

（ここ……どういう会社……？）

やはりあのとき意固地にならずに帰ればよかったのだろうか。こんな状況に、果たして自分はついていけるのだろうか。

未紘はなんだかこの面子《メンツ》とは今日限りのつきあいにならないような妙な予感を覚え、内心途方に暮れていた。

＊　＊　＊

創立三年の『KSファクトリー』は、所長でありメインクラフトマンでもある秀島照映以下、時計修理と制作担当であり副所長の霧島久遠、見習いクラフトマンの下田圭吾《けいご》の、所員合計三名で運営する、小さなジュエリー工房だ。

親会社となる『ジュエリー・環《かん》』は、オートクチュールのジュエリー制作会社、宝飾業界では老舗のデザイナーブランドで、照映は、『ジュエリー・環』ではチーフを務めていたが、三年まえに相棒の久遠とともに子会社扱いの工房として独立した。

小規模とはいえ独立した工房を、照映の若さで立ちあげることは、業界のセオリーで考えれば特例と言える。

単なる外注職人としてならともかく、通常の会社よりも材料費だけで資本がかかる、しかも年功序列が染みついているこの業界で自分の名を知らしめるのは、かなりハードルが高いのだ。ましてて工房の所長みずからデザインを手がけ、その名で売るとなれば、順調にたちゆかせるのはなかなかにむずかしい。

だが『KSファクトリー』は、親会社である『環』の下請けの受注請負いと、照映自身のデザインする商品をメインに制作して、どうにか赤字も出さずに経営している――。

怒鳴り声をBGMの茶飲み話に、あまくなめらかな声で久遠が語った会社の概要に、未紘は感心しきりといった声を発した。

「所長さん……それじゃあ、照映さんて、えらいひとだったんですか」

「そんなんじゃねえよ」

顔を出すなり否定した照映は、むっつりと唇を引き結んでいる。

「おかえりー。お説教終わった？」

のほほんと告げる久遠に「聞こえてたんだろうが」と照映は吐き捨てる。

「とりあえずぜんぶやり直させてるから、おまえ、あとでチェックしろ」

「りょうかーい」

わざとらしく敬礼などしてみせた久遠に、未紘も思わずつられて笑いそうになった。だがその笑みを凍らせたのは、鬱屈を滲ませた声だった。

「おまえのせいだからな」

はっとして振り返ると、下田がじっとりとした目つきで未紘を睨んでいた。

「え、あの、俺のせいて」

突然向けられた悪意に動揺した未紘が目を瞠っていると、下田は吐き捨てた。

「照映さんに怪我させておいて、のこのこんなとこについてきて、呑気に茶飲みかよ」

制作中のものを失敗してこってりと絞られた下田は、闖入者《ちんにゅうしゃ》である未紘にやつあたりする以外、鬱憤の晴らしようがなかったのだろう。

「ひとの迷惑とか考えろよな！　久遠さんの仕事まで邪魔して、どこまで図々しいんだ」

ずいぶんな言いぐさに、未紘もさすがにかちんとくる。

下田は照映や久遠ほどの長身でもなく、中肉中背といったところだが、それでも未紘よりは背が高い。年齢は二十代中盤くらい、顔だちもいたってふつう、よくも悪くもない造りだが、それだけに目の奥にある暗さが際だち、未紘は不快感を覚えた。

(なんか、好かん)

細身ながらもきっかりと筋肉の浮いた腕をしているのに、表情の陰気さと病的な色の白さが下田から健康な印象をすべて奪っているようだ。

だがいまは下田の印象がいい悪いの話ではない。彼の言うこともっともで、未紘はひとことも言い返せなかった。

言われて、当然だからだ。本来ならば照映にも久遠にもこうして、怒鳴られ責められるべきなのだ。情けなさを感じつつも立ちあがり、下田に向かって頭をさげる。

「すみません。申し訳なかったです」

「はあ？　俺に謝ってどうすんだよ、ばかじゃねえの――」

がん！　という音が、なおもあざけろうとした下田の言葉を止めた。大きな音にびくりとして未紘が振り返ると、剣呑な表情の照映がテーブルの端を蹴《け》っていた。

「……ぎゃあぎゃあうるせえ」

照映の低い声は、さきほど漏れ聞こえていた怒号より、何倍も怖かった。未紘と下田は同時にぐびりと息を呑んだが、久遠はすました顔で麦茶を飲んでいる。

「のこのこついてきたわけじゃねえ。詫びだっつって俺の荷物持ちも買って出た。ちゃんと責任果たすつもりで、ここにいる。おまえに謝ってどうすんだ、つったなあ？　だったらおまえが怒る筋合いじゃねえことくらい、わかるだろうが」

怪我をしたのは照映なのに擁護するような言葉を口にされ、未紘は目をしばたたかせた。

おそらく照映は筋の違うことがきらいで、べつに未紘の肩を持つつもりはないのだろう。それでも、理不尽な棘《とげ》をぶつけてきた下田から、結果的には庇《かば》ってくれた彼の声が未紘には嬉しかった。

気圧《けお》されたように顎を引いた下田は、それでも不快そうに眉をひそめる。

「照映さん、なんでこんなやつかばうんですかっ」

「未紘はさんざん謝った。そうしかできねえ立場の人間を、必要以上に追いこむのは、ただのいじめだろうが。違うか？」

じろりと照映が下田を睨んだ。悔しげに唇を嚙み、まるでふて腐れた子どものようにそっぽを向いた下田は、未紘を指さして反論する。

「なんで俺ばっかり怒られてるんですか！　怪我させたりして、出るところに出たら暴行犯ですよ。加害者は、こいつじゃないですか！」

突然やつあたりしたと思えば、今度は犯罪者扱いか。未紘はあきれてあんぐりと口を開け、照映は「この頭でっかちが」と呻き、久遠はやれやれとかぶりを振った。

（なんかこのひと、幼稚かねぇ……）

思わず目を据わらせ、ため息をついた未紘だったが、大人ふたりの反応を見ても、同じことを考えているのがわかる。このまま照映なり久遠がこちら側についたらよけいにもめるだろうと気づき、あえてきっと下田を睨んだ。

「な、なんだよ」

「刑法上、暴行罪は故意犯であることが前提条件だから、俺の場合は暴行罪を摘要することにはならんよ」

突然未紘が口にした『刑法』という単語に、ぽかんとしたのは照映と下田のふたりだ。

「俺は照映さんを怪我させる意図はまったくなかったし、ドアが閉まったのも偶然だった。だからもし摘要されるなら、傷害の過失犯か、ひとまえで痴漢呼ばわりした名誉毀損罪か侮辱罪。でもって、これら三つの場合は、基本が親告罪だから、照映さんが訴え起こさん限り、俺は犯罪者じゃない」

「な……し、知ったかぶりの屁理屈、こねたところでさあっ」

流暢《りゅうちょう》に告げた未紘の言葉に、ぽかんとしていた下田が、はっとしたように反論しはじめる。だがそれを制したのは久遠だ。

「その子、知ったかぶりしてるわけじゃないよ」

久遠には、雑談の際に自分が法学部にいると教えていたので、さきほどから彼ひとりだけがにやにやしていた。ちょっとひとが悪いな、と未紘は苦笑するしかない。

「法学部なんだってさ。まじめに法律のお勉強してる子だから、基礎知識じゃない？」

「な……」

久遠の言葉にあっけに取られた下田は、顔を真っ赤にして絶句する。照映は驚いたように目を瞠っている。未紘がじっと見つめると、はあ、とため息をついて唇を歪めた。

「もちろん、俺は訴えるつもりはねえよ」

軽く手をあげて宣言したのち、彼はまじめな顔で下田に目を向ける。

「てめえがミスったことで、怒られたのが気にくわねえのか？　言っておくが、未紘だってさっきは泣くまで俺に怒鳴られたぞ」

なあ、と軽く顎をしゃくられ、こくこくと未紘はうなずいた。赤くなった目元を久遠が笑いながらつつく。

「ほんとだ、カワイソ」

「久遠、あんまいじんな。……とにかく、下田」

ひとり呑気な久遠にあきれたように深く息をついて、照映は言った。

「さっき言った作業は、今日中にすませろ。それから未紘の処遇については、俺が決める話でおまえはいっさい口を出すな」

「でもっ……」

なおも口答えしようとした下田に、ついに照映は怒鳴った。

「言い訳ばっかで手も頭も止まってっから、てめえは半人前なんだ！　四の五の言わずに、やれと言われたことをやれ！　何度も同じことを言わすな！」

下田はさっと青ざめ、恨みがましい表情で照映を睨んだ。ぎりぎりと噛みしめている唇が切れ、血が滲みそうになっている。

一気に緊迫した部屋のなか、未紘が硬直しきっていると、電子チャイムの音が呑気に鳴り響いた。

なにも考えていないような表情の久遠が、わざとらしいほどのんびりと告げる。

「チャイム鳴った。午前の業務はおしまーい。……ね、お昼にしよっかあ？」

下田は、ものも言わずに出ていった。ばたん、がちゃんと音が聞こえ、外に駆けだしていく足音が消えるまで、未紘は強ばった肩の力が抜けなかった。

室内には微妙な沈黙が流れ、それを破ったのは照映の重たいため息だった。

「昼か。食いにいくのは面倒くせえな。久遠、なんかメシ注文しろよ。ピザでいいだろ」

「言うと思って、とっくに頼んであるよ。そろそろ届くんじゃ……」

久遠がにっこり微笑むと、インターフォンが鳴り響いた。

「あ、きたかもー」

いそいそと立ちあがる彼とは正反対に、不機嫌そうに舌打ちした照映は、未紘の座ったソファの隣に腰かけ、背もたれに身体をもたせかけた。

「だ、だいじょうぶですか」

ああ、とうなずいた仕種は緩慢だった。意固地で反抗的な下田をさんざん叱りつけたせいもあるのだろう。ずいぶんぐったりとして見えて、未紘は心配になる。

「あの……所長さんだったんですね。知らなくて、ほんと迷惑かけて、ごめんなさい」

ぺこりと頭をさげると、照映は億劫《おっくう》そうに無事なほうの手を振った。

「ふつうに仕事してるだけだろ。『長』ってついたところで、便宜上の話だ。三人しかいないんだから、誰かが冠しょってなきゃなんねえ、それだけだ」

照映はあっさり否定したが、彼はまだ三十歳だ。この若さで独立というのはそれだけですごいことじゃないだろうか。尊敬の目で見あげた未紘に、照映は顔をしかめた。

この日、未紘が照映に怪我をさせてしまったのは、照映が週に二回の契約で出向している『環』への出勤途中のことだったのだそうだ。久遠にそう聞かされたときにはこの日何度目かわからない恐縮を覚え、身をすくめたのだが――。

「さっきも言ったじゃない。やっちゃったもんはしょうがないでしょう」

ピザの箱を手に戻ってきた久遠が、「気にしすぎ」と笑う。さきほどもこの調子で、あまりにけろんと言い放つので、なおのことといたたまれなかったのだ。怒られるのも怖いが、スルーされるとそれはそれでどうしたらいいものかわからない。

（いっちょん謝《す》った気《こし》がせん……）

ふたたび身を縮めた未紘を一瞥した照映は、もう怒りはしなかったけれど、代わりに久遠をじろりと睨む。

「しょうがねえとかあっさり言ってんじゃねえよ。秋のGF《ジーエフ》関連の商品、どうすんだよ」

「それこそしょうがないから、本社にお任せするしかないでしょ。だいたい、向こうが手がまわらないからって無理に仕事おっつけてきたんだからさ」

テーブルにピザの箱を広げ、スパイスをふりかけていた久遠はさらっと毒づいた。

「うちは『環』の下請けだけやってるわけじゃないんだからね、そこんとこ今度の営業会議でちゃんとしてきてよ」

「わーってるよ、うっせえな」

苦い顔で照映はデリバリーピザを囓《かじ》った。久遠も大ぶりなひと切れをつまみ、縮こまっている未紘へと勧めてくる。

「未紘ちゃんも食べなよ。飲み物、コーラでいい？　さっきの麦茶？」

「え、俺は、いいです」

「いいからいいから。たくさん取ったから、食べてよ」

謝罪をすませ、今後の対応について話しあったら帰るつもりだったのに、謝るどころか、昼飯までおごられている。こんな待遇をされるのは筋が違うのではなかろうか。しかも、こんなになごんでいていいのだろうか。

（こげんしとって……ほんなごつ、よかとかなあ？）

ちろりと照映を見れば、億劫そうに顎をしゃくって彼も「食え」と言った。なんだか手を出さないとますます機嫌を損ねそうなので、未紘はシーフードの載ったピザをつまんだ。

そして、この場に足りない一名のことが、やはり気になった。

「あの……下田さんは、いいんですか？」

ひとくち齧りながら未紘が問うと、照映がむっつりと答えた。

「あいつは説教食らうとひとりで食いたがるからほっとけ」

「でも」

「どうせ昼すぎたら帰ってくるだろ。戻らなきゃ、そこまでってことだ」

いらいらと吐き捨てる照映に、未紘はいたたまれずうつむいた。

「ま、いいから食べなさいって」

のほほんと笑った久遠が「ほらほら」と勧めてくる。どうやら、呑気な笑顔がポーカーフェイスらしい久遠の意図は、読みとりづらい。

目の前には、Lサイズの厚い生地のピザが二枚。てっきり、大柄な照映が平らげるのだろうかと思っていたら、それらはあっという間に痩身の美形の、小さな口のなかに消えていく。

「おい、ぼーっとしてるとこいつがひとりで食っちまうぞ」

「は、はいっ」

照映にまで促され、未紘はひさしぶりの宅配ピザをせっせと口につめこんだ。

不機嫌そうな照映と、表情だけは穏やかながら無言で食べ続ける久遠の顔をちらちらとうかがいながら、ふと疑問がわく。

「あの……ところで、ジーエフて、なんですか？」

さきほど耳にした単語を口にすると、答えてくれたのは久遠だった。

「グレイス・フェアの略だよ。えっとね、『クロスローズ』って知ってるでしょ？　あそこが主催の、帝皇ホテルでの展示販売催事」

時計のメーカーで、国内だけでなく世界的にも有名な企業と、これまた日本トップレベルの高級ホテルの名を出された未紘は、シーフードピザをくわえたまま硬直した。

「宝飾のほかにも着物とか時計とか、絵画とか、外商さんの招待客に売るの。年に二回あるんだけど『環』のほうが毎回ブース取ってるから、下請けのうちも、この時期はあおり食うんだよね」

「あおり……？」

「新作発表とかも兼ねるからね。制作点数がふだんの倍以上になるんだよね。フルライン動かすからえーっと……ざっと百五十点かな。在庫も動かすけど、半分は新作だね」

なんでもないことのように言ってくれた久遠に対し、未紘はひくりと顔をひきつらせる。

ごくりと飲みこんだピザのかけらがやたら喉につっかえたのは、冷めかけたチーズのせいばかりではないだろう。

「あのそれって、もしかせんでも、すごーくでっかい仕事、ですよね」

「うん。年間予算のうちの何割か、そこの催事で稼ぐかな？」

「稼ぐって、ざっといかほど」

「去年の『環』の売り上げ上代は二億だったかな？」

好奇心と怖いものみたさでと問いかければ、けろんとした返事があった。

「ちなみにその、催事？　て、何日間の話で……」

「開催期間は、毎年三日こっきりだよ」

三日間で、二億円。ひとつのブースだけでそれとなると、催事そのものはいったい、どれだけの金額が動くのか。現実離れした数字に未紘はぽかんと口を開けるしかない。

「商談ぶんも含めてになるから、実売は一億二千ってとこだっけ？　ま、去年は目玉商品あったからね。ブラックオパールのデカブツリング売れたし。あれ、そもそもが石だけでも上代二千万だったからさ」

これまたあっさりと言われ、ざあああ、と音を立てて血の気が引いていく。

「そ、そんでもって照映さんって、ここで、造り手さんのメインなんですよね」

「そうだよぉ？　彫りと仕上げは、照映しかできないモノもいっぱい」

向かいのソファに座ったまま、未紘の言葉をすべて肯定し、ふんわりと微笑む久遠の笑顔が怖い。いっそ照映のようにストレートに怒鳴られるほうがましだ。

「そうだなあ、『環』が通常扱う商品はレディメイドのふだん遣いラインで、ざっと最低価格二百万から、かな。で、こっちにまわってくる仕事はオートクチュールのラインだから、一点がでかい」

もしかしてとっても怒ってますか——という言葉を未紘は必死で呑みこんだ。当然怒っているに決まっているからだ。とんでもない大金を生み出す商品。その仕上げを一手に担っている照映の指は、まさに黄金の手だ。

(俺、ほんなこつ、大事《おおごと》したごたる……)

横目でちらりとうかがった照映はあきらかに顔色が悪かった。肘《ひじ》かけにもたれ、なかば横たわるようにその大柄な身体をもたれさせている。痛みがひどくなったのではないかと心配になりつつ、それ以上の不安に後押しされて、未紘は問いかける。

「あの、俺、すっごい、迷惑かけた、んですよね」

「それはもう、いいっつったろうが。おまえは謝ったし、俺は許した」

のそりと、大型の肉食獣を思わせる動きで身を起こした照映は、動くのも億劫そうにため息をついた。言葉に承伏しかねてじっと見つめていると、しかたなさそうに苦笑される。

「納得いかねえって顔してるなあ」

「だって……俺、どうすればいいですか？　なんか、できることないですか？」

声が震えそうなのを必死にこらえて、未紘は告げた。真剣な様子の未紘に、笑いをほどいた照映は答えず、ただじっと見つめるだけだ。

（なんね、これ……さっきも、こげんして見よらした）

強い視線にうろたえた未紘の心臓が、どきりと跳ねあがった。

病院でみっともなくも泣きじゃくったときや、荷物を持たせてくれと言ったときもそうだったが、照映にじっと眺められるたび、ひどくどぎまぎさせられるのだ。

未紘はさっき、それを不安と恐怖のせいだと思った。怪我をさせて、うしろめたくて、それが怖い。だから胸がどきどきする。それ以上の意味など――あるわけが、ない。

「あの、照映さん……？　どうしたら、いいですか？」

印象深い、真っ黒な目に浮かぶ、不思議な色。なにか言いたげなまなざしの意味を知ろうとした瞬間、それは逸らされてしまう。

今回も照映は無言のまま、ふたたび背もたれに身体を預け、目を閉じてしまった。

「べつに、なんもいらねえって、何度言えばわかる」

ぶっきらぼうな言葉は、存外こたえた。見捨てられてしまったようで、ぐっと唇を嚙んだ未紘に、久遠がそっと声をかけてきた。

「んじゃ、ただ働きでもする？」

「おい、久遠」

咎《とが》めるような視線を向けた照映に対し、久遠は笑いながら首をかしげた。

「だってミッフィー、このままじゃ引っこみつかないって顔してるじゃない」

「だから、その呼びかたは、やめてくださいって！」

「みっふぃー？　って……ああ、ウサギか」

顔をしかめた未紘の赤くなった目を見つめ、照映はふっと笑いを漏らす。一瞬ばかにされたのかと思ったけれども、意地悪な笑い顔ではなかった。

むしろ、野性味の強い顔立ちに載るには不似合いなほど、やさしい目をしていた。妙にどきりとして、顔が赤くなってくる自分の反応こそがわからない。

（な、なんこれ。なんし、赤なっとっと？）

ようやく身を起こした照映は、未紘の動揺などまるで気づかない様子で、あらかた片づいてしまったピザのケースを眺めて舌打ちする。

「あ、くそ。ナスミート、もうねえじゃねえか」

どうやら照映の好物だったらしいそれは、とっくに久遠の腹に消えてしまっていた。

「久遠。わざとアレから食ったろ」

睨まれた張本人はちっとも悪びれずに、チーズと脂にてかる指をぺろりと舐《な》めた。

「ん？　だって照映寝てるから食べないかと思って」

「てめえはそういうやつだよ、ったく」

ぶつぶつ言った照映は、ポテトとクリームの載ったこってりとしたピザをつまむ。

(指、長いな)

見るともなしに眺めた照映の指は、職人らしく火傷《やけど》や切り傷などで荒れているが、ラインはしなやかに長い。不思議だったのはその爪で、手入れしている気配もないし、むろんマニキュアなど塗っているわけでもないだろうに、表面がコーティングしたようにつややかだ。

がさがさとした指はいかにも働く男の手、といった感じで、生白い頼りない自分の指が恥ずかしくなる。

(そうばってん、かっこよか)

広い肩や鋭角的な顎。必要以上に肉厚でもなく引き締まっているのに、必要なぶんだけ、しっかりと筋肉のついた身体は未紘の理想でもある。

(ま、俺はどがんしても、こげんなれんけど)

ちょっと触ってみたい気はする。未紘はふとそんなことを考え、愕然とした。

さっきから、妙なくらいに照映の一挙手一投足を眺め続けている。というより、目が離せない。こんなにじっと見ていたら、変だと思われるに決まっているのに――。

視線を感じたのか、照映は唐突に、くるりと振り返った。

「……おい、さっきからじーっと見てるけど、そんなに好きか？」

「うえっ!?」

唐突な照映の問いかけに、未紘は声を裏返す。口から心臓が飛び出るとかいうが、まさにそんな心境の未紘を知ってか知らずか、低く太い声で彼は言った。

「シーフード、ひょっとして苦手か。イモの載ったほうが好きなら、それと換えてやってもいいぞ」

指さされたのは、未紘の食べかけのピザだった。じーっと眺めていたせいで、食べたがっているのだと誤解されたらしい。

「あっ、えっ、いや、いいですいいです。違います」

真っ赤になって、未紘はぶんぶんとかぶりを振った。いやしい子だと誤解されたのも情けないが、どこかでほっとしている。

「そっか？　じゃあ、さっさと食っちまえよ」

かすかに目を細めた照映は、まだ痛みがあるのか、だるそうにピザを囓っている。冷めかけていたが、まだ糸を引いたチーズを舌で舐め取って切るさまに、なぜか未紘は息を呑んだ。そして喉奥でとろりと転がすような、気だるげにひずむ声。痛みと疲労のせいだろうけれど、力の抜けたそれは妙にエロティックだ。

（え、エロって。なんしそげんこつ、考えよるか）

自分の発想がおかしいとあわてた未紘の脳裏に、一瞬、中野の声が聞こえた。

――それってさ、早坂が男好きですってフェロモンでも出してんじゃねえの？

いまだ自尊心を踏みにじる、あの台詞《せりふ》がよみがえってしまい、背筋が強ばる。

（そんなわけ、あるかい）

きっと、照映の見た目に、憧れに似たようなものを感じてしまうせいだ。

骨格からして無理な話だけれど、こんなふうになりたかったとなんとなく思い描いていた、男らしい理想のボディラインを体現している照映が、きっとうらやましいのだ。

ざわざわする胸の裡《うち》をごまかすために、あわてて大きなピザを口につめこむ。頬を膨らませてもぐもぐやっていると、久遠が「頬袋……」とつぶやいて笑った。

どうも齧歯類《げっしるい》に分類されたらしい。複雑な顔の未紘が、やっぱりもぐもぐしていると、久遠はずいぶんと逸れた話をもとに戻した。

「それでけっきょく、どうするわけよ所長？　ミッフィーの処遇は」

「どうもこうも、おまえの提案じゃ、俺がこいつをこき使うために連れてきたみてえになるじゃねえか」

水を向けた久遠に、照映はいやそうに顔をしかめ、脂に汚れた指をぺろりと舐める。その仕種はやはりどうにも卑猥に感じて、未紘はまたどきりとした。

（俺、妙なこつ考えよるなあ……？）

さきほどから、照映に対して過敏な反応を示してしまう自分がうしろめたい。

これは、いわゆる吊り橋理論とかいうやつだろうか。恐怖や衝撃からのどきどきを勘違いして、変に相手を意識してしまうアレかもしれない。

(気まずいのはあたりまえで、照映さんが気になるのは、俺が怪我させてしもうたけん)

ここにいるのは、お詫びをするためだ。妙に動揺するからといって、照映たちから逃げ出すわけにはいかない。久遠の申し出てくれたことに乗ろうと未紘は顔をあげる。

「あの、ただ働き、します!」

無理やり自分を納得させた、この気持ちが崩れるまえにと、未紘は気合いのはいった声で宣言した。

「俺、ぶきっちょで、なんか作るとかはたぶんできないけど、使いっ走りとかそういうのならやれるから!」

必死の未紘に、照映が目をまるくする。

「おい、おまえ学生だろ」

「あさってから夏休みです。べつに予定もないし!」

「本気かよ……」

照映があきれた声を出すのにもかまわず、「やらせてください」と再度頭をさげた。

「いいんじゃない、やってもらえば?」

無精鬚の浮いた顎をさすり、渋面を浮かべた照映をよそに、あっさり軽く言い放つ久遠はひどくおもしろそうな表情をしていた。

「ちょうどいいじゃない。照映、雑用してくれるのいなくて困るって言ってたしさ」

「けど、おまえ」

認めてくれるのはありがたかったが、未紘が久遠の笑みに戸惑ったのも事実だ。今後の仕事のことを考えれば、とても笑っていられる状況ではないのに。

(よ、よかとかな、これで)

そんな未紘をおもしろそうに一瞥した久遠は、もういちど「いいんじゃない」と言った。

「だいたい照映は働きすぎなんだからさ。しばらくゆっくりしろってことなんだよ」

「久遠さん……」

慈愛に満ちた笑みを浮かべる久遠に、なんていいひとなんだろう――と未紘は感動した。

しかし、照映はありがたがるどころか、最悪だといった具合に顔を歪める。

「てめえ、久遠。心にもねえこと言うな」

「んふふ?」

うなるような声で照映は彼を睨みつけ、久遠はかわいらしげに小首をかしげる。

ふたりの顔を見比べた未紘は、「え?」と声をあげ、しきりに目をしばたたかせた。

(あれ、ここって、ウツクシイ友情に喜ぶとこじゃなかとか……?)

未紘の疑問は、無事なほうの腕でテーブルを叩いた照映の言葉に晴らされた。

「利き腕じゃなかったから、片手でも彫りくらいはできるとか踏んでやがるんだろ！」

「当然でしょ。それだけ元気あるんなら、午後からはふつうに仕事してね」

表情だけは穏やかなまま、鬼のようなことを言った久遠は、気づけばふた箱あったピザのうちひと箱を、その薄い腹におさめてしまっていた。「お片づけするねえ」と呑気に笑い、空箱を抱えて立ちあがる。

「だいたい、ミッフィーの過失っていうより、今回は照映の過失だろ。こんなちっちゃい子に怪我させられて、情けない。どれだけ腑《ふ》抜《ぬ》けてんだよ」

「ふざけろこのっ……って、ててて！」

怒鳴った照映は、指に響いたらしく、腕を抱えてまたソファに沈みこんだ。

「だ、だいじょうぶですか？」

声をかけた未紘には苦い声で「だいじょうぶなわけあるか」と肩で息をして言う。そして、疲れに充血した目で未紘を眺め、くいと顎をしゃくった。

「おまえも覚悟しとけ。あいつぁ、顔だけはやさしそうに見えっけど、性格激悪だからな」

「聞こえてるよ。あ、照映、ゴミこっち持ってきて」

「事実を言ったまでだろうが、くそ……ほらな、怪我人でも平気で使う」

「あ、そんなの、俺が」

あわてて腰を浮かした未紘を目顔で制し、久遠に続いて立ちあがった照映は、目の前の空

き箱を彼に手渡したのち、怪我のない手のひらで未紘の頭を軽くはたいた。

「まあせいぜい気張れ。なにすりゃいいかは、あいつが適当に言ってくっだろ」

「は、はいっ、よろしくお願いします！」

跳ねあがるように立ちあがり、頭をさげた未紘に、久遠はじつにおもしろそうに笑った。

「いいなあ、熱血なミッフィー。このミスマッチがなんとも……」

そのひとことに、すべてが集約されていた。久遠は未紘の心意気を買ったわけではなく、単におもしろいおもちゃを見つけて遊びたいと思っているだけなのだろう。

おそらく、この『ＫＳファクトリー』での日々は平穏にはいくまい。未紘もそう、感じたのだけれども――。

「悪趣味なこと言ってんじゃねえよ、おまえは、ほんとに」

「あははぁ」

久遠をたしなめつつ顔をしかめた照映が、未紘を本当に許してくれたのだと知れた喜びのほうが、これからの不安より百倍も大きい。

「がんばります！」

明るい声で告げた未紘は、朝から緊張し続けていた肩の力をようやく、抜くことができたのだった。

未紘の『ただ働き』は、大学が夏休みに突入すると同時にはじまった。

むろんのこと、すべてが順調というわけではなく、右も左もわからないまま、とにかくやってみるしかない。

＊　＊　＊

そして朝いちばんから、未紘は照映の怒声を浴びていた。

「未紘ーっ！　パーツはちゃんと決まったとおりに並べろっつったろがっ」

「は、はいっ、すみませんっ！」

この日未紘が任されたのは、スチールプレートへ重ねたタオルを敷いたうえに、荒仕上げの済んだ製品を、パーツの組みあわせごとに載せていく作業だ。要するに造り——制作のまえの下準備で、だいぶ慣れてきたものの、やはり失敗も多かった。

当初は事務の使いっぱしりなどと言われたけれども、猫の手も借りたいほど忙しい『KSファクトリー』では、そうそう呑気な仕事などない。

けっきょく、未紘も制作の手伝いをやらされる羽目になっているのだが——。

「もう一週間だろうが、いっぺんで覚えろいっぺんで、ばかじゃねんだろ！」

「ごめんなさいいいいっ！」

朝っぱらから照映にどかんとやられるのは、もはや恒例行事だ。そのたび未紘は平謝りし、さして広くもない工房のなかをいったりきたり、かけずりまわっている。

（ああ、もう、わけがわからん）

「指示された組みのとおりにやれ、原型表渡してあんだろうが。思いこみで仕事しねえで、まず調べろ！　それでもわかんなきゃ、ちゃんと訊《き》け！」

「はいっ！」

照映は作業中、長めの髪をまとめるためか、頭にはバンダナのようにタオルを巻いている。それもおしゃれなタオルなどではなく、近所の商店や銀行からもらった、安っぽい名入りのものというのがなんとも言えない。

おまけに制作が立てこんでくると、ろくに家にも戻らないから、無精鬚はますますむさくるしいことになっていく。

基本となる戦闘服は、防炎加工の布でできたエプロン。けれどいくら加工したところで、火花が飛んだり硫酸が飛んだり、熱した金属が落っこちたりしたら、化織のエプロンは溶けるし切れるし穴が空く。

汚れてもかまわないように、エプロンの下に着るのはTシャツにジーンズ。それも、いつ捨ててもかまわないような、ほんとの意味でダメージ食らいまくりのものばかり。

熱して削って溶かしてと、金属加工の基本は化学反応なので、常に室内はケミカルなにおいが充満している。

（ジュエリー制作って、こんなんなん？）

もうちょっとこう、きらきらーっと華やかなものを想像していたのだけれども。未紘が内心で首をかしげたのはほんの束の間で、戦場のような作業場では雑念など吹っ飛んだ。

「早くしろ未紘っ」

「はいぃーっ」

この日何度目か怒鳴りつけられながら、原型表と呼ばれる、デザイン画どおりにそれぞれのパーツを分け、一覧のリストにしたものを未紘はファイルから引っぱり出す。

「えと、これと、これ……」

石留めの爪、ブローチの枠。それぞれの写真と製品ナンバーの書かれた原型表のとおりにグループ分けし、作業前の準備をする。それだけでも慣れないうちは大変だった。

似通ったパーツもあるし、バラバラになっているそれは一見なにに使うものなのか、さっぱり未紘にはわからない。

型に流して原型加工した金属は『枝』と呼ばれる余分なパーツがついている。ぱっと見は、枠から切り取ったばかりのプラモデルのパーツのようだ。そしてプラモデルよりもっと繊細で複雑だから、未紘にはそれ自体が『枝』なのか、パーツ本体なのかも見分けがつかない。

（できあがったら、きれいかろうなあ）

横目に眺めるデザイン画は照映の描いたそれのコピーだ。繊細な鉛筆のタッチはコピーを取るとかすれてしまうけれども、素人目にもそのラインのうつくしさはわかるし、完成品の形がそのまま見えてくる彼の絵は、これだけでも絵画的だと未紘は思う。

「えっと、こっちのブローチとネックは並べ終わりましたっ」

作業台の照映は不自由そうに片手でバーナーを操り、タールの載った『ヤニ台』という彫金のための固定台をあぶっている。熱してやわらげたタールにパーツを埋めこんで固定させ、コンマミリ単位の細かい意匠を彫るという、おそろしく細密な作業だ。

タールの溶ける強烈なにおいを鼻さきに感じながら、未紘はまた怒鳴られる。

「ここ置け！　それから、バフ室いって久遠から、バフあがったのもらってこい！」

「はいっ」

バフとは、通常バフ盤と呼ばれる大型研磨機と、その作業工程のことだ。モーターのついた機械に円形のフェルトや研磨布をセットし、回転するそれに研磨剤をこすりつけながら製品を押し当て、指で微妙なかげんを加えながら磨く。この作業を『バフをかける』という。

照映や久遠の爪が妙にぴかぴかしているのは、小さなパーツを磨く作業中に、研磨布に指のさきが触れてしまうせいだったのだと、この作業を目で見てようやく知った。

バフ室と名づけられているのは、浴室だった場所を改装した一角だ。ドアを開き、狭い空間で粉塵《ふんじん》マスクをつけた久遠に声をかける。機械が二台とそれに揃いの椅子《いす》が二脚、ようやく置けるようなごく狭い部屋で、未紘は声を張りあげた。

「久遠さん！　バフあがったのもらえますか！」

住宅用から業務用に取り替えてある換気扇とモーター音のすさまじさに、大声をあげなければ会話は不可能だ。黄色いサングラスのようなアイガードと防塵マスクをした久遠は、ちらりと目を動かし、身振りで背後においたプレートを示すと、未紘に向かって微笑む。『持っていけ』の合図に、未紘もＯＫサインを指で作り、プレートを持って照映のもとに戻った。

「これ、あがったやつですっ」

照映は手にしたプレートをひったくるように奪い、すぐさま次の指示を飛ばした。

「洗い場いって、超音波かけてあがったやつ乾かしとけっ」

「はあいっ、わかりましたぁっ」

勢い、会話が大声での怒鳴りあいになるのは、気が立っているとか忙しいというばかりではない。とにかくこの狭い空間には、機械音や掘削音がひっきりなしで、小声での会話など成り立たないのだ。

一応の防音対策はしているらしいけれど、この会社があるマンションが線路沿いにあるのも、おそらく騒音について文句を言われないからなのだろう。

（声、嗄《か》れそう）

小さく咳《せ》きこんだ未紘がちらりとうかがうと、照映はヤニ台に固定したベース板に、デザインどおりの彫りを入れていた。納期を三日後に控え、焦りの滲む姿に身をすくませつつ、振り向かない背中には、「やってきますっ」と元気よく答えるしかない。

とにかくできることをやるだけだ。目をまわしそうになりつつ、台所を改造した洗い場に入ると、下田がむっつりとたたずんで作業をしていた。

(げ、下田さん。このひと、どぉも苦手ったいなぁ)

初日から突っかかってきた下田は、いまだに未紘を目の敵にしている。あの日照映に自分が怒られたのは、未紘が負わせた怪我のせいだと思いこんでいるらしい。

あれからもう一週間は経つのに、一向に態度をやわらげてくれなくて、かなりしんどい。

(照映さんより、よっぽど怖《え》ずか)

この工房の所長は体軀も声も大きく、しょっちゅう語尾に「ばか、あほ、まぬけ」とついてくる。だが基本的にはおおらかだし、江戸っ子で口が悪いだけだというのはすぐ理解した。なにより、叱られてしょげることはあっても、照映の言うことには筋が通っているから、根元的なところで未紘を傷つけはしない。

未紘も短気なほうだと思うが、芸術家気質というのか、神経質でプライドの高い下田とはどうも相性が悪い。おまけに高圧的な物言いをするから、カンに障ると同時に怖かった。

とにかく、つけいる隙を与えないようにしなければ。

身がまえつつ、未紘は硫酸や重曹の並ぶ流し台の横に置かれた、超音波洗浄機をオンにした。四角いケース状の機械のなかには、洗浄液が満ちていて、常に一定の温度を保っている。

（えと、まずはスイッチ入れて、稼働したらパーツをザルにいれて……）

教えられた手順を思いだしつつ、プラスチックのザルに持ってきた品を入れる。振動をはじめた洗浄機のなかにつけようとした未紘は、下田の不機嫌な声にびくりとなった。

「なにやってんだよ」

「え？　えっと……なんか、間違いましたか？」

おずおずと問う未紘に、うりざね顔の下田は細い目をさらに細め、剣呑な表情で顎をしゃくった。

「それ。面が広いのはタコアシに引っかけてやるのが常識だろ」

常識、と言われても、なにしろ専門用語の飛び交う職場になじむのが精一杯の未紘は戸惑ってしまい、すみませんと口の中で言ってあわてるのが関の山なのだ。

「タコアシ……って、どれ、ですか」

問いかけると、下田はじろりと睨みつけて「目の前にあるだろ」と言った。

視線のさきには、針金ハンガーを組みあわせて作った道具がある。十本ほど束ねてまとめ、まんなかから折り返すようにして先端をねじってフック状にしたそれは、名前のとおり『たこの足』のように八方に広がっていた。

あっと目をしばたたかせた未紘を、下田は鼻で笑った。

「いちいち訊くなよ、この程度のことを。だいたい、道具の説明はぜんぶ受けてるだろ」

「でも、わからないときは、ひとに訊けって、照映さんが言ってました」

それはそのとおりだったが、素人がたった一度ですべてを覚えられるわけがない。それについては久遠も照映も、理解してくれていたし、だからこそ確認しろと言われるのだ。

しかし、下田はさらに未紘を見下すだけだった。

「そんなの、見ればわかるもんを、なんでわかんないわけ？　おまえ、自分がいるだけで邪魔になってるって、どの程度自覚あんの？」

言い返すと倍になって返ってくるのはわかっていたので、未紘は無言のまま壁に掛かっていたタコアシを取りあげる。

(使ったことない、けど、たしかまえに……)

以前、おおまかに説明された際のことを思いだし、未紘はフックにひとつずつ製品を引っかけた。頭のなかには、穏やかな久遠の声がよみがえる。

——面の広いものはね、かごに入れると重なって、汚れが落ちにくい。だから洗浄液に全体をさらすために、タコアシに引っかけて洗うんだよ。

久遠や照映のように、理屈づけて説明してくれれば、未紘のようなずぶの素人でもできるし、ものも覚えやすい。さほど物覚えが悪いほうではないし、教えてくれたときの久遠の言葉も、焦らなければちゃんと記憶から取り出せるのだ。

けれど、どうにか作業を進める未紘を、下田はまたせっついてくる。

「とろいな、そんなこともできないの？　早くしろよ！」

下田は必要な説明をしないうえに、紋切り型で皮肉を言う。なにもできない未紘をいちいち蔑《さげす》むような言葉を選んで、まるでわざとパニックに陥らせようとするかのようだ。

もともと素人で自信もなく、「これでいいのか」と不安がり、萎縮したままでの作業は、間違えたらどうしようという怯えがさきに立つから、どうしても手が遅くなる。

（ほんなこつ、性の悪か男たいね。ヒステリーの女んごつある）

下田のいやみな態度は腹も立つけれど、ここは我慢だと未紘は唇を噛んだ。

「すみません、慣れてないからぁ」

わざとあっけらかんと言えば「……いやみもわかんねえのか」と吐き捨てられたが、それは無視する。どうにかこらえつつ、未紘は商品を引っかけたタコアシを洗浄機に浸した。

こうしていると、なんとなく釣り糸でも垂らしているかのような気分だ。

（あと十五秒）

洗浄液で満たされたケースのなか、超音波での振動を受けて、細かい研磨剤が洗い落とされていく。束ねた針金から伝わる振動のくすぐったさ、あたためられた洗浄液からは、あまいクセにいがらっぽい、ケミカルなにおいがする。ココ以外ではぜったいに嗅《か》いだことのないそれに息をつめつつ、未紘はじっと備品の時計を睨んだ。

「よん、さん、にい……よしっ」

タコアシを引きあげると、真っ黒に汚れていた制作途中の製品が、ぴかぴかになって出てくる。思わず「おお」と顔がほころび、ていねいに乾かすための作業をするだけでも、未紘にはただ目新しく、おもしろい。

(そんな立場じゃないけど、楽しいな)

むろん、自分がここにいる理由を忘れたわけではない。せっかくの夏休みをほとんど費やして拘束されて、なんの報酬もないことも、少々どころでなく懐が痛かった。

(バイトしようかと思ってたけど……ま、いいか)

とりあえず仕送りもあるし、遊ぶ予定もこれで消えた。そもそも遊びといったところで、興味のないコンパにかり出されたり、たとえば中野のような薄っぺらい人間相手に愛想笑いをしているよりもよほど充実しているだろう。

(ま、もともと予定もなかし、誘いもなくなったっちゃけど)

ハブられても、ちっとも気にならない。むしろこの場にいることを邪魔されずにすんでよかったと、未紘の頬は自然にゆるんでいた。

ぶっきらぼうだがエネルギッシュで才能ある照映と、不思議に独特の雰囲気があるけれど、きれいで親切な久遠には、憧れと尊敬さえも抱いている。

ただひとり、いちいち剣呑な下田の存在を除けば本当に日々新鮮であるのだけれども。

「なに笑ってんだよ、気持ちわりーな。さっさと終わらせろよ、グズ」

「ぐ……。はい……」

あれさえなければ本当に楽しい職場なのに——と、作業を終えてすれ違いざまに毒づいていった下田のうしろ姿に思う。

下田が洗い場から消えたあと、未紘はぷっと唇を尖らせた。

じっさい、足を引っぱるばかりの未紘がなにも言えた義理ではないし、表だって未紘を責めないふたりの代わりに言われたほうがいいのかもしれないとも思う。

なによりこの場では未紘のほうが新参者だし、ああいうひとだとあきらめるほかないのだとわかっている。それでも、ねちねちといびられるのはやっぱり、神経が疲弊した。

「陰険やんなあ、もう」

しゃわしゃわとやかましい洗浄機の音に紛れさせるように、こっそりとつぶやくくらいはかまうまい。未紘はため息をついて、薄い肩を落とした。

＊　＊　＊

午後六時、タイムレコーダーの奏でる定時のチャイムが鳴った。そのとたん、下田はさっさと席を立つ。未紘は伝票の整理をしながら、またか、と思った。

「……お疲れさまでした」

挨拶《あいさつ》については、完全に無視された。そして身繕いをした下田は未紘の横をすり抜けながら、ぼそりとつぶやく。

「ったく、おまえが作業遅らせるから、ほんと迷惑だよ」

帰り際までいやみか、ともはやあきらめの境地に至りつつ、未紘は目を据わらせた。

（言うほど働いとらんくせになあ）

チャイムと同時に離席できるということは、就業時間内に片づけはじめているということだ。むろん、急ぎの用があるときなどはやむを得ないだろうとは思うけれど、未紘が知る限り下田は毎日そうしている。

それに、忙しい忙しいとぶつぶつ言うわりに、彼はぜったいに残業をしない。状況がどれほど差し迫っていても、照映や久遠がどんなに忙しそうでも、さっさと帰ってしまうのだ。

――サービス残業になるなんてごめんですよ。

（なんであんなやつが、ここにおるとやろ）

下田の存在は、じっさいこの職場では際だって違和感を覚えさせる。

手が足りなくなった際などは『環』直属の工房の人間が手伝いにくることもあったが、おおむね気のいいクラフトマンばかりで、あんなにつんけんした人間はいない。

むしろ外からきた人間が残業していくことすらあるのに、「給料外のことはしない」と言いきって、並み居る先輩連中を後目《しりめ》にさっさと帰っていくのは、相当な強心臓だと思う。

（まあ、いろんなひとがおるっちゃろな）

社会に出るというのは、有象無象《うぞうむぞう》の人間に触れることでもあるのだろう。経験不足の自分が納得できなくても、それが現実だ。

知らず知らずため息をついた未紘の髪が、うしろからくしゃりと撫でられた。やさしい手つきに、未紘は顔をほころばせる。

「もお、久遠さん。なんですか？」

「ばか、ちげーよ。久遠じゃねえ」

「え……」

苦笑混じりの声に振り向けば、そこに立っていたのは照映だった。わたわたと未紘は立ちあがった。

「わ、すんません！　なんでしょうか？」

あの柔和な彼だと思っていたときには平気だったのに、照映の手だと知った瞬間、なぜか髪のさきまでくすぐったいような気分になった。そんな自分にあわてていると、照映は片目を眇《すが》めたまま、じっと見おろしてくる。

てっきりなにか用事をいいつかるのかと思い、未紘は支給されたエプロンをはずした。

「えっと、夕飯の買い出しいきますか？　まだ残ってらっしゃるんですよね？」

出る支度を整えようとした未紘を制するように、照映はひらひらと怪我のない手を振りながら言った。

「買い出しはいらねえ、外で食うから」

「あ、そうなんですか。いってらっしゃい。俺、もうちょいこれやってます」

言いながら、ちらりとノートパソコンを眺める。久遠に頼まれた外注伝票の打ちこみは、未紘が唯一、失敗もせずにやり遂げられる仕事だった。

「キャストの発注表か？」

「はい。カネフクさんのぶん、もうすぐ終わります」

小さい工房である『KSファクトリー』は、基本は現物取引のため、立ちあげから三年間、製品のパーツや、キャストと呼ばれる原型の伝票は手作業で切っていた。そして、それらの書類関係はファックスや郵送——つまりアナログでやりとりしていたそうだ。

しかし本社のほうがオフィスの管理ソフトを一新し、売り上げ、経理、受発注、在庫管理などのすべてのデータが一本化できるよう整備をした。そしてついに子会社である『KSファクトリー』でも、受発注時にはネットを通さなければならなくなった。

たかが三年分とはいえ、過去の資料をさかのぼり、入力するのはけっこうな手間だ。もとより手が足りない状況にまかせ、古い伝票についてはあとまわしになっていたらしい。

正社員ならばもうすこしいろいろ手伝えるのだろうけれど、なにしろモノは貴金属。しょせん部外者の未紘に、任せられる仕事などさほどありはしない。照映と久遠がときどき「次、なにさせる？」とささやきあっているのは聞こえていた。

（ただ働きとか、言ってもなあ。やらせるための仕事、探して、教えて――じゃ、ほんとに下田さんの言うとおりになっとぉし）

却って手間を増やさせているのだろうに、照映も久遠も未紘を当たりまえのようにこの場に置いてくれる。そんなふたりの役に立ちたいし、できる限りのことはするつもりだった。

「打ち間違えんなよ、おまえけっこうそそっかしいから」

「だいじょうぶです！」

そそっかしい、と言われて口を尖らせつつも、彼の目が笑っていたから本気では腹も立たない。からかう照映にムキになったふりで未紘は答え、それよりも、と思った。

「ていうか、ごはん、いいんですか？」

多忙すぎるほど忙しい彼には、休み時間は貴重だ。早く食事をすませてゆっくりしてほしい。そう思って促すように見つめると、なぜか照映はすぐに目をそらし、無事な左手で頬を搔いた。

「ああ。だから、おまえも早く、出る用意しろよ」

「ほえ？」

「ほえー、じゃねえよ。おごってやるつってんだ」

意外な言葉にきょとんと目を見開くと、からからと笑われた。

「それとも、ここで伝票いじくってるほうがいいなら、しょうがねえけどな」

あっさり背を向けた照映に、未紘は一瞬だけためらった。

（おごり、て。そげん、してもろてよかと？）

肩越しにちらりと視線を流した照映が眉根を寄せた。

「どうすんだ」

「あっ、はいっ」

彼はけっこうせっかちな性分で、待たせると不機嫌になるのはもう知っている。ぐずぐずしているとまた怒鳴られると思い、あわてて広い背中を追いかけた。

未紘が追いつくまで、照映は玄関で待っていてくれた。

「あの、でも、いいんですか」

「あん？　なにがだよ」

靴を履く間、照映は壁にもたれ、軽く脚を組む形で立っている。足先を飾るのは、近所に出る折りつっかける、年季の入った下駄。長い脚には似合うような、似合わないような。

「だって俺、ただ働き……」

「ただ働きでもメシくらい食わせるもんだろ。……いいから早く、靴履け」

急げと、紐つきのスニーカーにもたつく未紘の頭を照映が叩いてくる。その気安い所作になぜだか胸が熱くなって、「へへへ」と未紘は笑ってしまった。

「メシくらいでそんなに喜ぶか？」

現金だな、とあきれたようにつぶやいた照映は、からんという音を立ててさきを歩く。追いかけながら、彼の頭にまだタオルが巻かれたままだったと未紘は気づいた。

自分はもはや見慣れてしまったが、正直あまりカッコイイとは言いがたい。

「あ、照映さん。頭、頭」

「あ？　あー……めんどくせえな」

指摘すると照映は左手でタオルを摑み、ぶるりと頭を振ったあと、カーゴパンツの尻ポケットに乱暴に突っこんだ。

（う、わ）

形よい頭に貼りついたような髪を手ぐしで乱した仕種はひどく荒く、どきりとするような男の色気を漂わせている。

（な、なんば、見とれとっとか！）

かっと火照《ほて》った頰を自覚して、未紘は焦った。そしてそういうときの常で、考えるよりさきに言葉が飛び出していく。

「あの……照映さん。それオッサンくさいです」

指さしたのは、タオルの引っかかった尻ポケット。入りきらず半分ほどはみ出していて、見た目はまるっきり建設現場のオヤジだ。指摘すると「うるせえ」と照映はまた笑った。

「どうせオッサンなんだ。いまさらかまうか」

「いたっ。頭叩くんやめてくださいよ、縮むでしょう！」

わめきちらしながら、未紘は妙にほっとしていた。

思わずつっこみを入れたのは、うろたえたせいだろうか。それともあまりの身なりのかまわなさが、さすがに見逃せなかったからなのか——いっそ手荒に扱われることで、ざわざわする胸をごまかしてしまいたかったのか。

（俺、なし、なぜ《なぜ》こげん変かと？）

照映は体温が高いらしく、放熱するようなそれが近くにいると伝わってきて、未紘を落ちつかなくさせる。

夏の宵はほのかに明るく、汗ばむ肌に絡む風もぬるい。頬が火照るのは、息苦しいような都会の熱気のせいだと思いたいのに、むずかしい。

線路沿いの道、電車の通りすぎる音に混じって、かろん、かろんと下駄が鳴る。未紘は小走りについていく。

薄闇にぼうっと白いものが浮かんで、それは彼が煙草《たばこ》をくわえたせいだと知った。

「歩き煙草、だめですよ」

無精に見せてじつは整えている鬚のある唇の端に引っかけるのはピースの紺だ。かなりのへビースモーカーである照映は、仕事中とごはんを食べているとき以外、ほとんど喫煙していると言ってもいい。怪我のストレスで本数が増えたらしい――とは、久遠談だ。

「わかってる、火はつけてねえ。これがねえと落ちつかねんだよ」

言い訳する照映に、未紘は「そういう話じゃないです」と、強引にそれを奪いとる。

「あ、こら」

「条例違反で引っかかるでしょうが。外ではだめです」

取り返されそうになったので、両手で隠してさっとうしろにまわす。照映はむっとしたように顔をしかめた。

「喫煙してねえし、くわえてるだけだろ！」

「照映さんなそげん言うばってん、見た目は吸っとうごつ見えようもん！　通報されたらどげんすっと！」

思わず地元言葉まるだしで言い返すと、照映が目をまるくして、ぷっと噴きだす。

「おまえのそれで怒られっと、毒気抜けんなあ。意味わかんねえし」

「……すみません」

かあ、と赤くなった未紘に、照映は「いい、いい」と頭を叩いてきた。

「まえも言ったろ。威勢がいいのはきらいじゃねえよ」

手のひらを首筋に当てて肩を上下し、こきりと鳴らす。いかにも男くさい仕種は妙にさまになっていて、また未紘の心臓が跳ねた。

(また……)

出会ってからずっと一生懸命に追いかけている背中は広くたくましい。それに憧れるのはわかる。見惚《みと》れるような体躯だとも思うし、男ならこうなりたいと感じるだろう。

けれど、青い迷彩シャツに染みのように広がる、浮いた汗が気になる自分がわからない。そして、どうしてこんなにそわそわどきどきしてしまうのかも。

(おかしかって、こげんなるとは)

未紘は自分をごまかすように、動揺を殺して問いかけた。声がうわずらないように心がけなければならないのが、ひどく滑稽《こっけい》な気がする。

「え、えと、どこで食うんですか」

「よし源」

「なんだ、そばか……」

わざとがっかりしたふうに言うと、照映もまた笑いながらすごんでくる。「贅沢《ぜいたく》言うな、だったら自腹切れ」と言うなりばちんと背中を叩かれ、未紘は飛びあがった。

「い！　いったぁ……だからぶたんでって！」

「縮みようもねえだろ、ちびっちゃいくせして」

「ひどいです！　気にしてるのに」

未紘と照映の身長差は軽く見積もっても十五センチというところだ。おまけに体格でも相当な開きがあるので、彼のまえにいると自分がものすごく小さな子どものように思える。

久遠も長身だが、あちらは女性と見まごうばかりにほっそりしているので、それほどコンプレックスを感じないですむのだが——。

「あ、ところで久遠さんは？」

「ああ、さきに出た。たぶん、店にいるんじゃねえのか？」

当然のように返ってきた答えに、やっぱりと思いながら、すこし落ちこんだ。自分でも思ってもみない心の反応に驚いていると、照映が顔を覗きこんでくる。

「なんだ。ふたりっきりがよかったのか」

「え……」

「そんな顔してたぞ、いま」

未紘はぱちぱちと目をしばたたかせた。あたりはすっかり日が落ちて、照映の表情がうまく読み取れない。からかうように問いかけられた言葉の意味も、すこしも理解できない。

（べつに、ふたりきりとか）

がっかりなんて、していたわけじゃない。なのに、言われたとたんまっ白になったのはなぜだ。

（俺やら、照映さんと久遠さんの間に、はやぶり《わりこみ》できるわけ、なかし）

そんなことを考えて、妙に寂しい気持ちになっているのはどうしてだろう。

これ以上考えると、変なことになる。未紘はあわてて、笑顔をとりつくろった。

「そ、そんな顔て、どんな顔ですか」

笑い混じりに言ったつもりだったのに、声がうわずった。ますます顔は熱くなり、照映を直視できずに目を逸らす。

どぎまぎして、意味もなく何度も唇を嚙んだ未紘の頭に、ぽんと大きな手が載せられる。

「冗談だろうが。そうテンパるな」

「べ、べつに、なんもなかです。ほらっ、そばが伸びますよ！」

せかせかと歩き出すと、照映がくっくっと笑った。

「注文してもいねえそば、どうやって伸びるんだよ」

意味不明のことを言いながら、未紘は小走りに駆け出した。からんからんと下駄を鳴らす照映は、きっとそれでもあの長い脚で、あっさり追いついてしまうのだろう。

「気持ちの問題で！」

（くやしか）

からかわれたことも、冗談をうまく受け流せないことも――ちょっぴり図星をさされてうろたえているいまの自分も、未紘の頰をかっかと火照らせる。

どうして、うしろから歩いてくる照映の放つ気配をこんなに強く意識してしまうのかわからないまま、跳ねるように未紘は歩き続けた。

のれんをくぐると、狭いそば屋の店内が一瞥できる。未紘はきょろりと見まわしたのち、あれっと首をかしげた。

「久遠さん、おらん……」

「ああ、んじゃべつの店に食いにいったかな」

ことともなげに言った照映は手近なテーブルに腰かけ、品書きも見ずに「天ぷらそば、ぬくいほう」と告げる。

「未紘も同じでいいか？　……おーい、おっちゃん、いまのふたっつ」

照映は未紘がうなずくのを確認して、声を張りあげた。「はいよ」と奥から声が聞こえ、すぐにふくよかな割烹着《かっぽうぎ》姿の女性が冷茶を運んでくる。

照映は茶に口をつけるより早く、煙草をくわえた。未紘はさっそく冷茶を口に運ぶ。水出しのそれはあまく、喉ごしもなめらかで、火照った身体においしかった。

ぷかりと煙を吐き出したあと、照映が静かに問いかけてくる。

「もう十日経ったけど、慣れたか、ちっとは」

「あー、えっと、まだわからんこと多いですけど、おもしろいです」

到底『慣れた』とは言いがたい状態だが、すこしずつコツは摑んできたと思う。面接のようでいささか緊張した未紘は、背筋を正して素直に答えた。

「なんか、足ひっぱっとるみたいで、申し訳ないですけど……」

申し訳なくてぼそぼそと答えると、照映は、未紘にかからないように顔を背け、ふっと煙を吐き出した。そして目をあわせないまま、問いかけてくる。

「ちょっと訊きてえんだけど、下田、おまえにきつくあたったりしてねえか？」

ぐっと言葉につまった未紘に「やっぱりか」とつぶやいて照映は頭を掻いた。

「あの野郎のことだから、見えないとこでネチネチやってんじゃねえかと思ったが」

「あっ、でもっ、俺がなんもできんけん——」

「入ってきて十日でなにできるっつうんだよ。んなもん、見学しにきたようなもんだろ。むしろ予想外に使えてるぜ？　伝票入力なんか、俺らは暇もねえうえに不得意だったし、助かってる」

「そ、そうですか？」

ぱっと未紘は顔を輝かせた。現金な反応に苦笑した照映は、くわえ煙草で目を眇めた。

「下田もまだ下っ端も下っ端だ。去年入ってきたばっかで、しごいてやってくれって話で、『環』から頼まれて使ってるんだが……どうもあの性格がなあ」

苦りきったように首を鳴らす様子からして、照映も彼を持てあましているようだ。大変そうだなと同情しつつも、未紘は首をかしげた。

「でも、去年入ってきたんですか？　下田さん、二十六、くらいですよね？　新卒には見えんし、なんか……」

「えらそうだろ？」

ごにょごにょと濁した言葉を照映が引き取り、未紘は「へへへ」と笑ってごまかした。だが照映は笑うこともなく、煙草のフィルターを不機嫌に噛む。

「大学院卒なんだよ、あいつ。おかげでプライドばっか肥大して、使いづれぇことこのうえねえし……つーか、あいつが研修にきたおかげで、もともとの社員がやめちまったし」

「え、そうなんですか」

ぼやいた照映によると、現在の『KSファクトリー』は正社員二名、久遠と照映のみで、あとは親会社からの派遣扱いか外注扱いになるのだそうだ。

下田もてっきり正社員だと思っていたのだが、まだ入ってきて一年目であり、技術を覚えきっていないため、あくまで扱いは研修期間になっているらしい。

「それでも、独立して立ちあげたときには、もうふたりいっしょにいたんだよ。若いやつで、『環』にいるより俺のとこで修業したいっつって。久遠にもなついてたしな」

そうだったんですか、と未紘がうなずくと、照映は短くなった煙草を灰皿でもみ消し、深々と煙を吐いた。

「けっこう順調に育ってたんだけどな。二年後に下田を本社から押しつけられて、状況が一変しちまった。……もともといたふたりは、高卒と専門学校卒で、どっちも若くてな。ちょうどおまえくらいか」

言葉を切り、ちらりと未紘を眺めた照映は一瞬だけ目をなごませる。だがその表情はすぐに険しくなった。

「ぶっちゃけりゃ、技術的には下田よりうえってくらいには育ってた。うちは独自のやりかたがあるし、学校で習ってきたことより実地の技術習得が大事なんだ。けど……」

「あー、なんか、想像つきました……」

おそらくあのいやみ攻撃と尊大な態度で、若いふたりをいびったのだろう。未紘が唇をひきつらせると、照映はばりばりと頭を掻く。

「狭い工房だけど、防音に気を配ったせいで、ドア閉められっとわかんねえんだよ。俺も久遠も余裕がなかったし気づいてやれなかった。そのうちひとりは胃ぃ壊して、ひとりは怒りまくって、やめちまった」

「ありゃー……」

お気の毒と言うしかない。顔を歪めた未紘に、照映はふっと微笑んだ。

「まあでも、未紘は平気かもしれねえな」

「え？　なんでです？」

「いやな話かもしれねえが、おまえの学歴が高いおかげであいつは手出しできない部分もあるからなあ。それに、のっけで法律用語使って、言い返したろ」

未紘の大学は国立でこそないが、全国的に有名な私立大学だ。芸大生であることを鼻にかけていた下田は、以前『KSファクトリー』にいた若手たちをそのことでいびったらしいけれど、門外漢でもあり、一般的に『優秀』と見なされている学部にいる未紘のことは、うまくいじめきれないのだろうと照映は言った。

「それはそれで、気持ちよくはないですけど」

微妙な顔をする未紘に、照映はうなずいた。

「学歴偏重主義のやつってのは、どこにでもいるからな。まあ、芸大生も悪いやつばっかじゃねえのはわかってんだ。俺のいとこなんかも、あそこ出身だけど」

思い出し笑いをした照映がつぶやいた言葉に、未紘は目を瞠った。

「いとこさんも、絵、描かれるんですか？　芸術一家なんですね」

「ばか、芸術なのはあいつだけだ。……俺が教えたんだけどな」

つぶやいた照映の表情に、未紘はどきりとした。見たことのない、なにかを懐かしむような目をした照映の声には、ほんのすこしの悔悟のようなものが混じっている。

「慈英《じえい》っつうんだけどな。自分がどこの大学にいってるかもわかってねえような、ぼーっとしたやつだよ。そのくせ才能だきゃあ、ありあまってやがる。正直、まわりの勧めであの大学にいきはしたが、いかなくたって、慈英ならなんでもできただろうな」

兄貴顔でいとこ自慢をする照映をすこし微笑ましく思いながら、未紘はふと、初日の怒鳴り声を思い出した。

——だからきらいなんだ芸大はっ。

——頭でっかちで口ばっか達者で使えねえからだ！

一連の言葉や、短い期間ながら見知った照映という人間は、それこそ学歴や大学で他人を判断したりはしない。

だからおそらくあれは、照映なりの下田への皮肉だ。彼がいちばん自慢している部分をけなすことで、意味のないプライドを折り、無意味なつっかかりをやめろと、そう言いたかったのだろう。

うまいやり方かどうか、未紘には判断できないし、逆効果になっている気もする。けれどそうとしか言えない照映の苛立ちのようなものは、充分理解できた。

「ま、未紘はだいじょうぶそうだな。充分、気も強ぇし」

「う……ごめんなさい」

にやっと笑った照映は、意味ありげに自分の折れた指を見る。恐縮して肩をすくめると、照映はふと真顔になる。

「なあ。いらねえ世話かもしれねえけど、未紘おまえ、なんか悩んでねえか？　なんでときどき、妙にぼさっとしてるんだ」

「えっ……？」

いきなりの問いかけに、どきっとする。

「ここ十日、見てたんだけどよ。いま言ったとおり、気も強けりゃ頭もよさそうだし、根性もある。けど、ちっとも自信がなさそうに見えるんだよな」

ぎくりとして、未紘は目を泳がせた。照映はじっと見つめてくる。

「第一、ふつう、上京してきた大学一年生なんて、遊び放題遊ぶだろ。けど、こんな工房に閉じこもって、それがむしろ楽しいなんて顔するのは、どう考えても変だぞ」

完全に読まれていたことに、未紘はどうしていいのかわからなくなり、黙ってうつむく。

沈黙する間に、天ぷらそばが運ばれてきた。「食え」とうながした照映は、割り箸を割ってさっさとたぐりこむ。猫舌の未紘は、熱々のそばに手をつけることはできず、しばらくじっとどんぶりを眺めたのち、重い口を開いた。

「俺、大学が、なんかつまらなくて」

「ふうん？」

照映はそばに目を落としたまま、ぱりぱりにあがったエビ天ぷらを囓った。視線をあわせないのは、未紘への配慮なのだろう。ほっとして、未紘も吹き冷ましながらおずおずつゆをすする。かつおだしのきいた出汁《だし》に、天ぷらの油が溶けてうまい。

「ずーっとこの大学に入ろうって決めてて、勉強勉強ってやってきたんですけど、いざ入ってみたら、なにしていいのか、わからなくなってたんです」

大学生というのはモラトリアムを満喫し、暇を持てあまして遊びまくり、コンパだ飲み会だと騒ぐだけの生き物かと未紘は思っていたが、それはあくまで一部のゆるゆるな学生の話。まともに大学を卒業しようと思うなら、まじめで勤勉にするしかないのだ。

「講義選ぶのもへたくそで、試験もあっぷあっぷして。おかげで勉強にもうまくついていけん感じするし、ものすごくできの悪い人間みたいな気がするし」

そもそも入学するためだけであれだけ勉強しなければいけなかったのだ。ゴールのさきがいきなり楽になるわけがないのだと、いまさら思い知った未紘がぼんやりなのだろう。

「……しんどいのは、それだけが理由か？」

問われて、ふるふるとかぶりを振った。「食いながら話せ」と促す照映の言葉がなければ、そばをたぐる手は完全に止まっていたと思う。

「遊びにも、いかんとは……俺、ともだち、おらんけん」

ぽつんとつぶやいて、みっともなさに鼻の奥がつんとした。照映は、ふうん、と静かに相づちを打つだけで、未紘の言葉を待っている。

「最初は、どうにかしようて思っとって、けど……」

「なんかあったのか」

しょげた未紘の顔になにを読みとったのか、照映は静かな声で問いかけてきた。怒鳴ったりしないと、ずいぶん深みのある美声なのだと気づかされ、その低くやさしい声にうながされるまま、未紘はぽつぽつと胸の裡を打ち明けはじめた。

＊　＊　＊

あれは試験のはじまるまえ、先月のことだ。梅雨は抜けきれず、日に日に暑さを増していく東京のじっとりした熱にくわえ、ほぼ毎朝の痴漢攻撃にくたびれ果てていた未紘は、あからさまに疲労しきった顔で講義のノートを取っていた。

ラッシュに揉まれ痴漢に揉まれ、げんなりしたせいで大教室に飛びこんだときには遅刻ぎりぎり。席も後方にしか座れず、いろんな意味でいらつきながらペンを動かしていると、同じくらいの時間に入室してきた男から、声をかけられた。

「な、早坂。早坂？」

「あ……なに？」

ストリート系ファッションに身を包み、間違いなく人工的に焼いた肌を光らせた彼の名は中野といい、大学でようやくできた知りあいだ。未紘と同じ講義を取っていて、友人、というにはまだ距離が遠く、したの名前まではまだ知らない、その程度のつきあいだった。

「悪いけど、先週のノート、コピーさせてよ」

「……またか」

へらへら笑った中野に、しょうがないなと愛想を返してみるものの、内心では微妙な気分だった。親しげに話しかけてはくるけれど、それは大抵、出席カードの代理提出や、ノートのコピーを頼むときくらいで——それでも、未紘にやたら親しげに話しかけてくるのは、この図々しい男だけだ。

入学の当初から未紘はどこか微妙に遠巻きにされていた。その理由はよくわからないけれど、正直、さきに『引いた』のは未紘のほうだ。

理由は、かなり単純明快なものだった。

「いいじゃない、お願い。ね？　このとおりだからさ」

目の前の中野に「しょうがないな」と返しながらも、背筋のあたりに寒気が走る。

（いいじゃない、て……東京の男っちゃ、女んごつ《みたいに》しゃべりよる！）

東京にきていちばんなじめないのが、東京弁——標準語だ。テレビなどでさんざん見ていたし、とくに問題もないだろうと思っていたけれど、街中から聞こえてくるのがすべてこの言語というのは、意外なくらいにカルチャーショックだった。

幼い頃からなじんだ地元の、ぶっきらぼうで荒いけれども、あたたかい言葉とはまるで違う。妙に抑揚が強く芝居がかっていて、軽いうえに、なよなよとして聞こえるのにひどく冷たい言葉は、嘘くさくて気持ちが悪かった。

また、少しでも方言が滲むと、必要以上に笑われ、声色を真似されたりばかにされたりするということも起きて、しゃべるのがすっかりいやになった。

どうにか標準語を使ってはいるものの、おかげで誰かと話すたびに違和感がつきまとう。妙に身がまえるから、相手もまた距離を取る。その繰り返しで、けっきょくは誰ともうち解けられないままだった。

(関西の連中みたいに、開き直ればよかとだろけど)

全国的にメジャーな方言圏の人間がちょっぴりうらやましいとまで考えて、未紘は皮肉に嗤《わら》う。だが、その卑屈な考えに自分でうんざりした。

(そげんしてまで媚《こ》びて、どうすっとや)

自分は自分だし、九州出身であることを卑下する必要はどこにもないだろう——。

「じゃ、これ借りていくね。さんきゅー」

考えに浸っていた未紘は、手元のノートを勝手に取りあげようとする中野に気づいて、あわてて立ちあがった。

「あ、コピー取るならいっしょにいく」

「そう？　悪いな」

ぽいと投げ返されて、いつの間にか未紘がコピーを取ってやることになったのに気づいた。図々しさに腹もたったけれど、目を離して勝手にノートを持っていかれてはたまらない。

中野は見た目のとおりにルーズで、「貸して」の言葉を信じて渡したら次の講義でまんまとサボられ、未紘自身が困ったことがあったのだ。

連れだって、コピー機のある売店まで向かった。さすがにコピー料金は「払ってこい」と伝えたが、かすかに舌打ちしたのを未紘は聞き逃さなかった。

(なん、あれ。俺に金まで払えいうこと?)

うんざりした気分になりつつうつむいていると、コピー機使用カードを持った中野が戻ってきた。ごくナチュラルにカードを手渡され、なんのつもりだと目を瞠ると、中野はあっけらかんと言う。

「じゃ、頼むね。俺ちょっと用事あるから第三教室にいるからさ、そっちに——」

「すぐ終わるだろ、自分でコピー取って持っていけよ」

中野の言葉を遮るように、未紘はきっぱりと言いきる。なんとなくパシリ扱いにされているのはわかっていたが、さすがにそこまで舐められては、気分のいいものではない。

「コピー取る間、待っててやるから、やっていけ」

重ねて言うと、中野はまた舌打ちし、いやな顔をした。だが未紘が引かずにノートとカードを突き出すと、渋々、といった具合にコピーを取りはじめる。

無言で腕組みし、コピーを終えるのを待っていると、さすがに気まずくなったのか中野が口を開いた。

「早坂、なんか今日機嫌悪いな。どうかしたのか？」

おまえが図々しいからだと言ってやりたかったが、無意味に波風を立てるのも得策ではない。しばし逡巡《しゅんじゅん》したあげく、未紘は「朝、ちょっといやなことがあって」とごまかした。

「いやなことって？」

軽く受け流されるかと思っていると、中野は問いかけてくる。どうやら未紘が本気で気分を害したのに気づき、機嫌を取る気にでもなったのだろう。

（ノート貸してもらえんくなるて、思ったんかな）

それはそれであからさますぎて微妙だった。だが、愚痴を誰かに言いたい気分でもあった。いっそ笑い飛ばしてくれれば、自分もそうできるかもしれないと考え、未紘は、ため息まじりにぼそりと言った。

「毎朝とは言わないんだけど……電車でしょっちゅう痴漢に遭うんだ」

「へ？　痴漢？　って、尻触ったりする、あの？　毎朝でもない……って、でも、しょっちゅう触られてんだ？」

「そう。いつもだいたい同じ時間に出てくるから、常習犯かもしれない」

未紘は憮然《ぶぜん》とうなずく。

だが、恥を承知で打ち明けたのに、中野は冷たくさえ聞こえる軽薄な声でこう言った。

「ははっ。それってさ、早坂が男好きですってフェロモンでも出してんじゃねえの？」

「……は？」

なにを言われたのか、一瞬わからなかった。未紘は目をしばたたかせ、コピー機にノートを押しつけている男を凝視する。

（なんじゃ、それ⁉）

ワンテンポ遅れて、怒りがこみあげてくる。血相を変えた未紘には気づかない様子で、中野はなおも続けた。

「顔もカワイイしさあ、なんかちょっと、頼りない感じだから、隙があるんだよ」

笑い混じりの言葉は、もしかしたら冗談だったのかもしれない。だからといって受け流せる類《たぐい》のものではなかったし、ほんのすこし意地悪に歪んだ目が、コピーを素直に取ってやらなかった未紘への意趣返しだと告げていた。

「だいたい、早坂って、ぱっと見、男か女かわかんないじゃん」

「な……」

「正直俺、最初に声かけたときは、女の子だと思ってたんだよねー。しゃべったら声低いから、男だってわかったけど、ちょっとがっかりしたんだよな」

いちばんのコンプレックスをストレートに言われ、未紘はさすがに絶句した。

小さいころから「オンナオトコ」「オカマ」などと言われ続けた理由が、響きの愛らしい名前と、それに似合いの美少女顔のせいだということは、誰に指摘されるまでもなく未紘自身わかっている。

基本的には気の強い自分を知っている未紘は、口を開けば見た目とのギャップに驚かれることが多く、そのたびに顔も体格も、ばりっと男らしくあればよかったと思ってしまう。

不細工なほうがいいとは言わないが、ここまできれいきれいな顔でなくてもよかった。

「俺の顔がこげんとは、俺のせいじゃなかろうが……」

「え？　なんつったの？」

「顔がこうだから、痴漢に遭ってもしかたないって言うのか、つったんだ」

呻くような声を発して睨みつけると、中野は驚いたように目を瞠った。だがその目の奥にはやはり、こちらを傷つけようと待ちかまえている、残酷な色がある。

「だって、いやなら路線変えればいいのに、なんで律儀に同じ車両に乗るかなあ」

「最初は気づかなかったんだ、狙われてるなんて」

「はー？　じゃあ、気づいた段階で逃げればいいじゃんか。そうじゃない時点で、待ってるも同然じゃーん」

痴漢に遭うほうがスキがあるんだなどと言うのは、まったくもって失礼で勝手な理屈だ。いちどでも被害に遭えば理解できるだろうが、どう考えてもその手の被害に遭いそうにもないルックスの中野には、一生わかるまい。

けたけたと笑った中野に対し、憤怒の感情が噴きあげる。

（なんじゃこいつ。ここまで言うか。どういう神経しとっとや）

そんなことを理由にされても納得などいくはずがない。

（俺は、なんも悪くなかとに！）

中野からすると、そんな格好をするのも悪いと言いたかったのだろうけれど。

「いやなら丸坊主にするなり、もっといかつい格好するなり、すりゃいいだろ。そうしないのは、やっぱナルだからか？」

「ナル……って、なんじゃ、それ」

「だってそんな顔してるのは自分のせいじゃないにしても、ファッションとか髪型でなんとかなるじゃん？　そうしないのは自分のせいだろ」

ほとんど言いがかりになってきた中野の言葉に、未紘はぎりぎりと唇を噛んだ。

服ひとつとっても、マニッシュなSサイズの服か女性ものしか着られないのだ。

筋トレもした、背を伸ばすナントカ器具も使ってみた。けれど未紘の身体は、成長期が終わるころになっても薄く細い体型のままで、どうがんばっても育ってくれなかった。

それがぜんぶ未紘のせいだと言いたげに、中野はさらにあざけってくる。

「だからさ、いろいろ言い訳してっけどさ、『カワイイ俺』みたいなのが、ほんとは好きなんじゃないの？」

ショックを受けたような顔を、中野は満足げにながめ、さらに続ける。

「合コンとか誘っても、ぜんぜん乗ってこないらしいじゃん。女に興味ねえんだろ？　あ、ほんとは彼氏募集中とか出会い系に書きこみして、痴漢さん待ってたりしてな」

「……っ！」

そのひとことはさすがに許せず、未紘は無言のまま眉をつりあげ、コピー機の蓋《ふた》を開ける。ノートを取りあげると、スキャン中だったガラス面から放たれた光が、呆《ほう》けた中野の顔を照らし出した。

「ちょ、おい、なにすんだよ！」

「そこまでばかにされてから、貸してやる義理はなかろ」

つっけんどんに言って、ノートを鞄《かばん》にしまう。そのまま歩き出すと、中野は顔を歪めて肩を摑んできた。

「てめえ、なんだよ！　勝手に愚痴っといて、勝手にキレんなよ！」

「ばかにしとってから、都合のええときばっか他人んこつあてにすんな」

怒鳴りながら腕を振り払うと、中野はふたたび背後から肩を摑み、案の定せせらわらった。

「はぁ!?　なに言ってっかわっかんねえし。なにその言葉、だっせ！」

こらえにこらえていた怒りのゲージが振り切れたのは、その瞬間だった。こめかみの血管が切れるかというくらい、頭に血をのぼらせた未紘は、反射的に出た拳《こぶし》を止めることができず――。

「しゃあしか！　舐めんなこんボケが！」

「ぎゃっ！」

中野の叫び声で我に返ったときには、色黒の顔面に、きれいに裏拳が決まったあとだった。

はっとして周囲を見まわすと、人気《ひとけ》の多い場所でおきた暴力沙汰《ざた》に、誰もが目を瞠っている。

かーっと顔が熱くなって、未紘はそそくさとその場を逃げた。

侮辱的な中野の言葉にも、悪目立ちしたことにも、ただひたすら情けなさだけがこみあげて、ひさしぶりに泣きたくなった。

だが――話はそれでは終わらなかったのだ。

てっきり殴られた仕返しにでもくるかと思っていた中野は、見た目ほどオラオラではなかったと見えて、翌日ばったりと出くわすなり顔を真っ青にして、未紘のまえから逃げ出した。

そして、彼が学食や大教室で、大声で悪口を言いふらしているのを知った。

「ほんとだって。早坂って凶暴だし、キレっと手に負えねえんだよ」

「目があっただけでいきなり殴るって、マジかよ」

「おとなしそうに見えるのにな。いわゆる、『キレる十代』ってやつかあ？」

このほかにも、「女はきらいらしい」だの「じつは痴漢待ち」だのさんざんなことを、言いたい放題。怒りのあまり無表情になり、未紘はわざと足音を立ててその場に入った。

「――っと、やべ。本人きた」

げらげら笑いながら話していた連中は、未紘の顔を見るなり、あわてて目を逸らした。

（合コンとか興味ないだけで、そこまで言われんとならんとか）

なんでもかんでも恋愛に結びつけないと気がすまない、昨今の風潮が面倒なだけだ。顔こそ女顔でも、未紘は九州男らしく、無意味に女の機嫌を取ってみせるのがきらいなだけだ。腹立ちまぎれにぎろりと睨みつけ、席についたけれども、けっきょくは『早坂未紘はやっぱり凶悪』のレッテルを貼られただけだった。

おかげでますます未紘は遠巻きにされ、それ以後、誰ともろくに口をきいてすらいない。すぐに試験に突入したおかげで、孤独感は忘れられたけれど、苛立ちはピークに達していて――試験から解放され、ほっとしたその朝に、痴漢事件が起き、照映に怪我をさせてしまったのだった。

＊　＊　＊

ひととおりを話し終えると、照映はおかしそうに笑った。

「なるほどな。それであんなに気が立ってたわけか」

とばっちりだと怒るかと思っていたので、その反応は意外なようでもあり、だがこの十日で知った照映の人柄を考えると、当然のようでもあった。

「ほんとに、すみません」

「ま、いいさ。おまえも災難だったよな」

照映があっさりと謝罪を受け流したのは、以前も言われたとおり『もう謝ってもらった』ということなのだろう。つくづく器がでかいと感心させられ、未紘はほっと息をつく。そのタイミングを狙ったかのように、照映は言った。

「ダチなんか、ほっといてもできるし、できねえってことは、いらねえってことだろ」

「そんなもん、ですか？」

「だって、本気でほしけりゃ、もっと努力するんじゃねえの。そうしねえんだから、やっぱりおまえ自身が、いらねえって思ってんだろ」

あっさり言った照映の言葉は図星すぎて、なんの反論もできなかった。

もちろん未紘も悪いのだ。本当に欲しいと思うなら、ゼミやサークルに入るなどして、友人を作るべく努力すればいい。だが、それこそ未紘がいま、やろうにもできないことだった。

「したいと思うけど、できんとです」

あまえたことを照映のまえで言うのは、よくないとわかっていた。けれど言葉は勝手にこぼれていく。

大学に入って、未紘は完全に自分の方向性を見失っていた。

燃え尽き症候群なのだろうかと疑うくらい、気力がないのだ。この途方にくれたような気分をどうすればいいのか、未紘にはまるで見当もつかない。

「こげん、なんもしとうなかて、どっかおかしいとか、自分でも思って」

小学校から高校までは、親や教師など、周囲の言うとおりに勉強さえしていればよかった。いつかゴールがあるはずだと、ただそれだけ信じて走ってきた思春期。受験システムに組みこまれ、敷かれたレールのうえを走るばかりだったあのころに戻りたいとは思わない。いざ飛びこんだゴールの『そのさき』があることまで、未紘はまったく考えていなかった。

「でも、なんすりゃええか、さっぱりわからんし……ぐるぐる考えてばっかりで」

こんなはずではなかった、というのが、いまの未紘の偽らざる本音だ。

法学部を選んだのは自分の判断だが、裁判官になりたいとか検事や弁護士になりたいとか、明確な目的意識があったわけではない。理数系がいまひとつ苦手だったため、偏差値と教師の意見と親の経済状況の三つ巴《どもえ》を配慮に入れ、文系のなかで興味が持てそうな『ジャンル』を選んだ、それだけの話だ。

有名私立大学の合格は、がむしゃらに戦った受験というハードルに対する勝利感を味わえたし、自分の努力が実ったという達成感もあったが——そんな満足感も、いざ東京に出てみれば、まともに友人すら作れないという事実のまえにはすぐにしぼんだ。

現在、未紘が見ていて大学にいる人種は、おおざっぱにふたとおりにわかれる。

まずは、一般的な『おばか大学生タイプ』。せっかくの頭脳が画一的なマニュアル勉強にしか使われなかった反動か、ファッションと車と合コンの話しか会話の糸口がない。

こちらは軽薄さと派手さに圧倒され、『おのぼりさん』な田舎者としてはまったくついていけなかった。

次には『エリートコース邁進《まいしん》タイプ』。こちらは目的意識を持ち、みずからの将来をしっかりと見据えて自分の道を歩いているし、成績も抜群にいい。未紘などはいまの勉強も青息吐息だというのに「やっぱり国立じゃないと勉強が足りない」と、入学して半年で再受験を目指しているような者までいたりする。これはこれで、あまりに頭がよすぎるというか、人種が違いすぎてしまい、気後れを感じて近づけない。

遊びに打ちこむにせよ、勉強に打ちこむにせよ、いまの未紘にはうらやましく眩《まぶ》しく、同時に置いていかれたという取り残され感が、つまらなくて不満もある。

日々、自分の狭かった視野を思い知らされ、おかげで五月をすぎても五月病だと力ない笑いが漏れた。なのに周囲はみんな、きらきらぴかぴかした顔で、自由に動きまわっているように見える。

「みんな、なんしあげん、元気かとやろ。なんし俺だけ、ちゃんとできんとかな。ともだちもおらんし……ものすご、情けなか」

つぶやいた言葉は地元まるだし。愚痴ですらなく、ただ弱音のひとりごとだった。

カリキュラムをきゅうきゅうに詰めこみ、マークシートにぐりぐりと鉛筆を押しつける方法だけ教えこまれてきた数年間は、ある意味では思考停止状態にいたと思う。

それでいきなり『さあ自由になんでも、君のやりたいことをお選びなさい』などと言われても、自分はなにが好きなのかさえわからず、右往左往するばかりだ。

自らの判断で選び、行動することが、どうしてこんなに面倒で怖いのだろうか。

興味の持てない勉強など、正直いってしたくない。けれどしないわけにはいかない。

周囲にうまくなじめない自分はどこかおかしいんじゃないかと埒《らち》もないことばかり考え、たまるストレスはゲージを振り切りそうで、カリカリして――結果、照映に怪我をさせた。

そんな自分が情けなくて、たまらなくて、いやでいやでしょうがない。

（くそ……）

また鼻の奥がつんとして、ごまかすために未紘はそばをたぐりこんだ。冷めるのを待ったそばはすこし伸びかけていたが、それでも充分おいしい。

ぐす、と鼻を鳴らした未紘に、照映は静かな声で言った。

「心配すんな。いまはやりてえこと、やってんだろ」

「え……？」

「俺がいらねえっつったのに、しつっこく食いさがってただ働きしてんじゃねえか」

未紘はその言葉に顔をあげる。ぱちぱちと目をしばたたかせると、一粒ひっかかっていた涙が、ころんと落ちた。照映は「またウサギになってんぞ」と笑う。

「いまは探し物する時期なんだろうよ。できることやりながら、迷ってりゃいいんじゃねえのか？　それに、ともだちも、多けりゃいいってもんじゃねえだろ」

最後のそばを飲みこんで、ずず、と汁をすすった照映は続けた。

「自慢じゃねえが、さっき言った俺のいとこなんざ、ダチは見事にひとりもいねえ。で、本人もそれでなに不自由なくやってる。俺は慈英よりはマシだが、腹割って話せる相手っつったら、久遠が関の山だ」

そのとき、未紘はなぜかずきっと胸が痛むのを知った。

「く、久遠さんと、仲いいんですね」

「腐れ縁だしなあ。お互い、いいも悪いも知ってるってとこか」

さらっと言われて、さらに苦しくなる。あんなにやさしくてきれいなひとのことをうらやむなんて信じられないと思いながら、じりじりした気分は去っていかない。

「納得いかねえって顔してんな。……ま、あと十年もすりゃ、ぜんぶ笑い話になる」

複雑な顔になった未紘の表情を勝手に解釈した相手は、れんげ置きの小皿によけてあったエビ天ぷらの尻尾《しっぽ》を口に放りこみ、いい音をさせて嚙み砕いた。

「尻尾食べるんですか？　わざわざ、とっといて？」

「ばか、エビ天は尻尾が本命だろうがよ。尻尾まで食うと食あたりしねえっていうぞ」

「そげんこつ、知らんかった。それに俺、ポテチ食っても口のなか切れるもん。猫舌で、粘膜弱いし……ほら、こげんなっとうし」

　いまもちょっと、しゃべりながら食べたせいで、やけどしてしまった。べ、と口を開けて白っぽくなった舌と粘膜を見せると、照映がなぜかぎょっとしたように目をまるくしたあと、にやっと笑った。いやな予感がして、未紘は顎を引いた。

「……なんですか？」

「おまえなあ、いきなりベロ見せんなよ。エロいだろ」

「はっ、エロ⁉」

　急に恥ずかしくなった未紘は、あわてて口を手のひらで覆う。照映にからかわれたのはわかったけれど、かーっと真っ赤になるのは止められなかった。

　気まずく黙りこんだ未紘をよそに、照映はちらりと壁の時計を見る。夕食のための休憩時間は、とっくにオーバーしているようだ。

「食い終わったなら、出るぞ」

「あ、あ、はい」

　まだうろたえながら、立ちあがった照映に続く。勘定をすませた照映はさっさと店の外に出てしまい、未紘はそれを追いかけた。

　すでにとっぷりと日はくれて、線路沿いの街灯と遠くに見えるビルの灯《あか》りがきらきらしている。

広い背中の持ち主は、道の途中で未紘を待っていてくれた。それを見つけたとたん、また未紘の心臓がどかんと爆《は》ぜる。小走りに追いついて、どうにか口を開く。

「あ、あの、ごちそうさまでした。天ぷらそば、おいしかったです」

照映は「ん」とうなずいた。なにか言わなければと、妙な強迫観念にかられ、未紘はとにかく喋《しゃべ》りつづける。

「あと、その……つまらん話して、すみませんでした」

「べつに、つまんなかねえよ」

半身をねじるようにして、照映は未紘に向き直った。そして、大きな手を未紘の頭に載せ、軽く揺さぶるようにして遊ぶ。

「ちっちぇえ頭で、いろいろ悩んでんだなと思うと、おもしれえ」

「な……ち、ちっちゃいは、よけいですっ」

手を振り払うと、照映はおかしそうに笑った。むっと顔をしかめた未紘が口を尖らせると、今度はそれをいきなりつままれる。

「ふがっ！」

「あひるみてえな口だな、まったく。お、伸びる」

「や、ひょうえーひゃん、やえっ」

ぴよぴよと唇を引っぱられ、おもちゃにするなと言おうとした未紘の顔が歪んだ。火傷したばかりの粘膜に、照映のざらついた指が触れたせいだ。

「いう……」

ぎゅっと目を閉じて呻くと、長い指はすぐに離れる。突然の動きに、未紘は一瞬あっけに取られた。反射的に見あげたさき、照映と目があって、その瞬間ぜんぶが吹っ飛んだ。

「……悪い。痛かったか」

「いえ、平気です、けど」

つまれたばかりの唇がひりひりするのは、火傷のせいだ。そうに違いない。見つめてくる照映の視線が、なぜか唇にとどまっているように感じられるのは、自意識過剰だろう。

「あの、なんで……」

「ん?」

どうしてそんなに見るのかと問いかけようとしたけれど、声が途中で消えてしまう。

(なん、これ)

自分の反応がわからない。頬が熱い。そして、顔すらろくに見えないのに、照映に凝視されていることと、自分が魅入られたように動けずにいることだけはわかる。

どかどか心臓がうるさくて、唇が震えた。それがどうしてかなんて、考えたくはない。照映と他愛もない会話をするだけで嬉しいなんて、それだけでもおかしいのに、これ以上複雑なことにしたくない。

（複雑、て、なんな？　俺、なんし、なんも言えんくなっとうと？）

からかう言葉を笑って返すこともできない、鼓動が乱れる理由を知りたくない。

立ちすくむ未紘の耳に、踏切の警告音が聞こえる。遮断機が降りたあと、未紘たちの歩いてきた方角から、電車が走ってくるのが見えた。

通りすぎていく車窓からの灯りが古い映画のフィルムのように、コマ落としで照映の姿を照らし出した。

「え……？」

口もとをじっと見ていると、それがかすかに動いたのがわかった。声は、電車の騒音に消されて聞こえず、中途半端に読み取れた唇の動きも、ちゃんと言語につなぐにはむずかしい。

電車が遠ざかり、踏切の音も線路を踏む車輪の音も消えたあとで、未紘は小さくつぶやく。

「……なんか、いま、言いましたか？」

「いや。たいしたこっちゃねえよ」

謎めいた笑みを残して、「いくぞ」と照映は背中を向けた。また小走りになって追いかけながら、未紘はぼんやり考える。

照映の口は『あ』の形が二度、『い』の形が二度、そしてもういちど、『あ』になって、そのあとは皮肉に歪んだ。母音しか読唇できなかったことで、謎は深まる。

（あ・あ・い・い・あ……？　『まあいいや』か？　それとも『しゃあねえな』？）

当てはまる子音を推理すると、それがいちばんな気がした。けれど、つらつら考えていると、もうひとつ思い浮かんで、未紘はまた赤くなり、うっかり足が止まった。

「だから、遅ぇんだよ未紘」

「はあい！」

あわてて駆け出しながら、「ない、ない」と自分を笑う。

あ・あ・い・い・あ。――それがまさか『かわいいな』だなんて、そんなことがあるわけがない。言われたってちっとも嬉しくないし、そんなこと照映が言うわけがない。

（ああもう、あんぽす《あほ》、ぬすけ《まぬけ》！　なん考えよっとか、おかしかろうが！）

ひとしきり自分を罵って、まえも見ないまま走ったせいで、未紘の頭が照映の背中に激突する。

「痛ぇな、ばか！　誰が頭突きかませっつったよ！」

「ご、ごめんなさぃい！」

怒鳴られてすくみあがり、ちょっとほっとしている。そしてそんな自分が、不安になる。

からかわれるのでも、怒られるのでもかまわない。ただとにかく、照映にかまわれたいと思うこの気持ちがなんなのか、知ることが怖かった。

＊　＊　＊

よし源から戻ると、すでに久遠は仕事をはじめていた。そば屋にいなかったのも、詰まっている仕事が気になって、コンビニで弁当を買って、作業しながら食べていたのだそうだ。呑気におごってもらっていた自分が情けなくて、未紘は眉をさげた。

「今日も、まだ残業するんですか？　なんかすることありますか？」

未紘は自分も手伝うと申し出たのだが、大人ふたりは「もういいから」とそれを断った。

「ミッフィー、たまには早く帰りな。ここんとこずっと、残業してくれてるだろ？」

がんばりすぎると未紘が疲れてしまうからと、久遠はにこやかに告げ、照映もまたうなずいていた。

「やりすぎてへばっちゃ、意味ねえしな。しっかり休んで、明日もちゃんとこい」

きっとこれから深夜まで作業するのであろうふたりに申し訳ないと思った。だが自分がいると、久遠や照映は未紘にさせる仕事を見つけ、あれこれ説明しながら自分の作業をすることになる。それは却って迷惑だと、お言葉にあまえてその場を辞してきたものの――。

(こげんこつなら、ラッシュの時間が過ぎるまで、残っとればよかった)

ホームに滑りこんできたときには、電車はすでに満杯だった。げんなりしつつ電車に乗りこめば、案の定のすし詰めだ。

押し潰されそうな圧迫感にうんうんうなり、このままではミッフィーの押し寿司ができてしまうと、未紘は顔をしかめた。

（これぱっかは、どうにも慣れん）

未紘が『ＫＳファクトリー』での無料奉仕で、なにがいちばんつらいかと問われれば、目のまわるような作業のあわただしさでも、下田のいやみでもなく、このラッシュだと答えるだろう。月曜と金曜はとくに混みあい、へたすると小柄な未紘は床から足が浮くことすらある。そして、大学からの帰宅時はラッシュにぶつからないけれど、通勤ラッシュは朝晩ともに厳しいことを思い知った。

周囲を見まわすと、どれもこれも会社帰りの疲れはてた顔ばかり。心のなかでこっそりと「お疲れさまです」と手をあわせる。

（俺も、社会人になったら、これが毎日になるったいね）

相変わらずぐらぐら揺れる電車が、駅に止まるたび、なかにいる人間の顔ぶれは変わる。流され押されてついにはドアそば、いちばんきらいなスポットへと到着した。

（また、ここか）

軋んだ音を立てて車体が傾き、肋骨が折れそうなほどの圧力を感じて息が止まる。勢い、脂汚れのついた窓ガラスに頬が貼りつき、不快感に未紘は顔を歪めた。

それでも次のターミナル駅に着けば一気にひとも減るはずだ。忍の一字で細い脚を開いて踏ん張れば、毎度恒例の妙な感触がやってきた。

（うげ、やっぱりかっ！）

こんなに混み合っている電車のなか、よくそんな気になれるものだ。なかばあきれつつ、未紘はさわさわと悪寒を感じさせる指に耐えた。

無駄な抵抗と知りつつできるだけ尻に力を入れ、その手が覚えさせるものを感じまいと努力する。だが、かたくなそこを揉むように押してくる手には、喉がひきつってしまう。

脂汗をかきながらも抵抗も示せないのは、身動きがままならないだけではない。

照映の手に怪我を負わせたことが、未紘にとってトラウマになっているのだ。

また、勘違いとかだったら。捕まえたつもりの痴漢が、違う誰かだったら——そう考えると抗《あらが》うこともできず、硬直しているしかない。

おかげで、ここ数日の痴漢さんは、かなり増長しているようだった。

（も、揉むなこすんなっ、撫でんな、つ、つ、突くな……っ）

胃の奥がせりあがるような不快感を覚え、未紘は必死に生唾《なまつば》を飲んだ。いま吐いたらせっかく照映におごってもらった夕飯が逆流してしまう、それはもったいなさすぎる。

（うーっ、きしょいきしょいきしょいっ、我慢、がまん、ガマ……うううっ）

電車に流されないよう踏ん張るせいで、脚が閉じられない。おかげで無防備になった股間を、ねちっこく撫でてくる。この狭い空間でどういうところから手を伸ばしているのだかしらないが、妙に熱心な指遣いに、未紘は青ざめつつもげんなりした。

（俺は、なし、こげなやつば、照映さんと間違《まちご》うたつか）

照映のしなやかに強く、大きな手とはまるで感触も違う。むろんあのときには、彼の手の大きさなど知る由もなかったうえに、焦っていたしパニックに陥っていたのだが。

（あげん男前が、痴漢する必要やら、いっちょん《すこしも》なかって、すぐわかろうぜ）

失礼にもほどがあると、未紘は苦く吐息する。

いくら未紘ががんばったところで、照映の手に負わせた怪我の代償にもなりはしない。

（照映さん、手ぇでかかけど、めちゃくちゃ器用かもんな）

いまは包帯で覆われている右手も、きっとあの左手のように器用なのだろう。片手ですらあれほどの作品を造りあげる彼のそれが完治したなら、どれほどあざやかに動くのだろう。

ふと、さきほど唇に触れた照映の指の感触がよみがえった。

冗談めかして口をつねったときまでは、照映もふざけていたと思う。なのに突然、未紘が呻いたとたんに、まるで照映のほうこそが火傷したかのような顔で、手を離した。

（あれって、ベロ、触ったせい？）

ほんの一瞬、指先に舌が触れたのは気づいていた。汗のせいなのか照映の指はちょっとしょっぱくてざらついていて、煙草と金属のそれが混じった、不思議なにおいがした。

感触と視覚ですでに知っている照映の大きな手では、未紘の小さな尻などはきっと、片手で簡単に包まれてしまうに違いない――。

(なん考えとうくさ、俺っ)

ぼんやり想像してしまった自分に気づき、未紘はぎょっとした。

照映がこんなところを触ったことなどないし、今後もするわけがない。失礼もいいかげんにしろと自分にあきれたが、勝手に頬が熱くなってくる。

(そんなん、照映さんが、するわけなかろ。照映さんが、俺にとか……え、なに……?)

未紘は突然、自分の腰が跳ねたのを感じた。じわん、となにかあまくねっとりしたものを覚えたのは、撫でまわされている大事な部分だ。

(うそ、なんで、カタクなっとんの)

さきほどまではただの不快な感触しかもたらさなかった手が、未紘の熱を引きずり出したことに啞然となる。それははじめて精通を迎えたときよりも、ひどい衝撃だった。

(ひ、い、いやだ……っ)

ごそりと動いた痴漢の指が、一瞬止まってまたその動きを粘ついたものに変えたのが、ごまかせない男の部分が反応したことを知ったせいだろう。

いままでになく卑猥なその手は、尻を揉み撫でるばかりではなく、ジーンズのファスナー部分を引っ搔《か》いたり、縫い目の奥へ指を立て、ぐいぐい押したり突いたりする。

これが邪魔だ、厚い布さえなければ、いますぐにでも突っこんでやるのに——と、そう伝えるような猥褻な手つき。

恐怖に縮こまってもいいはずなのに、未紘のそこはどんどん張りつめていく。

(やだ、やだ、たすけて、……たすけて、照映さん)

思わず内心で照映にすがりつくと、また腰が重くなった。

尻と股間を揉むそれよりずっと大きい手のひら、長い、傷だらけでもきれいな照映の指。

うっかり妄想したそれに、未紘は泣きたくなる。

電車が通りすぎた瞬間、照映はなにを言ったのだろうか。どうして唇ばかりじっと見たのだろう。自分から触れてきたのに、弾《はじ》かれたように離れたのはなぜだったのか。

——かわいいな。

想像は、けっして聴覚では捉えることのなかった照映の声を、脳内で勝手に作りあげ、耳の奥に吹きかけてくる。まるでこの身体を抱きしめて、ささやいているかのような響き。からかうように笑う照映の、妙に男っぽい眇めた目、首に手をやる仕種、じっと見つめてくるとき、胸を騒がす、あのまなざし——。

(違う。こがんとは違う。俺はなんも、考えとらん！)

必死に脳裏に浮かんだそれをうち消そうとするけれど、なぜかできない。疲れにぼやけた身体が、照映のビジョンを不快な感触に重ねはじめた。

触れられた部分が熱い。汚されていくようだと思った。心は不快なのに勃《た》ってしまう。あるいはそれは、抵抗もできない状況からの逃避であったのかもしれない。けれどそんなことは、なんの慰めにもならない。

いやだ、触るな、あっちにいけ、汚すな。必死になって内心繰り返し、どんなに否定しても、いちど覚えた快感はなかなか去ってはくれない。痺れるような感覚から逃れようと、未紘は必死になって身をよじったけれど、この密着した空間では逃げ場がなかった。

ジジ、と微細な振動が伝わって、未紘は涙の滲んだ目を瞠った。ジーンズのファスナーがおろされようとしている。それだけはいやだとかぶりを振ったけれど、じりじりと下がっていく金具は、もうすこしで開ききってしまう。

もうだめか、と未紘が唇を嚙んで、うなだれようとした瞬間。

『次は——です、お降りのかたは、お手荷物などのお忘れ物のないように——』

スピーカーから、やがて次の駅にたどり着く車掌のメッセージが流れてきた瞬間、車内には安堵《あんど》に似た空気が流れた。

ついで、カーブを曲がった車体ががたりと揺れる。加速とともに加わるGが未紘の身体をべつの方向へと押し流し、執拗《しつよう》だった指から引き剝《は》がしてくれた。

（たすかった……）

ほっと息をついた未紘の目に、近づいてくるホームの灯りが滲んで映る。涙目にもあざやかな光が、ひどくあたたかく見えた。

＊　＊　＊

「ただいま……」

一日中閉めきっていた、ひとり暮らしのアパートでは、蒸れた熱気以外に迎えてくれるものはない。

疲れた、とつぶやき、未紘は狭い１Ｋの床にへたりこむ。数歩さきのベッドに向かう気力もなく、フローリングのそこにうつぶせに転がる。汗ばんだ頬を押し当て、ようやく息がつける気がした。

じっとしていても汗が浮いてくるような部屋のなか、冷房を入れようとは思わなかった。

腰のあたりに重くこごっている、やり場のない熱を感じるのが、いやだった。部屋が快適に冷やされて、それでもそこだけが熱いことを知りたくない。

痴漢に遭っているだけでも充分に屈辱なのに、うっかり勃起までさせられた。

それが誰の面影を追った瞬間起きた現象なのか自覚してしまえば、いっそ死にたくもなる。

「あほぜ、俺」

目を閉じれば、ぼうっと暑さに頭が霞んでくる。寝転がっているうち、硬い床のせいで身体が痛くなってきたけれど、これは罰だと未紘は自虐的になる。

一瞬でも照映を汚すようなことを考えた、自分を戒《いまし》める痛みだ。この程度ではすこしも足りないけれど、いまならどんな苦しい罰でもあまんじて受け入れたい。

そして、そんな考えがすこしも建設的でないし、むしろ照映には怒られるだろうことも、同時にわかっていた。

明日も手伝わなければいけないのだから、だらだら落ちこんでいる暇があったら、さっさと風呂に入ってちゃんと眠って、体力を温存するべきなのだ。

「あほぜ……」

もういちどつぶやくと、うつぶせのままのそこが床にこすれて痛くなる。あきれたことに、未紘の股間は帰る道すがらもおさまりがつかなくて、歩くのも難儀なくらいだった。

「男って、いやんなるなあ。なんし、こげなん《こんなのが》、ついとお《ついてるの》とかなあ」

情けないつぶやきを漏らした未紘は、いまだに童貞だった。優等生でまじめだったし、奥手だったのもあるけれど、性衝動というやつを、汚らしく感じることが多かったせいだ。

――なんし俺だけ、ちゃんとできんとかな。ともだちもおらんし……ものすご、情けなか。

照映にこぼした愚痴だけでも充分みっともなかったけれど、あそこまで心をさらした相手にも言えなかった――未紘自身、自覚したくなかった事実がひとつだけ、ある。

性を意識しはじめる思春期、同年代のなかで、ことさら自分の意識が幼いことなど、未紘も自覚していた。それが人間の生理だとわかっていても、あからさまに形になって膨れる欲望が、自分にあることに、どうしてもなじめなかった。

受験で忙しかったから、ずっと彼女も作れなかったが、それが言い訳だとどこかでわかっていた気がする。じっさい、大学に入ってはじめて参加した合コンで、未紘の整ったアイドル顔に色目を使う女の子たちは少なくなかった。

なのに、まったく食指が動かなかった。それどころか、お持ち帰りの相談をし、やる気満々の周囲の男どもを見て、気分が悪くなる有様だった。

（そげん、セックスしたかつや？　なんで？　気持ち悪かとに）

女の子を欲望のまま扱うことに微妙な嫌悪を感じるのは、もとからだった。東京に出て、痴漢に身勝手な欲望を向けられるようになって、さらにひどくなった。

それが未発達な情緒のせいなのか、あるいは——中野が、揶揄《やゆ》したような理由があるのか、未紘自身、判断がまったくつかないのだ。

しょっちゅう痴漢に遭うのは、中野が言うようにフェロモンを振りまいているせいとは思えない。むしろ、あまりにも性に臆病であるから、変に意識するところはあるし、そういう怯えたところのある人間は性犯罪の対象になりやすいことも、講義ですこしかじった。

いまではすっかり、やわらかな胸にも、きれいな脚にも興味が向かない。それどころか、自慰の必要性すらないまま数ヶ月が経っていて、もしかして身体に欠陥があるのかと疑っていたくらいだったが、それならそれでいいと、ほっとしてすらいた。

なのにこの夜、未紘の身体は未紘の心を裏切った。卑怯で卑猥な指を照映のそれに重ねた瞬間、じんとしたあまい痺れが全身を支配して、嫌悪もなにも吹き飛んだ。

「……違う。違う、ちがう！」

床を拳で叩き、未紘はちいさく叫んだあと、またたらりと力を抜く。

だるい四肢に、疲れを実感する。若い未紘に、なじみのない倦怠感《けんたいかん》は居心地が悪い。落ちこんでいる自分というのも、未紘がきらっているもののひとつだ。

（こげん暗かとは、好かん）

ふだんは元気に振る舞っていても、忘れきれないコンプレックスと怯えが胸の奥に深くしまわれている。たまに浮かびあがってきては未紘を激昂《げっこう》させ、また同時に萎縮させる。

だからこそ、いつでも動じずにいるような照映に憧れたのだと思う。

彼ならこんな複雑で脆弱《ぜいじゃく》な思いを、鼻で笑って吹き飛ばすはずだ。シンプルでストレートな言葉は、自信を持った人間特有の強さにあふれて、あんなふうになりたいと思った。

だから、そばにいたいと思ったのは事実だ。けれどそこに――こんないやらしい感情は混じっているはずがない。触れられたいのは、あのあたたかい手に安心を覚えたいから、ただそれだけのはずだ。

（照映さんならきっと、いらんこつ悩むなて、笑《わろ》てくれる。ばかか、て、俺んこつ小突いて、なんもなかて、言ってくれる）

痴漢が怖くて、自分がわからなくて、誰かにすがりたいと思っただけ。いまの未紘が知るひとたちのなかで、もっとも信頼して慕っているのが照映で、だから、それだけだ。

（なんも、関係なか）

ふだんは年齢よりも枯れたような風情でいるくせに、ときおりにおい立つような男の色香を見せつけることも、びっくりするくらい目がきれいなことも、鬚に隠れた整った顎のラインも、なにひとつ、意識なんかしていない。

声がやさしかったり、ときどきじっと見られてどぎまぎしたり——唇をつまんだ指の感触をずっと覚えたりなんか——そんなことは、ぜったいに、ない。

「ん、……っ」

衣服のなかで熱気が蒸れた。不愉快で身をよじると、床にこすれた股間がびくりと跳ねた。

（関係ない。ただ、出さんと、もう眠れんし……処理、するだけ、だから）

誰も聞くものもいないのに、未紘はいくつもの言い訳を胸の内でつぶやいてから、すっかり汗ばんだボトムの前立てを開いた。

風呂やトイレ以外、ろくに触れることもないそれは、窮屈な場所からようやく出られたとばかりに飛び出してくる。早く終わらせたくて闇雲《やみくも》にいじると、電車のなかのことがふと頭をよぎり、そのたびに身体がすくんで、どうもままならない。

「はよ、出て、終われ……っく、うっ」

焦るせいでよけいにもどかしく、いらいらと未紘はずり落ちたパンツを足さきで蹴《け》り、仰向けになった。

握りしめると、ひどく硬い。いままでに経験がないほど勃起している。必要がないとろくに自慰もしたことがなかったが、そのぶん吐き出すものをためこんだ下腹部はじんじんと痛くて、ちっとも気持ちよくない。

それなのに、脳裏にちらちらとよぎる面影を認識した瞬間だけ、びくびくと腰が跳ねる。

「うー……っ、い、いた、いたい……っ」

こすりあげる性器がぬめった液を染み出させるごとに、残像が濃く浮かびあがる。黒く濡れた、もの言いたげな目。じっと見つめていた照映のまなざし。

霞む目を凝らすと灯りもない部屋のなかにすら、照映の姿が見えるようだった。

(いや、いやだ、見たらいや……見られとない、恥ずかしい)

羞恥に焼けこげそうだと思った瞬間、あふ、と濡れそぼった声が漏れた。自分のあげたものとは思えぬまま、あまりにもあまい声音《こわね》に未紘は理性がどろりと崩れたのを知った。

「あ……あっ、ふぁ、あ……ん、んひっ、あ、あんっ」

喉が開いて、媚びるような声ばかりがあふれていく。

こんなのはいやだ、こんなのはいけない。いけないのに、いけないから——止まらない。

(やばい、これ、これ、たまんない。きもち、いい……いい、いいっ、いいっ)

気持ちいい。言葉で認識したとたん、ぶわっと全身の快楽神経が解放された。理性は遠く失《う》せ、片手でこすりあげているのがもどかしくなり、もう片方の手が添えられる。

「あ、あー……あっ、あ！　すご、あ……っ」

誰かに向かって開かれたように、膝《ひざ》を立てた細い脚が角度を変える。手が動くたびに粘った水音がたち、耳につくあえぎとともに淫《みだ》らな感覚に未紘を追いこんだ。

がくがくと腰が浮きあがり、指だけでなく全身で快楽を追う。頭の奥では、はたから見れば卑猥で滑稽このうえない姿をさらす自分を蔑んでいるのに、止められない。

（だって、いい。これきもちいい、きもちいい）

うつろな目で自慰に耽《ふけ》りながら、唐突に未紘は悟った。

快楽や性行為を好きではないと思っていたのは、いくら否定しても、欲望のまえにたやすく崩れる自分を知っていたからだ。そしてそれこそが、怖かったからだ。

正気になれば、白く汚れた指が情けない気持ちを起こさせることもわかっている。なのに、自分の手は意志を裏切ってどこまでも卑猥に蠢《うごめ》き、濡れそぼったそれをもみくちゃにしながら、熱くこごった体液を吐き出したいと急《せ》いていく。

「あっやだっ……やだっ、やだっ」

止まらない指が未紘を追いこむ。身悶《みもだ》え、めくれあがったシャツから覗く薄い腹は、ひくひくと震えて止まらない。

出したい、いきたい、ただそれだけで頭がいっぱいになる。汗に滑るフローリングのうえで、細い腿《もも》は踊るように淫らに揺れた。濡れて熟れた肉が奏でる音と、膝裏を流れる汗の感触にさえも煽《あお》られて、がくり、と首を仰《の》け反《ぞ》らせた瞬間。

「んあっ……あっ出るっ……えい、さん……っ！」

口走ったそれにはっと目を見開いて、未紘は衝撃のまま達していた。

（なに、言うた？　俺、いま、誰のこと、呼んだ？）

ひといきに頭は冷め、未紘の顔は青ざめる。なのに手のなかでは余韻に震える性器がびくびく震えながら、まだ精液を吐き出し続けている。

「まさか……なんも言っとらんもん」

暗い部屋のなか、ぽっかりと大きな目を開き、肩で息をしながら未紘は天井を眺めた。

「違う……よな」

笑みの形に歪んだ唇でつぶやいて、べっとりと汗に重くなった身体をどうにか起こす。

「これ、拭《ふ》いて……始末、せんと。うひゃ、きたね」

手のひらからこぼれた精液が、床を汚していた。わざとらしく声をあげながら笑う自分が、なにかから目を背けたがっているのもわかっていた。

そうでなければ、放出のあとで震える性器を始末もせず、次第に冷えていく体液が固まる不快感だけを、感じようとする必要はない。

「えっと……あ、風呂のガスつけて……さきに、手ぇ洗って」

いちいち、行動するまえに独り言をつぶやくのは、頭がまっ白で、なにも考えられなかったから。同時に、埒《らち》もないことを延々と考えてしまいそうだったから。

「風呂、入って……準備して……寝よう」

耳に入る自分の声に従いながら、早く本当に眠ろうと未紘は思った。そして最後の一瞬、すがるようなあまい声で呼んだ名前のことを、忘れてしまいたかった。

自分にとって決定的な変質が起きているけれど、まだそれを認めるわけにはいかない。

(なんか、間違《まちご》うた。それだけ)

今夜、これ以上の罪悪感は抱えきれないと、未紘はすべてに蓋をして、瞼を閉じた。

＊　　＊　　＊

未紘が『KSファクトリー』での無料奉仕をはじめて二週間が経ったある日。

終業時間の六時も近づいたころ、事務室代わりの応接空間で伝票の打ち込みをやっていた未紘を、久遠が嬉しそうに呼びにきた。

「ミッフィー、ちょっと手伝って」

「はい、なんですか……って、わ!」

呼ばれていったさき、スチールプレートのうえにはすべての完成品が並んでいる。圧巻の眺めに言葉を失うと、よれよれの姿でもきれいな久遠がにっこり微笑んだ。

「GF絡みの仕事がようやく終わった。とりあえずこれから一週間は、すこし時間の余裕ができるよ」

「ほんとですか！」

「うん。あとはこれ、荷造りして、本社に送りつけるだけ。さっさとやっちゃいましょう。これ終わったら帰れるよ！」

未紘が「わーい！」と諸手をあげると、さすがにこの日だけは残業した下田が、ぶすっとした顔で毎度のいやみを言った。

「いちいち大げさに喜ぶなよ、ばか」

この日ばかりは怒る気にもならず、未紘は「はーい！」と元気よく返事をしてやる。下田は面食らったように目をまるくして「本気でばかなのか？」とかつぶやいていたが、それも無視して作業を開始した。

「最終検品も兼ねてるから、メレ石とかパーツとか、危なそうなものあったら言って」

「わかりました」

納品のための箱詰め作業は四人がかり。リングやブローチをひとつひとつていねいにティッシュに包み、ビニールパックに詰め、緩衝剤を入れた紙箱におさめる。

商品名と商品番号を書いたタックシールを箱のうえに貼りつけ、ひとつずつ重ねていく。

その間、未紘はできあがった商品のすばらしさに、圧倒されていた。

(きれいかぁ)

飾り彫りの施されたうえにメレダイヤを埋めこまれたリング。エメラルドの原石をベースに、鳥が森の木陰に止まっている風景がモチーフのデザインである細工の細かいブローチ。パーツだけ見ていたときは、なにがなんだかわからなかったものが組みあげられ、彫りをほどこされ磨かれていくすべてを見ていた。

繊細で緻密な技術によりできあがったそれらは、さすがの輝きを持っている。

「わー……これもすげー」

「手、止めんな未紘っ」

あがった商品をためつすがめつ眺めて、きれいだなあと感心していると、照映に「早く箱詰めしろ」と怒られた。けれども、未紘はゆるむ頬が抑えられなかった。

未紘がことにお気に入りなのは、やはりエメラルドのベース石を湖に見立てた、風景画のような大振りのブローチだった。プラチナと十八金の絡み合ったしなやかな枠に縁取られ、メレダイヤにサファイアが、森の木の実のようにちらちらと垂れさがり、遠景に見立てたエメラルドの静かな湖畔を煌《きら》めかせるのだ。

(あれ、でもこれ……)

エメラルドというと、てっきり緑の透明な石のことを言うのだと思っていたのだが、板状に切り出した原石は不透明なものもある。名のとおりエメラルドグリーンの石には白っぽい縞模様が入っていたり、黒っぽい模様が点在していたりする。

「あの、これって、汚れじゃないんですか」

おずおずと問いかけると、久遠がにっこり笑って、いつものように教えてくれる。

「それはインクルージョンだから、いいの」

「インクルージョン……?」

「石に、小さな粒や空気が入って、おもしろい模様になってるでしょ。こういう石は『景色がいい』って言うんだよ」

むろん、あまりに不格好で妙なものは製品として使用できない場合もある。だが、一見宝石に見えないような石でも、うまくデザインの中に取り入れることはできるのだそうだ。

「これ、縞瑪瑙《しまめのう》を使ってるけど、石自体は安いんだ。でも、こういう使い方はどう?」

「あ、砂漠!」

茶色とクリーム色が歪んだ階層を作っている石に、ドレープ状の枠をはめ、小さなプラチナのらくだと、揺れる星をイメージしたダイヤをあしらったそれは、一幅の絵のようだ。

手のひらにすっぽりおさまる石で、情感あふれる風景や、夜空を描き出す。まさに景色だと、その迫力ある芸術性に未紘は感心しきりだった。

(ほんなこつ、すごかねえ)

研磨粉や、粘ったタールの汚れを一生懸命落とした工程からは想像がつかないが、ていねいに梱包され納品されていくこれが、華やかなショップに並んで売られ、いずれどこかの女性の胸もとを飾るのだと思うと、軽く興奮した。

コンビニエンス全盛の時代、欲しいものはなんでもすぐ手に入る。けれど、ひとつの『もの』ができあがる、その全工程を見ることなどめったにない経験だ。

未紘は感動さえ覚えながら黙々と手を動かし、やがて最後の箱の蓋を閉める。

照映が、ぱんと膝を打った。

「——っしゃ、全品員数《いんずう》ＯＫ、梱包も終了！」

照映の声に、下田は、梱包した商品をつめた荷物を抱えて無表情に立ちあがる。契約している宅配便の集荷が時間オーバーのため、下田が帰宅の途中で立ち寄り、本社まで直接届けることになっていた。

「コンビニとかで出すのはいかんとですか？　バイク便とか……」

別業者ではだめなのかと問うと、久遠は笑いながらさらっと言った。

「ミッフィー、アレの中身総額おいくらだと思ってるの。それにバイク便じゃ安定悪いし、運搬中に商品が傷ついたり、壊れちゃう可能性もあるでしょ」

未紘は「愚問でした」と青ざめながらひきつり笑いをするしかなかった。

「それじゃ、よろしくねえ」

「いってらっしゃい」

久遠と未紘が声をかけても、下田は返事もしないままむっつりと出ていく。ドアが閉まり、三人の口から同時に、ため息まじりの言葉がこぼれた。

「終わった……」

そしてがっくりと、応接セットのソファに崩れ落ちる。すぐに帰れるとは言ったけれど、いまは脱力して立ちあがれないようだった。

「えと、俺、コーヒーでも淹《い》れましょうか？」

「うわあ、ミッフィー気が利くぅ……嬉しい……。ねえ、豆？　豆で淹れてくれる？」

「インスタントじゃないやつですね、わかりました」

ぐったりした久遠は「砂糖いつもより多く入れて」と告げ、照映も無言で同意を示す。

久遠の要望どおり、コーヒーメーカーに水とフィルターをセットし、粗挽《あらび》きのコーヒーをすり切り三杯。ほどなく、蒸気の噴きあがる音が聞こえてきて、未紘はちらりと時計をうかがう。

時刻はすでに夜の十時をまわっていた。ここ連日ほとんど徹夜だった久遠のなめらかな肌にもくまが浮いているし、むっつり黙った照映は顔色が悪いまま、自分の右腕をしきりにさすっている。

（相当、きつかったっちゃろね……）

戦場のようだったここ数日、久遠も照映もろくに寝ていなかったらしい。未紘もできる限りの手伝いはしたが、しょせんは戦力外の哀《かな》しさ。夜食の買い出しやお使いなどが精一杯で、夜中まで残っていても、あまり役には立たなかった。

ただ、めまぐるしい日々にも、ひとつだけいいこともあった。痴漢にうっかり煽られ、照映の妄想をして罪悪感まみれで自慰をした翌日から怒濤《どとう》の追いこみとなり、個人的な感情に振りまわされる暇はすこしもなかった。

正直、照映と顔をあわせるのが少し怖かった。けれど最後の追いこみとなれば、当然彼の機嫌は悪い。四日の間「未紘、ちょっと手伝え」「なにやってんだ、このばか！」「てめえ未紘このドジ！」と連日怒鳴りまくられて、未紘は彼を意識するどころか、かすかに残っていた罪悪感すら吹き飛ばされた。

（まあ、ある意味照映さんなら、あんなん吹き飛ばしてくれるっちゃ、思うとったけど）

ちょっと腑に落ちない感じはしたが、結果オーライということで、未紘は深く考えないことにした。

そうでなければ本当に二度と、彼の顔を見られないと思ったからだ。

「あの、本当にお疲れさまでした」

「ん……？」

コーヒーを手渡して、疲れた顔をするふたりに、改めて未紘は頭をさげた。

ここ数日の照映は、片手だけで本当にやりづらそうに仕事をしていたし、久遠もまた、どうしても両手でなければできない作業工程のほとんどを、ひとりで請け負っていたのだ。

それらはすべて、未紘のせいだ。あの日の未紘がもうちょっと我慢していれば、照映に怪我をさせることもなく、このひとたちをこんなに疲れさせることもなかった。

「ごめんなさい。迷惑ばっかりかけました。……ごめんなさい」

ひと山越えたあとの高揚が去った未紘は、襲ってきた自己嫌悪に唇を噛む。じわじわと目が熱くなってきて、頼むから叱ってくれと思うのに、やっぱり久遠は微笑んだ。

「ミッフィーもお疲れ。よくやったね」

役に立つどころか足を引っ張るだけだった未紘に与えられたのは、いたわりの言葉だ。そうしてまた許されてしまうから、目のまえが歪んだ。

「だからなんでそう、泣くんだよ、おまえはよ」

「すっ……すみ、ま、せ……っいたっ」

煙草に火をつけた照映が、べしりと頭を叩いた。そのあと、ぐしゃぐしゃと乱暴に髪を撫でるから、こらえていたものはぼろりと落っこちてしまう。

「あ、知らないよ。照映が泣かせたよいまのは」

「ふざけんな、ばか」

いつもの会話に泣き笑いをした未紘は、「ごめんなさい」と子どものような声で言った。

「俺……ごめんなさい。本当に、ごめんなさい……」

ぽたぽた落ちる雫に照映は困った顔で「もーいいっつの」と吐き捨てた。

「それよか、これでもう、いいんじゃねえか。なあ？　久遠」

「え……？」

「そうだね、ぼくも賛成」

なにがなんだかわからずにいると、「はい」と久遠からカップが差し出された。甘党の未紘のためにミルクと砂糖のたっぷり入ったカフェオレだ。

わけがわからず、目を泳がせる未紘を見ないまま、照映は疲れた声で言った。

「もう気もすんだだろう。二週間も無料奉仕やりゃあ、いいかげん充分じゃねえのか？」

その言葉に忘れていた現実を思い出させられ、さあっと未紘は青ざめた。

（そっか……そうたいね。忘れとった。楽しくて……）

専門用語が飛び交うことにもようやく慣れた。伝票入力だってあとちょっとだし、もたつきながらも、アシスタントの作業を言われたとおりにできるようになった。けれど未紘は、基本的にこの会社にいるべき存在ではない。

この二週間は、あくまで未紘が気のすむように、やらせてくれていただけ。照映にしてみれば、使えない人材を置いておくのも、いいかげんいやなのかもしれないと気づき、肺の奥が引き絞られるように痛んだ。

いままで、ものを造ることに関わったことのなかった未紘には、すべてが本当におもしろくて楽しかった。大学に入って以来――というよりも、生まれてはじめてというくらいの、充実感と満足を得られた。けれど、ここは遊び場ではないし、未紘の居場所でも、ない。

照映や久遠が仕事中に見せる、鋭い視線や厳しい横顔。彼らにとって仕事は戦いなのだと知っている。だから、もっとここにいたいなどと、わがままを言えるわけがない。

照映ともっとずっといっしょにいたいなんて、思ったらいけない。

「んと……そう、ですね。ほんとに二週間、ご迷惑、かけました」

さっきとはべつの意味で――寂しくて哀しくて、涙が滲んだ。歪んだ自分の顔が映るマグカップのなかだけを睨んで頭をさげた未紘に、久遠がなぜか「あーあ」と苦笑した。

「照映、それじゃわかんないって。ミッフィー相手なんだから、ストレートに言いなよ」

「じゃあ、てめえが言えよっ」

どうも様子がおかしくて、未紘が涙目をおそるおそるあげる。そこには、苦い顔でソファにもたれた照映を、これまたおもしろそうに眺めて笑う久遠がいる。

「あのね、だから照映は、正式にバイトしないかって言いたいの」

「……え？」

思ってもいなかった申し出に、未紘はぽかんとするしかない。嚙みつぶした煙草のフィルターを上下させ、ばつが悪そうな顔で照映が続けた。

「いつまでもタダ働きなんつーのは気持ち悪いんだよ。伝票入力だって終わってねえし、おまえ暇なんだろうが」

言って、照映はちらりと未紘を見る。ほんのすこし目を細めた表情が驚くほどやさしくて、ごまかしようもなく胸がどきりとした。

未紘の動揺など知らぬげに、久遠がひょいと背を屈《かが》めて、涙目を覗きこんでくる。

「というわけで、どうかな。まあ、ご存じのとおりこの職場、果てしなく3Kだけど」

「——やるっ、やりますやりますやりま……ぎゃっ！」

マグカップを握っていたことも忘れ、必死に首を振ったものだから、カフェオレが大きく跳ねた。あわてた未紘に、久遠はからりときれいな声で笑った。

「あっははぁ、もうこれだからいいよ、ミッフィーは。うちの職場、暗いのか、怒鳴ってるのだけだからさぁ」

黒目勝ちの奇妙に色っぽい目で、久遠は「それじゃあ来月からよろしく」と告げた。

「がんばりますっ」

勢いこんで立ちあがった未紘は、照映に向かって頭をさげた。だが照映は返事もせず、苦しそうな息を漏らしただけだ。

（あ、あれ。やっぱ、照映さんは迷惑？）

一瞬落ちこみそうになった未紘だが、どうも様子がおかしいと気づいた。室内で冷房も効いているはずなのに、照映の額にはじっとりと汗が浮かんでいる。

「しょ、照映さん？　ひょっとして、具合悪いですか⁉」

「あー……。じつは、さっきから、目、まわってんだわ」

ひどく力ない声で告げられ、未紘がとっさに額に手を当てると、指がちりりとするほどの熱さだ。「熱がある！」と叫ぶと、顔をしかめた照映に億劫そうに手を振りほどかれた。

「でけー声出すな。響く。仕事終わって、気が抜けたんだろ」

「だ、だって、むごう《すごく》熱出とるし……久遠さん、これっ……」

「ああうん、熱ねえ。困ったねえ」

あわてる未紘と対照的に、久遠は呑気にコーヒーをすすっている。

「なし、そげん呑気にしとうとですかっ！　病院いかんとやばかでしょうがっ」

「あれま、お国なまり。焦ってるねえ、ミッフィー」

「もう、よかです！　久遠さんには頼みませんっ」

動く様子のない久遠には言っても無駄だ。ともかくタオルと薬だと、備品の救急キットを取り出した未紘に、照映は「うるせえよ」と言った。

「ばたばたすんな。昼に薬飲み忘れただけだ……帰って寝る」

「飲み忘れて……って、じゃあ、もう昼にはひどかったんですかっ」

未紘の問いには答えず、照映はのそりと身体を起こす。だがあきらかに足もとがふらついていて、なんでもない場所でつまずきかけた。

「照映さんっ」

「うるせえ、触るな！」

怒鳴るくせに、もう未紘を振り払うことはできない。大柄な身体をとっさに支えれば、広い胸に抱きつくような形になった未紘は「重っ……」と呻いてたたらを踏み、硬直した。

ぐったりともたれかかってくる照映の唇から漏れた、火のような息が首筋をかすめ、肌がざわりと、粟《あわ》立つ。不快感ではけっしてない、あまみを含んだその震えに、未紘は背中を強ばらせた。

（な、なん俺、こげんときに）

照映は呼吸も荒く、本当につらそうだ。なのにこんなときに、奇妙にうしろ暗い感覚を覚える自分が信じられない。

（照映さん、こげん、しんどかとに……っ）

幸い、身長差のおかげで照映には見られていないはずだ。だが久遠はどうだろう。あわてうかがうと、未紘の背後で電話を手にタクシーを呼んでいるのがわかって、ほっとした。

「車は呼んだけど。照映、意地張ってないで送ってもらいな。じっさい疲れてんだろうし」

内心動揺する未紘をよそに、久遠からはため息混じりの言葉が投げかけられた。顔をあげた照映が、未紘の肩越しにぎろりと久遠を睨んだのがわかった。

「よけいな世話っ……」

「ひとに手間かけるのきらいなのはわかるけどね、このまま悪化されるほうが、ぼく的に迷惑。幸い今日は金曜ですし、土日安静にして、ちゃんと会社に出てきてくれるかな？」

「うっせえ……無駄に丈夫なおまえに、このしんどさがわかるかよ」

「照映が見た目の割に虚弱体質なのは、ぼくのせいじゃありませーん」

いつもやさしく穏やかなのに、突き放したような久遠の物言いに驚いた。未紘が照映を支えたまま――というよりつっかい棒状態で踏ん張っていただけだが――振り返ると、にやにやと笑った久遠がきれいなウインクを投げてくる。

「ま、ほっとけつってもミッフィーがほっとかないだろうしね。根性あるよ？　その子。振りほどけるもんならやってごらん」

もう声を出すのも億劫そうに、照映が至近距離からじろりと未紘を睨めつけてくる。

ふだんはきれいに澄んだ目が、熱に濁り赤らんでいるのを見つけてしまえば、未紘のうしろめたさやうろたえなど、些細《ささい》なことのように思えた。

(だいたい俺がここにおるのは、なんのため？)

照映の役に立ちたいからだ。せめてすこしでも、怪我を負わせたことを償いたいからだ。

熱が連日の疲労からきているならなおのこと、未紘には彼を世話する義務があるはずだ。

「送っていかせてください」

目顔で照映は「よけいな世話だ」と拒む。対抗するように見あげた未紘の目はひたむきで、ふうっと重い、あきらめたような息を照映につかせる。

降参を読みとった久遠が、嬉しそうに細い指を組みあわせた。

「今日までは無料奉仕でいいじゃない。照映、しっかり面倒見てもらいな。あとミッフィー、それがふらふらしないように、土日見張っておいてね。ほっとくとすぐ出歩くから」

「照映さん……お願いします」

いまにも潤みそうな未紘の目と、勝手なことを言う久遠の言葉に負けたように、照映はがっくりと肩を落とした。


タクシーに乗りこむまで、照映は意地を張って自分で歩いていた。だが車が走り出したとたん、ついにやせ我慢の限界がきたらしく、照映がぐったりと肩に頭をもたせかけてきた。

(ひ……)

ぺたりと寄りかかられ、心臓が悲鳴をあげている。未紘はどもりながら問いかけた。

「だ、だいじょうぶですか?」

「んなわけ、あるか……ああくそっ、ぐらぐらする」

力ない声、弱々しいそれはかすれていたが、怒鳴らない照映の声はあまいことを、あらためて未紘に教えた。

「あ、えっと夜食とか、食べますか？」

「いらねえ」

「でも、食べてないですよね」

夕方は最終作業に追われ、全員が食事をとっていなかった。首筋をくすぐる照映の髪の感触や、服を通して伝わる高い体温から気を紛らわそうと、未紘は懸命に考える。

「食欲なくても、薬飲むならなんか胃に入れたほうがいいですよね。簡単なの作り――」

「未紘。いいからすこし黙ってくれ」

焦るように言葉をつらねたが、うるせえと言われてしゅんとなる。その横顔をちらりと眺めた照映は、肩に預けた頭をこすりつけてきた。

「いいから、肩貸しとけ。気が抜けただけだ、病気じゃねえよ」

「は、い……」

痛みさえ感じるような早い鼓動が止まらない。吐息のかかりそうな位置から聞こえる照映の声が、ひどくやさしく響いて、頬が火照った。胸を押しあげるような鼓動を聞かれてしまわないかと、細い肩が強ばった。

工房から照映の自宅までの距離は、ワンメーターとまでは言わないが、徒歩で辿り着ける近さだ。あとほんのちょっとだと、未紘は身体を硬くする。

(車のなか、暗くてよかった)

頬がちりちりする。ふと視線を感じて確かめると、照映は目を閉じていた。彫りの深い顔には意外なほど長く濃い睫毛の影が落ちている。

(……気のせい、かな?)

呼吸はすこし浅いが、眠っているかのように、照映は静かだった。

「お客さん、次の角はどうします?」

タクシーの運転手に細かい道を訊かれて身を乗り出した未紘の耳に、小さな舌打ちが聞こえた気がした。起こしたかと焦ってと振り返れば、照映はシートに持たれて目を閉じている。

(うん、気のせい。たぶん)

ほんの一瞬、バックミラーに映った照映が目を開けて、じっと未紘を見ている気がしたけれど、それもたぶん見間違いだろう。

見られた気がするなんて、意識過剰にもほどがある。未紘はまっすぐまえだけを見て、覚えたばかりの道順を一生懸命説明した。

「えーと、その角のとこ、入って……えっと、そこから──」

「そのコンビニのまえでいい。止めてくれ」

低い声が未紘のおぼつかない説明を補足する。あわてて振り返ると、いつもの仕種でこきりと首を鳴らした照映が、未紘に財布を放り投げてきた。

「わ、わわ」

「払っておけ。さきにいく」

焦りながら精算をすませて照映のあとを追うと、マンションのエントランスまえで彼は伸びをしていた。

「んー……やっぱ腹減ってる気がするな」

駆け寄ってみると、照映の顔色もだいぶよくなっていた。ほんの十分ほどでも眠りこんでいたのが幸いしたのだろう。未紘はほっとする。

「じゃ、なにか買ってきましょうか？」

通り向こうのコンビニに向け、走り出そうとした未紘の腕を摑み、照映は言った。

「いい、ちょろちょろすんな。部屋に買い置きの冷凍うどんあるから、おまえそれ作れ」

「あ、はい」

いつもよりすこし弱々しい、でも皮肉な笑顔を見せた照映は、未紘の腕を離すとさっさと歩き出す。彼の歩みは早いから、毎度のごとく未紘はあわてて、早足であとを追った。

「えっと、おじゃましまーす」

照映の部屋は五階の角部屋。内装は至ってシンプルだが、工房と同じくらいの広さだ。しかし、男のひとり暮らしに３ＬＤＫは持てあますのではないだろうか。

「うわ、広かですねー……」

ぽかんと部屋を見まわす未紘に、照映はだるそうな声で、簡潔にもほどがある説明をした。

「ここ台所、そっち居間、その奥寝室で、さらに奥が客室。で、ここが作業部屋」

玄関脇の台所を抜けたすぐそばの部屋、工房にあるのと同じ作業台のうえにはガスバーナーやリューター、作りかけの原型が転がっている。寝室と居間はべつになっているようだから、ここは純然たる作業部屋なのだろう。

（あはは。やっぱ工具がある。ほかの部屋は……えらいがらんとしとるね）

フローリングにラグとローテーブルだけの居間には、装飾品の類はいっさいない。だが、ひとつだけ、きれいな油絵が壁に飾ってあった。

（これ、照映さんの絵かなあ？）

雰囲気があまりに部屋にマッチしているため、未紘は一瞬だけそう思う。だがすぐに、理由はわからないけれど、違うかな、と首をかしげた。

「おい、押しかけ看護師。俺は風呂入ってくるから、その間に、うどん作っとけ」

突然照映に声をかけられ、未紘ははっと振り返る。

「え、だいじょうぶですか？　熱あるのに、風呂とか」

「さっき言っただろ、風邪じゃねえんだよ。すこし休みとりゃ治まるんだ。久遠見ろ、慣れてっから心配もしやしねえ」

タクシーに乗るまえ、久遠から受けた説明は覚えている。

――照映、疲れがたまって気がゆるむと、いきなり熱が出るんだよね。原因は不明だけど、たぶんストレスじゃないかな。だからまったく予兆がないし、あっという間に下がる。

――問題は、熱が出たあと。照映の自己管理がなってないんだよ。どうせたいしたこともない、平気だろってたかをくくって出歩くから、ほんとに風邪もらってくることも多い。

久遠は「いくら言っても聞かないんだよね」と苦い顔であきれていた。けれど、さきほどまでの苦しそうだった照映を見てしまった未紘は、どうしても心配になる。

「くらくらするって言ってたでしょう。頭痛かったりしないんですか」

「汗出しゃ熱もさがるだろ、それよかメシ、やっといてくれよ」

言いきった照映は、まだすこし熱い左手の甲で未紘の頭をはたいたあと、台所からラップを取り出して包帯のうえに巻きつけ、浴室へと消えた。

どうも意固地さの感じられる発言に、未紘は小さくため息をついた。たぶん照映は、ストレスで熱を出す体質がいやなのだろうし、平気な顔を見せるのは意地もあるのだろう。

(まあ、気持ちはわからんでもなかけど……やせ我慢のしすぎばい)

あれでは言っても無駄だと未紘はため息をつき、台所に立った。冷蔵庫を開いて、声をあげる。

「照映さぁん。えっと、冷蔵庫のもん、勝手に使うていいですか?」

「おう。卵、半熟で入れてくれ。あとネギな。おまえも食いたきゃ作れ」

「はーい」

ろくな説明もないまま、はじめての台所。勝手がわかるだろうかと未紘は最初不安だったが、工房と同じ雰囲気のせいか、驚くほどにこの部屋になじんでいた。

モノが少なく、使うものがあるべき場所に整頓されている部屋には、意外に几帳面な照映の性格が表れている気がした。

（料理とか、自分でしなさっと《するの》かな？）

スリードアの冷蔵庫は実家で見て以来だ。男のひとり暮らしにしては充実した中身を眺める。冷凍うどんと卵とネギを取り出し、鍋に火をかけた。調理といっても麺をゆがいている間にネギを刻み、だし汁を作るだけ。これではあっという間にできあがってしまう。

「十分くらいでできちゃいますよー？」

また声をかけると、シャワーの音が途切れ、「すぐいく」という返事があった。言葉どおり現れた照映はジーンズを纏っているだけで、上半身は裸。未紘はあわてて目を逸らした。

「も、もう出たんですか？」

「頭洗わなかったからな。一昨日《おととい》床屋で洗ってもらったけど、痒くてたまんねぇ」

この手じゃどうも——と愚痴った照映は、不愉快そうに湿った髪を掻き、引っかけたタオルで顎の汗を拭いた。

「もうできるか？」

「あ、はい。すぐ、ですけど、……？」

冷蔵庫から出したビールを片手に、照映が鍋を覗きこんでくる。近い距離にたじろぎながらも違和感を覚えた未紘は、じっと照映を眺め、大きな目をしばたたかせた。

「なんだよ、病気じゃねんだからビールくらいいいだろが」

飲酒を咎められたと思ったのだろう。眉を寄せた照映に、未紘はかぶりを振った。

「いや、照映さんがいいなら、いいならいいですけど……そうじゃなくて、それ」

「ん？　それ？」

未紘は手にしていた菜箸の尻で、自分の口もとを指してみせた。首をかしげたあと、同じ場所に手を触れた照映は、「ああ」と苦笑したあと顎を撫で、すこし残念そうに言った。

「ぼーっとしてて手が滑ったからな。全部剃《そ》るしかなくなった」

ある意味照映のトレードマークだった鬚は、きれいさっぱりなくなっている。

鬚のなくなった照映は、三十という年齢よりもずいぶん若く見えた。かっこいいのはわかっていたが、予想以上に端整な顔立ちに、未紘は驚いていた。

（……ていうか、誰）

あまりの印象の違いにぽかんとしていると照映は煮立った鍋を指さした。

「ところで煮えすぎじゃねえか、それ」

「あっ、はいっ、わわわっ。ごめんなさい！」

「ま、やわいの好きだから、いいさ」

あわてて火を止めた未紘は、不器用な手つきでうどんをよそう。ネギを散らしつつ、いまだに動揺がさらないまま、心臓をばくばくさせていた。

（あー、びっくりした。それにしたっちゃ……あれで久遠さんと並んどったら、なんの仕事しとるひとたちか、さっぱわからんよなあ）

久遠の美貌は、言うなれば、洗練され浮き世離れしたモデル系。対して照映は、俳優でデビューしていてもおかしくないレベルの、彫りが深い正統派の二枚目だ。

ふだんは好き勝手に跳ねている髪が湿って、軽く撫でつけるように整えられているせいもあるだろうか。正直、ちょっと近寄りがたいくらいの男前だが、その二枚目は呑気な声で押しかけ看護師を呼ぶ。

「おーい。未紘、うどーん！　まだかー？」

「はいはい、いま持っていきます！」

ダイニングテーブルに腰かけ、ビール片手の照映は、さきほど見たよりもずいぶん顔色もよくなっていた。本人の申告どおり、汗を流して気分的にもさっぱりしたのだろう、足取りも仕種も、もうふだんと変わりはない。なにより、Tシャツを着てくれていることにほっとしながら、未紘も向かいの席についた。

「じゃ、いただきまーす」

ずるずるとうどんをすするさまさえ、鬚のない照映は絵になった。思わず見惚《みと》れていると、照映がむっとした顔で睨んでくる。

「なんだよじろじろと」

「あ、いや。意外と男前でびっくり……じゃなくて、若返った感じがする、ていうか」

「おまえ、さりげに失礼なこと言うなあ、まったく」

未紘は行儀悪く箸のさきをくわえたまま「ごめんなさい」と顎を引き、上目遣いになる。情けなく機嫌をうかがう未紘に、照映はふっと苦笑した。

「怒ってねえよ。未紘が脊髄《せきずい》反射でもの言うのは、もう知ってるしな」

「……どーゆー意味でしょうか」

それこそ失礼なことを言われた気がする。未紘がじとっと見つめると、器用に片方の眉をあげ、照映はにやりとした。

「考えるまえに口が動いてるって言ってんだよ。ああ、身体もか？」

「う……」

否定できないのは、それこそ出会いが出会いであったからだ。がじがじと箸のさきを噛んだ未紘に、喉奥で笑った照映は、箸ごと丼を持ったまま汁を飲み干した。

左利きのひとが食事をするさまは、どこか不思議な感じがする。ぼんやり見つめていると、ちらりと視線を流した照映が「まったく……」と小さくつぶやき、苦く笑った。

「え？　なにが、まったく、ですか？」

「なぁんでもねえよ」

今度のそれは意味がわからない。首をかしげた未紘に、彼は再度「なんでもねえ」と言って、がりがりと頭を掻いた。

（あ。頭、気持ち悪かとかなあ）

無精そうに見せているのは鬚だけで、照映は基本的にきれい好きだ。それに、風呂に入って髪を洗えないと、汗ばんでむず痒くなり、不快感が強い。

「あの。俺、よかったら、頭洗いましょうか？」

さきに食べ終えていた照映が、煙草に火をつけようとしたところで動きを止めた。

「うん？　洗うって？」

「えと、床屋みたいに洗面台に椅子持ってってって座れば、できると思うんですけど」

せめて、できることならなんでもしたい。そんな気持ちでじっと眺めた照映は、またあの言葉を口にした。

「……ほんとに、まったくおまえは」

「あ、あの……？」

よけいなお世話だっただろうか。未紘がすこし不安になっていると、「適当な椅子を探してくる」と言って照映は立ちあがった。

「頭、あとでやってくれ。悪いがこの手だ、台所の片づけもまかせる」

未紘がぱっと顔を輝かせ、「はいっ」と元気よく答えると、照映は意地悪に笑った。ぎくっと未紘が顎を引くと「……それと」とわざとらしく声をひそめる。

「ひとのことばっか見てねえで、ちゃんと食えよ。伸びるぞ」

指摘され、真っ赤になった未紘は冷めてのびかけたうどんをあわててすすった。自分がろくに食べもせず、ひたすら照映の口もとばかり見ていたことにも、それを気づかれていたことにも、赤くなるしかない。

「早く食えよー。準備して待ってっから」

照映の笑いを含んだ声に無言でうなずき、未紘はのびたうどんを必死に片づける。だが、ちらりと視線を運んださき、勢いよくTシャツを脱ぐ照映の背中が見えた。

「げほっ……」

顔が一気に赤くなり、うどんつゆが気管に入りこむ。ひとしきりげへげへやったあと、未紘はテーブルに突っ伏した。

(俺……なんしよるん？　ほんなこつ、どがんしたん……？)

自分のことが、まったくわからない。ただ、目を白黒させ、頬を赤らめつつも、照映の裸の背中から視線を外すことができない。

とにかくなにか、自分の手に負えない、まずいことになりかけている。正直逃げたい。でも逃げられない。

「おい、未紘、早くしろっ」

「は……はあーい！」

だって照映にひとこと呼ばれたら、どうしたって未紘は飛んでいってしまうのだ。


洗面台に椅子《いす》を持ちこんでみたものの、どうも高さがあわず洗いにくかったため、けっきょくは浴室で洗髪をすることになった。

照映《しょうえい》は風呂椅子に腰かけ、浴槽にうつむけに頭を突っこむ格好で座っている。シャワーで頭を流すと、それだけでも気持ちいいのか、彼は長い息をついた。

「熱くないですか？」

「んー。ちょうどいい」

膝丈《ひざたけ》のハーフパンツを穿《は》いた未紘《みひろ》の細い膝に、シャワーの細かい飛沫《しぶき》が散って冷たい。けれどそれすら気にならないのは、目のまえの裸の広い背中が、奇妙な息苦しさを覚えさせるからだ。焦る自分をごまかすように、未紘は話し続けた。

「えーっと。お客さん、痒《かゆ》いとこ、ほかにございませんかー？」

照映の髪は真っ黒で、好き放題跳ねているくせっ毛は見た目のとおりコシがあった。泡立てた髪を指で梳《す》き、地肌をていねいに揉《も》むように洗いあげてやる。

「もうちょい右。……おまえけっこううまいな」

「実家にいたころ、甥《おい》っ子の世話やらされたんで。ひとの頭洗うの、けっこう得意です」

めずらしく感心したように言われ、ちょっとだけ気分がよくなったのはつかの間。すぐに笑いまじりの皮肉が飛んでくる。

「ぶきっちょなわりには、上等だ」

「……照映さん、ひとこと多いです」

むっと眉をひそめ、手つきはやや乱暴になる。「痛えだろ」と抗議の声があがったが、素知らぬ顔で泡を流した。そのときばかりは照映も無言だったが、洗い流したあとにリクエストされる。

「悪い。もういっぺん、頭洗ってくれるか。なんかすっきりしねえ」

「いいですよ」

修羅場《しゅらば》状態だったこの二日はもとより、怪我《けが》をしてからずっと片手で洗髪していたので、どうもすっきりしなかったらしい。つらかったろうな、とまた申し訳なさが募った未紘は、ていねいに揉むようにして髪を洗った。心地よさそうに照映が息をつき、そっと笑う。

「流しますね。えと……ボトルないですけど、リンスとかトリートメントは？」

「しねえよそんなもん、面倒くせえ。おまえはすんのか？」

いかにも照映らしい答えに笑いつつ、「しますよ」と未紘は言った。

「俺の髪、多いけど細いから。ちゃんとリンスとかしないと、もつれるんです」

「ああ、だからか。気持ちいいもんな、おまえの髪。触るとさらさらで」

とたん、未紘は隠しようもなく赤くなった。声が喉《のど》に絡み、なにも言えなくなる。妙な沈黙が落ちて、自分の心臓の音が耳を打つ。

（さ、さわる、とか。きもちいい、とか……いや、なん考えよっとか、俺）

照映は、なんの気なしに言ったのだろう。変なふうに赤くなるほうがおかしい。

（シャワー当てとるし、湿気すごかし。だけん息苦しかとぜ、うん）

誰になにをも咎《とが》められもしていないのに内心で言い訳を並べ立てていた未紘は、続く照映の言葉にさらに動揺させられた。

「おまえの性格まんまだよな、素直でまっすぐ」

「そ、そ、そげんこつ、なかっ……」

「はは。なまってるぞ、未紘。おまえは動揺するとすぐそれだから、わかりやすい」

照映の低い声が、ひどくあまったるく響く。浴室にこもった湯気と残響のせいだと思うのに、頬《ほお》はますます赤く火照《ほて》り、痛いくらいになった。

心臓が高鳴り、泡を流す指も止まる。浴槽のなかに、いたずらに流れていくだけの水流。シャワーヘッドを握りしめたまま硬直した未紘の手を、照映の大きな手が摑《つか》んだ。その手が熱くて、未紘はびくっとすくみあがる。

「おい、シャワー止めろ。もう終わっただろ」

「あ……あ、はい。タ、タオル、とってきます」

あたふたしながら未紘は濡《ぬ》れた手をほどいてシャワーを止める。理由もわからずうろたえ、逃げるように浴室を出ようとした未紘の腕が、ふたたび摑まれる。

「な、な、なに」

「……濡れたな、あちこち」

立ちあがった照映は、ぶるりと犬のように頭を振り、濡れた髪をざっと荒い手つきでうしろに流した。長めの髪からしたたる雫《しずく》が、広い肩や首筋、胸までを伝い落ちる。

オレンジがかった光に照らされた、照映の胸から目を逸《そ》らせない。一連の仕種《しぐさ》はひどく濃厚ななにかを漂わせていて、未紘はごくりと息を呑《の》む。

照映の身体《からだ》は固く引き締まっていて、どこにも無駄がない。筋肉のうえになめした革を貼ったただけのようなタイトさがひどく眩《まぶ》しかった。

やばい、やばい、やばい。頭のなかでその単語だけが繰り返された。

(いや、やばいてなんな。べつに俺、なんもされとらんし、照映さんも……けど、なんし、腕摑んどらすとか……)

飛沫が頬を濡らすことにも反応できず、逃げることもかなわない。未紘は危険な感じのする目で笑う彼に魅入られ、どぎまぎしながら、弱々しく掴まれた腕を引くしかできない。

「お湯、は、はねたから。あの、腕、濡れるから」

離してくださいと告げた自分の声が、耳の奥でうわんと歪《ゆが》む。いっそ目を逸らしたいのに、やけに卑猥なにおいのする照映から目を離せない。

肩が上下するほど息苦しい。逃げようともがいても、照映の指が強くて果たせない。

「あの、照映さん頭、拭《ふ》きましょう。熱、あったしっ。か、風邪ひきます、ほんと」

「さっき薬飲んだしもう平気だ。それより、未紘」

言葉を切って、照映はその背を屈《かが》め、未紘の目を覗《のぞ》きこむように顔を近づけた。シャンプーのあまいにおいと、なにか違うもの――照映の肌のにおいが鼻腔からもぐりこんで、未紘の理性を粉々にしていく。

そのうえ、にんまりと笑った彼は、ひそめた声で言うのだ。

「おまえさっきっから、なに意識してんだ」

「い、……ち、ちが、意識とかしとらんっ、そんなんっ」

かっと頭に血がのぼる。くらくらしつつかぶりを振ったせいで、軽い頭痛まで覚えた。

「してんだろ、その顔は。キョドるわ、赤くなるわ」

呼吸が浅く、苦しくなり、湯を当てられて上気した照映より、未紘の頬はよっぽど赤い。ごまかせるとも思ってはいなかったけれど、未紘は必死に言い張った。

「そ、そら、ここんなか、暑いけん！　赤くもなるでしょっ」

「ふーん。……じゃ、なんで俺の裸じろじろ見てんだよ」

「みみみ見てない見てないっ、ほんとに違うし、だいたい脱いだの照映さんのほう！」

「洗ってやるっつったのは、おまえのほうだろ。べつに好きなだけ見てもいいぜ？」

さして広くもない浴室のなか、あとじさっても、じりじりと距離が詰められる。

添え木のついた右手で茹《う》だった頬に触れられ、びくりと跳ねた肩には左手が添えられる。

もうどうしていいかわからなくなった未紘を見おろし、照映は「あのな」と口を開いた。

「一応聞いておくけど、あれからもあったか」

「え？　あったって、なにが？」

反射的に顔をあげると、じっと見下ろしている照映と目があった。また赤面した未紘をからかうでもなく、照映は言った。

「だから、痴漢。またやられてんのか？　うちにくるまでに電車乗るんだろ」

「あ、ああ。そのこと。えと、あり、ます」

なにが言いたいのかわからなかったが、さきほどまでの妙に濃厚な雰囲気が薄れたことにほっとして、未紘は肩の力を抜いた。

「もう、しょっちゅうで、うんざりします。まえにも、おまえが悪いんだとか言われたし」

「あ？　おまえが悪いって、なんだよ」

「いやほら言うたでしょ、俺が男好きフェロモン出してるんじゃないのとか、そういう」

「ああ。あれか。……フェロモンね」

ちか、と照映の目が光った気がした。そして未紘は、ぎくりと身体を強ばらせる。

最後に痴漢に遭ったのは、照映にそばをおごってもらったあの日だ。よりによって照映の手を想像して、自慰に耽《ふけ》った夜のことを見透かされたような気がするのは、なぜだろう。

(あほか、俺。ばれるわけ、なかとに)

冗談混じりに流してしまえばすむことだ。未紘はできるだけ明るく見えるよう笑った。

「失礼な話ですよね？　俺にフェロモンとかあるわけないし」

「そうか？」

「そうですよ、照映さんならものすご、出てるーって感じだけど、あは、は……」

「ふうん、俺からはフェロモン出てんのか。……おまえはそう思うわけだ？」

照映は、意味深に目を細めた。話を逸らすどころか、さらに危うい流れになって、未紘はおどおどと目を泳がせる。

「いや、えっと。だから、そんなんじゃなくて」

「そんなんって、なにがだよ？」

肌がびりびりするような、どこかあまったるい危機感に、神経が耐えられない。墓穴を掘った未紘は、これはたしかに脊髄《せきずい》反射で話していると言われてもしかたない。

作り笑いもできなくなった未紘が視線を落とすと、ジーンズだけをまとった照映の腰に目がいく。そしてまた、あわててあちこちに視線を逃がす羽目になった。

「だから、おまえなあ。そういうのがまずいんだろうが」

「ま、まずいんですか。……ですよね」

あきれたような照映の声に、血の気が引いた。引かれたかもしれないと、哀《かな》しくなる。乱高下をする感情の波は激しくて、気持ちをさざめかせるのがなんなのか、本当にわからない。

（もう、ほんとに俺、なんなん？）

困り果てる未紘の頭に、ぽんと手が置かれた。照映の手のあたたかさにすがるように、おずおずと未紘が顔をあげると、するりと滑った手が頬に触れてくる。

（どうすりゃええと、これ？）

照映のせいで困っているのに、彼にしか助けてもらえないのだと、本能的にわかっていた。じっと見あげる目は、動揺もあらわに潤んでいる。照映もまた困ったように笑って、吐息混じりの声でつぶやいた。

「出してっかもな、たしかに。男好きフェロモン」

「そ、そんなん……ひ、ひど」

まさか照映にまでそんなことを言われると思わなかった。傷ついた未紘はうつむこうとしたが、頬に添えられた指がそれを許さない。

（うわ、目、きれい。まつげ、ながい）

まじまじと覗きこんでくる真っ黒な目に、ときめいている自分がごまかせない。震える息をこぼした未紘が、その名を呼ぼうとした彼の口から出てきた言葉は、最悪だった。

「……ウサギは知能低いっつーけどなあ。おまえほんとに法学部か？」

「な、なんですかっ、それ！　いきなりばかにしてっ」

突然の言葉に未紘はかっとなる。怒鳴られたのに、照映はますますおかしそうに笑った。

「まあまあ落ちつけ。風呂で暴れるとこけるぞ」

じたばたする小柄な身体を、照映は長い腕であっさり捕まえ、そのことにも理不尽な怒りがこみあげてくる。

「こけません！　もーっ、離してください！　照映さんはすぐばかにして、好かん！」

「好かん、て……おまえ、マジで気づいてねえの？」

腰にまわった裸の腕をべちべちと叩《たた》いて、未紘は「なにがっ！」とわめいた。

「さっきからなに言いよるか、いっちょんわからん！　俺はこげん、こげんに、もう――」

どきどきして、心臓が破れそうになっているのに、ばかにして。そう続けようとして、未紘はがちんと固まった。

（どきどき、て）

暴れる手も止まり、完全にフリーズしてしまう。そんなまさか、あり得ない、とぐるぐる回転しだした頭を、照映の左手がやさしく小突いた。

「またなんかいらねえこと考えてるな。未紘、なあ。もしかして本気でわかってねえな？」

「……わからん」

なにがなんだか、もはやさっぱりだ。情けない涙目で、口をへの字にしたまま照映を見あげると、彼は耐えかねたように噴き出した。そして、くっくっと喉を鳴らしながらきっぱり言ってのける。

「あのなあ、おまえ、どっからどう見ても俺のこと好きだろうが」

「──す？」

（好き？　誰が？　俺が？）

再度がちんとフリーズすると、照映はあきらかにおもしろがっているような声を出した。

「ほお、なんだ、違うのか？　そういやさっき、好かんとか言ったな？」

「いやあの、好きですけどそういう、そんなんと違っ……」

「そんなんってだから、なんだよ。ん？　説明してみ」

照映は完全にいじめっ子になっている。わざと意味を取り違えないでほしいとあわてふためき、未紘は目を白黒させたが、それは照映につけ入る隙《すき》を与えただけだった。

「だ、だからそんなんは、そっ、……いっ、ひゃああっ!?」

しどろもどろに言いつのる未紘の尻が、するりとさがった照映の左手に摑まれた。ひっくり返りうわずった声の大音量に、照映はわざとらしく顔をしかめてみせる。

「こりゃまた色気のねぇ声だな、おい」

「い、色気とか、もとからそんなんないですう！　は、はなっ、離して……」

「そっか？　でもねえけど」

照映は尻を掴んだだけでなく、ぐにぐにとそこを揉む。未紘の懇願を聞き入れるどころか、さらに細い身体を引き寄せた。

（なんこれ？　なんし照映さんが、こげん……え？　え？）

どうしてこんなことになっているのか、さっぱりわからない。未紘の頭と心はちっとも事態についていけないのに、照映の手が力をこめるたび、爪先《つまさき》から痺《しび》れが走った。

照映のことを——ストレートに言っておかずにしたことは認める。そのときも、めったに覚えない欲情に振りまわされ、未紘は大混乱だったが、今日のこれはわけが違う。

（いや、なんこれ、苦しい。こわい）

本物の照映の手は想像よりずっと大きい。振り解《ほど》いて逃げてしまいたいのに、どうしてかそれができない。ハーフパンツにしわを寄せ、撫《な》でさする手が、揉む指が、じんじんする疼《うず》きをひどくする、それが怖い。

呆然《ぼうぜん》としていた未紘の意識を引き戻したのは、照映の低いささやきだった。

「慣れてねえのも悪くないし……けっこう、そそるかな」

そそると言われて嫌悪するどころか身悶《みもだ》える未紘の耳に、ぬるっとしたものが触れた。

「ひっ！　や、や、なん？　なんしたと？」

未紘はあわてて耳を押さえ、照映の広い肩を押し返す。けれど、逆にその手を捕らえられ、さらに深く抱きこまれた。

「なにしたか、今度は自分でたしかめてみな」

にやっと笑った照映は見せつけるように唇を舐《な》め、未紘はますます赤くなってわめく。

「い、いらん。べつにせんでいいっ、たしかめんでいい！」

「そういうな。ほら」

泣きそうな声で哀願すると鼻で笑われ、がぷっと耳朶《みみたぶ》を食われた。噛《か》まれたどころではない、まるっと口にくわえられ、舌でいいだけ遊ばれる。

「あ、あ、やだっ、いや……く、食うなっ」

「んん……？」

ぬめる照映の舌で舐められ、食《は》まれて、ぐにゃっと身体がやわらかくなる。未紘の過敏な反応に、照映はなんだか嬉《うれ》しそうに笑った。

「降参するか？」

吐息ごと絡みついてくる声に、ふるふるとかぶりを振る。照映がこんなことをするのも、抵抗できない自分も信じられなくて、未紘はますますパニックになる。

「いや、こんなの、おかし……っ」

「べつにおかしくねえだろ」

「おかしいもん！」

あっさり言ってくれるなと、未紘は目をつぶって声を荒らげた。

「照映さんがこげんこつ、するわけなかもん！　俺の妄想じゃなかとだけん！」

パニックのあまり暴露した言葉に、照映は「はあ、妄想」と苦笑する。それにすら気づかず、未紘はわなわなと唇を震わせた。

どうして照映がこんなことをしたんだろう。まだ長い腕に捕まえられたままの身体を見おろし、いやな想像でいっぱいになった頭に、嘲笑《あざわら》うような声が聞こえてくる。

――それってさ、早坂が男好きですってフェロモンでも出してんじゃねえの？

――出してっかもな、たしかに。男好きフェロモン。

あんなふうに見下され、からかわれているのだとしたら、本当に最悪だ。それだけはぜったいにいやだと、未紘は拳《こぶし》を握った。

「べつに俺、男好きのフェロモンとか、出しとらん！」

「未紘？」

叫ぶような声に驚いた照映が、顔を覗きこんでくる。青ざめ、引きつった未紘の顔にはっとした彼がなにか言おうとするより早く、未紘はまた必死の声を放った。

「痴漢ば待っとったりせん！　そげん、淫乱とか、変態と違う！」

「あ、……うん、そうだな」

涙声に、照映はすこしだけ気まずそうにして、未紘の頭を撫でる。含みのないやさしい手に、未紘はじわっと涙ぐみ、拳で目元を押さえる。

「お、男好きとか、しょ、照映さんに、そげんふうに言われとうなかった……っ」

「男好きとか、誰彼かまわず誘ったりしてるとか、思ってねえよ」

よしよし、と抱っこして頭を撫でられる。裸の胸に額を当てて、すこしはどきどきするけれど、安堵《あんど》のほうがずっと大きかった。

「落ちつけ、未紘。さっきのはそういう意味じゃねえよ。ちょっとからかっただけだ」

やさしい声に、ついに涙が落ちた。ぼたぼた、ぼたぼたと大粒のそれを、照映の指がそっと拭い取る。

（なんも、違わん）

本当は、未紘にもわかっていたのだ。

中野にからかわれた言葉に過敏に反応した理由。心の奥でおかしいと思いながらも、同じ年頃の女の子に食指が動かない事実。

たくさんの条件はいくつもあって、でもぜんぶ気のせいだと、自分をごまかしていた。

久遠《くおん》と照映の関係をうらやんだのも、言葉なくわかりあえる友人がいないことが寂しいんだと、自分に言い訳していた。

けれど、照映の男らしい風貌や体格に、熱っぽい視線を向けてしまうことは、ごまかしようがない。コンプレックスだけでなく、うらやましいだけでなく、触れてみたいと感じる心は嘘をつけなかった。

(俺、やっぱり、そっちの人間だった)

そして今日、目をつぶり続けていたことの答えを、照映の指が証明してしまった。いやだと泣いたけれど、逃げようとしたけれど、未紘の性器はゆるいハーフパンツのなかで、もう痛いくらいになっている。

なんて即物的で、あさましくて――いやらしいのか。

「うく、ふ……っ」

また、どっと涙があふれてくる。情けない泣き顔は、照映がいちばんきらうものだ。必死でこらえようと思ったけれど、無理だった。

(きらわれる……怖い)

そんな気持ちがどこからくるのかもう、気づいてしまったからなおのこと苦しい。

「泣くな」

ひいひいと泣いて、いやいやをする子どものようにかぶりを振るしかできない未紘を、照映はため息をついて抱きしめてくる。

「離し、て……しょうえ、さ……っ」

「だったら泣きやめっつの」

こんなふうに抱き寄せるから止まらないんじゃないか。濡れた目で恨みがましく見あげると、照映はまた困ったように眉をよせた。

「泣くなよ、おまえ……強烈なんだから、それ」

いやなら突き放せばいいのに、抱きしめる腕は強くなる。さっきからわけのわからないことばかり言う照映を見あげたまま、未紘はせわしなくまばたきをした。

「強烈って、な——」

なにが、と問いかける途中で、ふっと視界が暗くなる。ふんわりとした感触と、自分よりも高い体温を唇に感じたのは、ほんの一瞬だった。

「はー……なんかもう、きっちぃわ」

かすめただけの唇だったが、あっというまに涙は引っこんだ。ぽかんと目を瞠《みは》る未紘に、照映は苦笑した。

「まあ、もう、いいか。……なんでもするっつったな、未紘？」

「あ、え。う、うん」

幼くうなずいた未紘は、また腕のなかに取りこまれた。そして、いまだに反応できず、だらりと下ろしたままだった手が掴まれ、照映の長い脚の間に導かれる。

「え、なに……わ、わッ⁉」

硬い布地を押しあげているそれは、ずいぶん苦しげだった。手のひらのしたでびくりとする感触に、未紘は耳のさきまで赤くなる。

「おまえのせいだ。これの責任、取れよ」

「せ、責任て、なんすっと⁉」

「まあ、そりゃ……やらしいことだろ？」

照映はひどいくらいあまい声で、耳にねじこむように告げてきた。くらりと正気を手放しそうになったけれども、どうにか踏みとどまり、未紘はその手を振りほどいた。

「なに言ってるんですか。お、俺、男です」

「だから？」

「だから、……って」

未紘の言葉はあっさり叩き落とされ、ぱくぱくと口を開閉させていると、また不意打ちでキスを盗まれる。小さな音が唇を鳴らして、未紘の心臓がまた、どかんと爆《は》ぜた。

「性別なんか気にしてねえよ。好みなら、どっちでもいいんだ俺は」

「どっ、どっちでもって、え⁉」

未紘にとってはアイデンティティの危機とも言える事実をあっけらかんと一蹴した照映は、「なんか問題でもあるのか」と逆に問うてきた。

「もん、問題ってだって、俺」

こうまで堂々とされると、二の句が継げない。そもそもなにに悩んで泣いたり苦しんだのかわからなくなりながら、未紘は懸命に言葉を探した。

「え、えっと。そ、そういうのは好きなひととするもんで」

「だから、おまえは俺が好きなんだろうが」

「な……」

事実とはいえ、こうまできっぱり断言されるとむっとする。まだ自覚したばかりの照映への気持ちに対して戸惑い、認めきれない部分も大きい。

ためらいも混乱も、不安を伴って胸の中に渦巻いている。とはいえ、いまさら「好きじゃない」などと否定もできず、拗《す》ねたようにぷいと視線を逸らすのが関の山だ。——それに。

「なんだ、違うのか？」

「だってっ……」

照映がこの調子だから、どこまで本気なのかわからず、またじんわりと目が潤む。

「だから、泣くなっつの」

「意地悪いこと、するけんっ……ひ、ひとの純情、もてあそんでからっ」

そっちが悪いと言ってやろうとしたけれど、こつんと額をぶつけられて、やわらかく目を細められたらだめだった。

「なにがやだ？　言ってみな。言わなきゃわかんねえだろ」

やさしい目に見惚《みと》れ、ひそめた声にきゅんとなる。いちいちときめいて、そんなに好きかとあきれる。もてあそばれてもいいなんて、うっかり思う未紘はばかだ。

それでも、すごく好きなのだ。照映にならだめにされてしまいたいくらいに。

意地の悪いことを言う低い声も、見あげなければ嚙み合わない目線の高さも、端整な顔立ちも、未紘の理想で憧れで、そして苦しいくらいに『欲しいもの』なのには違いない、が。

（俺が好きだけんて、なんしたっちゃよかとか、思われとっとかなあ……）

照映に触れられること自体は嬉しい。でも気持ちのないそれは欲しくないと、未紘の心はもがいた。

「……俺が好きだけんて言うても、こげんとは、おかしい」

「べつにおかしくねえだろ。なにが変なんだ？」

わかってくれない照映が歯がゆかった。好きになってもらえるなんて、分不相応な夢は見ていない。それでも軽んじられることだけはいやなのだ。

「て、手近でやりたいだけなら、やめてくださいって、言いよ——いっ」

必死で訴える言葉が止まる。照映の左手が、容赦ない力で未紘の頰をつねっていた。

「いだーっ！　いたい、痛い!!　なんばすっとですかっ」

「おまえがあほだからだ」

わめいて腕を振り払い、あんまりだと睨《にら》む。さっきとは意味の変わった未紘の涙目に、照映は苦笑した。

「あのなあ。こっちはおまえと違ってもういい年のオッサンなんだよ、いくらご無沙汰《ぶさた》でも、そうそう簡単にその気になるかっつの」

「うー……え？　ど、どういう意味」

「自分で考えろ」

にべもなく言い捨てた照映の腕に、また引き寄せられ、ずるい、と未紘が唇を嚙むと、またくすぐるようなキスが降ってくる。今度はすぐに離れず、何度もついばんではやわらかく未紘をほどけさせ――また尻を摑まれたこともわからなくなるくらい、夢中にさせられた。

「ん……っ」

「なあ、自分で言っただろ。未紘は、俺のために、なんでもするんだろ？」

照映が吐息混じりに低くささやくと、鼓膜の奥がちりちりする。そして脳までどろりと溶ける。

大人の男は、おそらく自分の声の効果を充分に知っているのだろう。まんまと未紘はひっかかり、もうなにもかも考えられなくなる。

（ぎゅってされんの、きもちい……）

体温の高い肌、包まれる感触。照映の抱擁に、未紘はいつも逆らえない。なけなしの意地も張れない。最悪なくらい完全降伏、いっそおもちゃにされてもいいとさえ思ってしまう。

気づけば広い背中にしがみついて、「なんでもする」とうなずいていた。

やたら嬉しげに笑った照映は、やっぱりちょっと、悪い顔だった。

＊　＊　＊

連れていかれた寝室には、大柄な照映にあわせたセミダブルのベッドが、どーんと鎮座ましましていた。それを見た瞬間、やはり逃げ出したいと未紘は顔を歪めたが、意地の悪い顔で笑う照映はあっさりとベッドに腰を下ろし、未紘に向かって釘をさしてきた。

「いまさら、『いやです』は、ナシな。それとも、びびったか？」

じりじりとあとずさりかけていた足が止まる。ふん、と挑発するように笑われたのは、ムキになりやすい性格を見越してのことだったのだろう。

「べっ、べつに、びびっとらんです！」

言いきったあと、にやりと笑われた。罠《わな》にはまったと後悔しても遅く、唇を嚙みしめたままおずおずと近寄ってみる。さりとて、ベッドに座る照映をまえに、はたしてどうすればいいのか、未紘はさっぱりわからない。

部屋の灯《あか》りは、ドアの隙間から漏れる光だけ。ほの暗い空間というシチュエーションに、否が応でも今後の展開を想像させられた。

耳が遠く感じるほどに跳ねあがった鼓動は、不安と恐怖と、それからほんのすこしの期待のせいだ。そして、鬚《ひげ》を剃《そ》り落とした照映の見慣れない姿に戸惑っているせいでもある。

上半身裸のまま濡れた髪をした照映に、じっと見つめられている状況が未紘の心臓をおかしくする。ふだん、不機嫌そうに眇《すが》めている黒い目は、濡れたように光って未紘を見つめている。それだけで肌がざわざわして、闇雲《やみくも》に走って逃げたくなるくらい、怖い。

「未紘、こっちにこい」

棒立ちの未紘に、長い腕が差しだされる。おずおずと手を預けると引き寄せられ、隣にすとんと腰をおろす。肩を抱かれ、すくみあがった首筋に、照映が顔を埋《うず》めてきた。強ばる身体をなだめるようにそっと手が添えられるだけで、背筋が痺れる。

震えてしまうのが恥ずかしく、そろりと上目遣いにうかがうと、照映はふっと笑った。いままでに何度か見たことがあるやさしい目で、急《せ》かすつもりはないと伝えられ、未紘はようやく身体の力を抜いた。

「……照映さん。俺、どげんしたら、ええと？」

戸惑い揺れる声で問いかけると、浴室でされたように手を導かれた。頬が膨張して感じられるほど顔が熱い。デニム地に指が触れただけで、びりびりと爪があまく痛み、心は怯《ひる》む。

それでも、なんでもすると言ったのは自分だからと、未紘は震える指を動かし、ジーンズのボタンをはずす。ファスナーをおろす小さな音が、いやに耳についた。

（ちゅうか、これ、なんか、で、でか……っ）

ファスナーが引っかかるくらいのそれが気になったが、まじまじと見るわけにもいかない。目を泳がせながら前を開くのが精一杯の未紘に、照映が苦笑した。

「まどろっこしいな。ちょっと手ぇ離せ」

「は、はい。って、……うわ！」

怪我のない手がボクサーショーツを引きさげる。未紘が思わず声をあげて目を逸らすと、照映は喉奥で笑った。

「なんだよ、自分だってあんだろが」

「こ、こげん、ならんです！」

はじめて見る他人の性器にうろたえたが、かっと全身が熱くなるのはごまかせない。そんな自分の反応に、未紘は眉をひそめた。

（俺、やらしい）

あからさまな欲情を示すそれに引くどころか、無意識に喉を鳴らしていた。自分があさましいと落ちこみそうになる未紘の髪を、照映がそっと撫でてくれる。

やさしい手つきにおずおずと顔をあげると、彼は笑っていた。あざけるようなそれではなく、未紘のウブさが微笑《ほほえ》ましいとでもいうような、そんな表情にほっとする。

「触れ……ば、いい？」

「ん」

隣に座ったまま、おそるおそる両手を触れさせる。どうしていいやらわからず握りしめると、腰を抱かれて顎《あご》を上向かされた。照映は眉をひそめて笑い、ぽつりとつぶやく。

「……キスもはじめてのくせに、ここまでするか。おまえ、ほんと俺が好きだな」

指摘のとおり、未紘はキスすらも照映がはじめてで、さきほど浴室で奪われたそれがファーストキスだ。なぜばれたんだとか、いまさら言うなとか、たくさんの言葉が頭をめぐった。感心されたのかばかにされたのかわからず、とにかくなにか言い返そうと未紘は口を開いた。

「そ、そんなん、照映さ……ん、むっ!?」

とたん、いきなり深く口づけられる。まさかキスされるとは思わず、どうにか動かしていた指も固まり、未紘は心のなかで「わーっ！」と叫んだ。

怖くて目も唇もぎゅっと閉じてしまうと、照映はぺろりと未紘の唇を舐めて言った。

「おい。口、すこし開けろ」

「は、はひ……」

慣れない反応をおかしそうに笑った照映が、強ばる唇を親指でいじる。震え、怯《おび》えながらも、未紘は小さな唇を開いてしまった。

照映の命令に未紘は逆らえない。この二週間で、絶対服従の刷りこみをされてしまったのかもしれないし――たぶん、逆らいたいと思っていないからだ。

「ん、ん……」

照映は、怯える未紘にいきなり舌をねじこむような真似はしなかった。むしろ、なだめるように何度もついばんで、強ばる唇をとろりと舐める。キスの角度が変わると、湿った長い髪が、束になって未紘の頬にあたり、冷たい感触にぞくっとした。

手のなかにある彼をおずおずと握りしめる以外、いったいどうすればいいのかわからない。そもそもいまの状況自体が想定外で、未紘はもういっぱいいっぱいだ。

（お、俺、なんもしとらん。ていうか、できん）

照映のキスは長かった。こんなに何度もちゅうちゅうされるものなのか、それすらわからず未紘は目をまわす。

（ほんとにどげんすればよかか、わからん……！　俺がこれ、こするだけじゃなかと!?）

おまけに、照映はなにも言わない。てっきりいつもの調子でヘタクソだの、とろいだのと言われると思っていたのに、緊張をほぐすような口づけを繰り返すだけだ。

ソフトなそれなのに、どうしようもなくせつないあまさがこみあげて、呼吸を苦しくする。喉をあえがせると、すこし長く押しつけられたあとに唇が離れ、未紘はほっと息をついた。

「しょ、え……照映、さん……」

「なに」

「ち、ちゅーされてると、俺、いっぱいいっぱいに、なる。こっち……なんも、できん」

涙目で訴えると、照映は唇をにやっと歪めた。いやな予感がして顎を引くと、未紘が両手で包んだそれのうえに、自分の左手を重ねる。

「なんにもったって、こんくらいできんだろ」

「あっ、わ、……わっ！　や、や、こ、こすれっ、こすれる」

「だから、こすってくれっつってんだろが」

敏感な部分を捕らわれているのは照映のはずなのに、未紘のほうが声をうわずらせてしまう。強引に動かされるたび手のひらを刺激され、頭がくらくらした。

手のなかで高ぶる他人の――照映の性器が、未紘の手のひらを愛撫しているようだ。淫《みだ》らに疼《うず》く身体を持てあまし、指や手のひらがこんなに敏感だなどと知らなかった。

「だ、だってなんか、熱い、ふっ……んみゅっ？」

どうしたらいいのかわからずおたついていると、また呼吸が奪われた。ついに舌で探られ、下唇を軽く嚙まれて変な声が出てしまう。さっきよりずっと強引な口づけ、照映がこぼす熱くて荒れた息づかいに、彼の興奮を教えられてぞくぞくした。

「……コレはさせらんなかったか」

「はひ、な、なに？　なにが、あっ」

「だから、痴漢。ここ触っただけか？」

「あう！」

未紘の手から指を離した照映は、ぐっと未紘の尻を摑んだ。びくんと跳ねた腰のあたりにはあまったるく重い感覚がわだかまっていて、もじもじと未紘は細い脚をすりあわせる。

「あ……やだっ」

強い指が、やわらかな肉に食いこむ。浴室でのそれよりもっと卑猥な触りかた――露骨な愛撫に身体が緊張し、指に力がこもるから、照映のそれもびくりと震えてまた膨らむ。

照映が濡れてきて、指が滑りだす。無自覚に熱心な手つきで撫でさすっていることを気づかせまいとするように、照映は耳を囓《かじ》り、頰を舐め、じわじわと未紘を追いつめた。

「やだじゃなくて、答えな」

「し、しとらん、し、されてない……」

「ほー。……じゃ、こっちは？」

尻のしたにもぐった長い指のさきが、ハーフパンツの縫い目に触れる。きわどい場所を刺激され、未紘は弾《はじ》けたように身体を震わせた。

「あ、たま、に……っんん、や、やっ！」

「ふん。で、そんときも勃《た》ったか？」

ひどいことを訊《き》くなと睨んだが、答えるまで許さないと睨み返された。渋々、そんなことはなかったと未紘はようよう口にする。

「きしょいだけやったも……ん、んあっ、あっ……も、揉まんといて……っ」

「いま、こんなんでか？」

「だ、って、照映さんが……っ」

あなただからと口走りそうになって、声を嚙んだ。けれど照映は見透かしたようにふっと笑い、それにも腹が立つ。これ以上の悪戯《いたずら》をさせないよう、必死になって手の中のものを煽《あお》るのに、やはり彼は涼しい顔なのがずるい。

表情はふだんとさして変わらないのに、黒く濡れたような目だけが妖しい光を放つ。タチが悪いフェロモンに当てられ、うずうずとまた腰が動いてしまう。

「強情だな、っとに」

「しょ、照映さん、は、意地悪……ですっ」

無理やり好きだと自覚させた照映は、自身の気持ちについてはいっさいコメントしていない。複雑な気分はわだかまるのに、高ぶった身体はどんどん追いつめられていく。

こんなのは違う。照映だけ満足させればいいはずだと、未紘は目を潤ませた。

「おねがい、もぉ触るん、やめてください。違うこと、せんでください」

涙声で必死に哀願すると、照映は「あ？」とばつの悪そうな顔をする。

「俺、ちゃんとするけん。手やら、へたなら、舐めるし……っ」

だが、続いた未紘の言葉に、照映は深くため息をついた。そして何度目かわからない「まったく」を、苛立《いらだ》たしげに口にする。

「ああ、もう。なんでもかんでもはっきり言わなきゃ、わかんねえかよ。……おまけにとんでもねえことぺろっと言いやがる！」

「え、な、なにが……ふあ……っ、ン⁉」

照映は、未紘の両手を自分のそれから引き剝《は》がし、勢いをつけてのしかかってくる。ころりとシーツに転がされ、驚きに開いた唇が、息もつけないような口づけに見舞われる。

「んーっ、んー！」

ひとしきり激しく貪《むさぼ》られたあと、じたばた暴れた未紘が「ぷあ！」と声をあげてキスから逃れると、照映は今度こそ、本当に舌打ちをした。

「……ガラじゃねえんだから、察しろ」

「あ、なにが、え？　あっ、あ⁉」

大きな身体に押しつぶされ、じたばたともがく両脚の間に腰を挟みこまされる。抵抗しようと試みたけれど、未紘の顔の脇に照映が肘《ひじ》をつき、未紘はさっと青ざめた。

包帯がゆるんでいる。怪我のある指に当たってしまったらと思えば身じろぎもできない。

「照映さん、いかん！　手、手がっ」

「うるせえ、逃げんな」

未紘がわめくなり、右手が頬に添えられた。ざらっとする包帯の感触に、首すら動かすことができなくなる。

「そのままじっとして、抵抗すんな。触らせろ」

「だっ、そ……んむっ」

そして不機嫌に吐き捨てた照映が、嚙みつくように唇を重ねてきた。ずるいと思いつつも、つつくように舌を這《は》わされると、勝手に唇がゆるむ。あまったるい感触が口腔の粘膜をかすめるたび、濡れた音が立つのが恥ずかしくてたまらない。

「んふ……んっ、んぅ」

遠慮はやめたとばかり容赦なく潜りこんできた、照映の舌は熱い。やはりまだ熱があるんじゃないのだろうかと、心配に胸が痛む。おかげで未紘は、蹂躙《じゅうりん》するような口づけを自分がとっくに許し、それどころか望んでいることも自覚してしまった。

やわらかに唇を嚙んで開かせ、つるりと歯の裏を舐めたあと、未紘の怯えた舌を見つけた照映は、出ておいで、と言うようにそれを先端でつついてくる。

ぼうっと頭が霞《かす》み、与えられる感覚だけでいっぱいになる。誘われた舌が照映のそれとこすりあわされ、ぬらりとくすぐられる。

どうしよう。気持ちいい。どうしよう――もっとしたい。

「あふ……んっ」

息苦しさからあえいでいたはずの喉声に、あまい響きが混じりだす。恥ずかしくて、照映がどう思ったかが怖くなる。涙の滲《にじ》む目を凝らすと、視界いっぱいに照映の顔が映る。

（あ、だめ。かっこいい……）

焼けたなめらかな肌は、吐息がかすめる距離にあっても荒れた感じがない。頬のあたりに小さな黒子《ほくろ》があるのを、はじめて見つけた。彼が舌を動かす度にその角度が変わって、ああキスされているんだと思うと、さらに感じた。

「ふっ、……ふぅっ？」

突然舌を嚙まれて驚くと、照映が意地悪に笑いながらキスをほどいた。濡れそぼった肉厚の唇が、ぞくりとするほど艶《つや》めいている。

「なんだよ。観察するとは余裕あんだな」

「ちが、よ、余裕とか、ない……っあ！」

そんなんじゃないと言いたかったのに、シャツ越しにもわかるほど尖《とが》った乳首をいきなりつままれた。跳ねた身体が照映にぶつかってシーツに戻される。

「あー……あっいや……それ、や」

「嘘こけ」

ぷつりとした乳首を布越しに掻《か》くようにされて、ひっきりなしに身体が踊る。いや、と身をよじれば疼くそこに長い脚を押しつけられ、めまいがするほど卑猥に揺らされた。

「いっ！　……あ、あっだめ、だめ……っ」

「暴れんなよ。手に当たるぞ。責任取れつったろ」

やめてともがけば目のまえに包帯をちらつかされ、脅す気かと未紘は眉根を寄せた。

「だ、だけん、そうするって！　照映さんに、俺がするっちゃろっ⁉」

「方法はなんでもいいんだよ。好きにさせろ」

押しつぶされつつなかばムキになって、照映のそれに指を伸ばす。だが未紘の不器用な手は、そっちはもういいと笑った男に止められた。

「おまえが悶えてんの見てるだけでも、クるって」

耳朶を嚙るようにして吹きこまれたのは、喉奥で転がすような笑いを含んだ声。ぞくりと鼓膜を震わすそれが、無駄な抵抗を続ける未紘を落とした。

（も、だめ……）

ただぞくぞくして、めまいがして——背中が痺れて、力が抜ける。くたりとなった未紘を照映が強く抱きしめ、熱っぽい股間をそっとさすった、その瞬間だった。

「……あ！」

「ん？」

びくん、と身体が大きく跳ねた。未紘はなにが起きたのか一瞬わからなかった。けれど、じんわりと下着が濡れたことに気づいてしまえば、死にたいほどの羞恥がこみあげてくる。

「え、いったのか？」

すこし驚いたような照映の声に、かーっと顔が熱くなった。ショックと情けなさに、未紘は赤くなりながら涙ぐみ、両手で顔を覆って呻《うめ》く。

「ごめ、んなさい」

「なんで謝んだよ」

「だって、み、見られた。は、はずか、し……ちゃんと、できもせんのに……っ」

童貞ということは当然、ひとまえでの射精などまったく経験がない。どころか、いままで自慰にすらかすかな嫌悪を覚えつつ、ひとりの部屋でそっと慰めたことしかない。そんな行為を憧れているひとに見られるのは、粗相でもしたかのように恥ずかしかった。

過剰反応だと自分でも思うけれど、ぽろぽろこぼれる涙が止まらない。きっと照映にはあきれられる。ばかだと思われる――そう思ったのに。

「見ちゃ悪いかよ。俺が、そうしたんだろが」

罪悪感と羞恥に混乱して、泣きじゃくった未紘を照映は笑わなかった。それどころかいままでにないほどにやんわりと腕に包んでくるから、ますます涙が止まらなくなってしまう。

「いきなりハードル高ぇ要求したのはこっちだ。べつにおかしかねえよ。緊張させすぎた」

「ふぇ……」

「だぁから、泣くなっつうんだよ。手も足も出やしねえ」

くすんと鼻を鳴らすと、頭を撫でられる。正直いってセックスはまだ怖くて、闇雲に興奮させられるより、こうされているほうが素直に気持ちいいとは思う。

それでも、やめたくはない。苦笑いが振動になって伝わる広い胸に、濡れそぼった鼻さきをこすりつけ、高ぶった感情のまま未紘は言った。

「好き、……ごめんなさい、好き……っ」

「だから、知ってるっつったろう。だいたいなんで謝るんだか、意味わかんねえし」

髪を撫でた照映が口づけてくれるから、怖さも怯えもなにもかも、どうでもよくなる。ちゅくちゅくと小さな音を立てるキスは、くすぐったくてあまくていやらしい。

「ん、ん、んん……！」

キスに高ぶらされ、射精したはずの身体はすこしもおさまらず、もっと欲しいと揺れてしまう。やさしくあやすように舌を吸って、キスをほどいた照映は、未紘の唇を舐めて言う。

「手、これだかんな。自分で脱げるか」

「う、……うん」

未紘はこくりとうなずき、寝転がったままもぞもぞとTシャツから腕を抜く。濡れた下着がこすれて気持ち悪かったが、どうしようと迷っていると、すこし意地悪に笑われた。

「下も脱げよ。早くしな、漏らしたのでくっついちまうぞ」

「うぐ……」

そんなことを言うから脱ぐのがもたつくのに——と思いつつ、ままよと目をつぶってハーフパンツごと引きずりおろす。ひやっとするのは濡れた下着が熱に蒸れていたせいだと思うと、なお恥ずかしさが増した。

背中に直接感じるシーツの肌触りがくすぐったくて、肩をすくめる。足首まで落としたボトムは照映の腕でやや乱暴に抜かれ、未紘は視線から逃れるように身を縮めた。

「あんま、見んでください」

「見てねえよ」

嘘だと、内心で口を尖らせた。目を閉じていても、照映がこちらを見ているのはわかる。彼の視線はまるで質量があるかのように熱くて、いっそ痛い。

「照映さんは……？」

自分だけ素っ裸というのは耐えられないと、縮こまりながらねだる。だが照映は下着ごとあっさりジーンズを蹴《け》り脱いでしまって、照れもしない。なんだか不公平な気がした。

「これでいいだろ」

言うなり覆いかぶさってきた照映の絞られた身体に較《くら》べ、貧弱で肉の薄い自分が恥ずかしかった。胸をあわせるように抱かれるとよけいに体格差を感じ、羨望《せんぼう》と嫉妬《しっと》を覚える。

けれど、それ以上に嬉しい。

「脚まで濡れてるな」

「あ、やっ」

淫らな事実を示す言葉がささやかれ、未紘の肌を熱くした。たしかめるように伸びた指は濡れた薄い下生えを梳いてくる。くすぐったいのに感じて、腰の奥に痺れが走る。

「ん、ん……っあ」

声もなく仰《の》け反《ぞ》る喉を、照映が軽く嚙んだ。歯の食いこむ感触にぞくりとして悶えると、洗い髪がふわりとあまい香りを漂わせる。

(あ、いいにおい。……ん、におい?)

はたと、シャワーも浴びていなかった自分のほうが汗くさいのではないかという疑念にかられた。まごついた未紘を見透かしたように、照映は獣めいた仕種で鼻のてっぺんで首筋からうなじの生え際をくすぐり、わざとらしく、すんと鼻を鳴らした。

「なんか、赤ん坊みたいなにおいすんな、未紘」

「な、なん……っ! か、嗅《か》がんとって! やっぱ、シャワー浴びるっ、汗かいたし!」

かっと赤らんだ未紘が暴れると、なにがおかしいのか喉奥で笑って押さえこんでくる。

「いいっつの、このまんまで……感触も赤ん坊みたいだな」

笑った照映に、ぺろりと鎖骨を舐められ、舌の熱さにやられて動けない。

「か、感触もって、なん、ですか」

未紘が問うと、照映のかさついた指が閉じたまま震えている内股を何度も辿《たど》った。

「んーだから、つるつるすべすべっつうか、もちもちっていうか」

体毛が薄いことも、未紘のコンプレックスのひとつだった。けれども、照映の指に心地よいのなら、それでもいいかと思ってしまう自分の思考にめまいがした。

照映といると、けっきょくはいつもそうだ。理性的じゃなくなって、ぐらぐらして、顔が熱くて頭が茹だる。それから――すごく、いやらしい気分にもなる。

「そ、そげんとこ、揉むなあっ！」

「手ぇ離すのもったいねえんだよ。なんだこの肌、ほんとに赤ん坊みたいだな」

未紘の肌は、彼に較べてずいぶんやわらかいらしい。おもしろがるように内腿《うちもも》をふにふにいじる照映に、未紘はわめいてげんこつを落としたが、かさついた手は離れていかない。

恥ずかしさをごまかすために、未紘はとっさに言った。

「ちょ、だけん手ぇ使ったらいかんって！」

「ああ、そっか。じゃあ……こうしとけ」

照映は未紘の左手を取り、自分の右手をしっかり握らせる。きょとんと未紘が目を瞠ると、怪我した手を動かさないよう、彼の右手を握っているように言われた。

「離すなよ？　離したら、動かすぞ」

「変な脅しはやめてください！」

悪戯っぽく笑う照映に、未紘もつられて噴き出すけれど――その約束が、本当にけっこうシャレにならないことに、すぐに気づかされた。

「ほら、手ぇ離すなよ」

「う、ひっ……あっ、は、はいっ」

言いつけどおり彼を痛ませないようその手首にすがっているから、身体を逃がすにも限界がある。それが目的の言葉だったのかもしれないが、いまの未紘にはわからない。

処理を手伝えというような言いぐさではじめたくせに、照映はずいぶんゆったりと未紘の身体を探った。

「ひあ……あっ、や、ん……！　く、くすぐったっ」

「ん？　もうちょい、じっとしとけ」

肩、首筋、指先、肘、爪先、くるぶし——身体の中心から遠く、末端からやさしく触れて慣れさせるのは、いきなり即物的なことをさせようとして、未紘が泣きだしたせいだろうか。

照映が未紘の身体についてコメントするたび、触られている事実を強く意識させられる。不慣れな接触、くすぐったいだけの感触が、ゆっくりと快楽に育てられていく。

「よくなるから。ほら、もう硬くなった」

「あっ、あ……す、吸ったらや……っ」

乳首に唇が触れるころには、あがった息が抑えきれないところまで高ぶらされていた。舌先で捏《こ》ねて丸めるように、頼りない小さな乳首をいじられていると、あまい疼きがダイレクトに腰の奥へ駆け抜ける。

「よくないか?」

「いっ、いや……やっ」

心臓の近くで、含み笑う端整な顔。嚙んだり舐めたりされるたび、跳ねあがる鼓動が全部知られているのが恥ずかしい。いやだと訴えるわりに抵抗もできず、未紘は濡れた感触や舌の立てる音に身をよじるしかない。

ベッドで乱暴になったり、性格が悪くなる男の話を聞いたことはある。

照映はその真逆だ。ふだんの姿から想像がつかないほどにやさしく触れ、だからこそいやらしくて、経験値ゼロの未紘は、器用な指が繊細に蠢《うごめ》くたびに泣くしかできない。

「いやいやばっかじゃや、わっかんねえだろ。じゃあどこがいい」

余裕の笑み混じりで訊かれても、全身が燃えるように熱いのに、どこだなんて答えられるわけがない。

「んっも、……も、だめ、……そこ」

「そこって?」

胸はしつこくかまわれるけれど、いちばん熱いところはじりじりと周辺を撫でるだけ。いっさい触れてくれない。服を脱いでからずいぶん経《た》つけれど、すこしも股間の乾く様子がないのは、引き延ばされる愛撫に焦《じ》れた身体が物欲しげに濡れるせいだ。

(も、だめ。わけわからん)

羞《は》じらいよりもつらさが勝って、「触って」と小さくせがんで照映の腕を握りしめる。だが照映は未紘の哀願に「どこをだよ」と意地悪をした。

「こっちか？」

「い、ひっ……！」

内腿の窪《くぼ》みをくすぐっていた指が、つるりと尻を揉み撫でる。未紘が身悶えると、きわどい場所ばかり指で遊ばれ、うねうねと物欲しげに細い腰は揺らめいた。

「照映、さん……もぉ、いや、イタいっ」

「若いな、やっぱ。この程度でできあがっちまうか」

「ひど……もう、ほんとに、やだっ！」

じれったいと未紘がべそをかくと、楽しそうに照映が笑う。

「触ってやっから、拗ねんな」

「くふ……っ」

揶揄《やゆ》されて唇を嚙めば、拗ねるなというようにそこをついばまれた。あやす口づけにすがりつき、夢中になって舌を吸っていると、照映の指がようやく、待ちわびる場所に触れた。

「あっ、あっ、んんん！」

はじめて知る他人の指は、刺激が強いなんてものじゃなかった。ひと撫でされただけで射精させられた記憶もなまなましく、未紘はがくがくと派手に腰を突きあげてしまう。

「おい、まだ握っただけだぞ」

「ん、んー……っ」

その程度の言葉にすら、身悶える。小刻みに震えて照映の腕をすがるように握る未紘に、彼はすこし困ったような顔をする。

「おまえ、まるっきりはじめて……なのは当然にしても、もしかしてココ触るの自体、慣れてねえのか？　自分でも、ほとんどやってねえだろ」

「う……っ」

未紘はぎくっと固まり、けっきょくはそれが答えになった。またからかわれるのだろうかと身がまえていたが、照映はため息をつくだけだった。

「な、なんしそこまでわかると？」

「いろんな意味で敏感すぎるんだよ。気持ちも身体も、ほんとにまっさらなんだろ」

おずおず上目遣いにうかがうと、そんな答えが返ってきた。あげく、複雑そうな顔で照映がぽつりと言った言葉に未紘は焦った。

「からかって、悪かったな」

（あ、だめ）

照映はいっさい動いていないのに、すうっと彼が遠くなる気がした。反射的に腕を伸ばし、濡れた髪の絡んだ首筋にしがみついて、未紘は振り絞るように声を発する。

「いや……やめんとって」

「未紘？」

ごく小さな声だったけれど、身体中がかっと熱くなった。なにを言っているのかと、自分にあきれる。けれど、いま離されたらそのまま、心も離れそうで、それが怖かった。

未紘は必死だった。なにしろ誰かのまえに肌をさらすのもはじめてのうえに、おそらくはっきりと意識して好きだと感じたのも照映がはじめてで、なにをどうすればいいのかまったくわからない。あげくいきなりの急展開に戸惑うばかりで、羞恥心が爆発しそうだ。

でも、やめたくない。離してほしいなんて思ってない。

焦らされた身体が火照って、つらい。それ以上に、無防備にさらけ出した不慣れな心も、摘みとるならちゃんと最後まで、残さずさらってほしかった。

「さわって、照映さん。し、して。ちゃんとして。やめたら、やだ」

すがりついて訴えると、しばし沈黙した照映は、なにも言わずに強い腕できつく抱きすくめ、笑いを含んだあまい声で告げた。

「……やめねえよ」

「あ！　あ……ん」

ささやきながらやんわりと耳朶を噛まれて、腰が抜けるかと思った。低く重たい照映の声でやさしく言葉を紡がれるだけで、未紘には脳を蕩《とろ》かすような愛撫になる。

うっとり息をつくと、またやんわり尻を揉まれ
「つうかさすがに、そこまでする気なかったんだけどな……」

「んっ、ん……っ、え？」

「手も不自由だし。けど、まあ、しゃあねっか」

もどかしそうな照映に、目顔で「なにが」と問えば、包帯を巻いた手で頬を撫でられた。くすぐったくて首をすくめると、ゆったりとまた唇を吸われる。

「ん……」

照映の唇は気持ちいい。肉厚でやわらかそうなラインだと思っていたけれども、じっさいに触れると未紘の唇が溶けそうになる。そして、自分がことあるごとに照映の唇を眺めてしまった理由が、このキスを想像していたからだといまさら思い知った。

「ふう……ん、んっ」

つるりと滑りこんできた舌の動きはなめらかで、だいぶなじんだそれにおずおずと舌をあわせれば、包帯を巻いた手が誉《ほ》めるように頬を撫でる。

「最初、ちっときついけどな。慣れたら腰抜けるようなの、するか？」

額をあわせて覗きこんでくる照映の、視線と声の色っぽさにくらくらする。熱にうかされたまま、未紘は意味もわからず即答した。

「ん、する」

でも、なにをするのだろう。どんなことをされるのだろう。想像すると、怯えるよりさきに腰が跳ねてしまって、照映がにやりと笑う。

「OKな。んじゃ、脚、もうちょい開け」

ぺしりと腿を軽く叩かれ、うなずきながらおずおずと強ばる膝をゆるめる。「もっと」とそそのかす声はあまく意地悪く、羞恥も矜持《きょうじ》もぜんぶ奪って溶かしてしまう。

「こ……こう、で、いい？」

「いい子だ。もうちょい、腰あげな」

「ん、うん。……あっ！」

促すように膝頭に手を置かれ、ちょっと力をくわえられただけで、未紘は声をあげた。びくんと腰が突きあがり、浮いた尻に照映が手を滑らせる。

「脚摑んだだけだぞ。敏感すぎだろ、おまえ」

「やー……ごめんなさい……」

かあ、とまた赤くなり、くしゃくしゃに顔を歪めた未紘はそっぽを向き、枕を摑んで半分顔を埋める。照映は喉奥で笑って、ぺちんと小さな尻を叩いた。

「謝ることたねえだろ。誉めたんだ、いまのは」

「そげんなこつ、わからんっ」

くくっと笑った照映が、頭上でなにか探す気配がする。ややあって、枕に埋まりきれない赤い頬が、硬いものでつつかれた。

「未紘、これ。蓋《ふた》あけて、中身ここに出してくれ」

差し出されたのはラベルのない、軟膏《なんこう》のチューブのようなものだった。まじまじと見つめたあと、未紘ははっとして身体を起こす。

「どっか、痛うした？」

「はあ？」

「や、それ薬でしょ？　もしかして痛み止め？　さっき、怪我んとこ触ったとか……や、やっぱりやめたほうがよか？」

未紘がまくし立てると、照映はしばしぽかんとなったのち、奇妙な感じに顔を歪めた。

「は……怪我。ふはっ、怪我か！　わははは！」

「あ、あの……？」

突然げらげらと笑い出す。なにか妙なことでも言っただろうかとうろたえる未紘に、照映は腹を抱えつつ「いやまあ、薬っちゃ薬だけどな」と切れ切れの声で言った。

「あー……しかし、そう来るか。おまえサイコーだわ、ほんと」

「え？　え？」

笑いが収まらないまま、照映は未紘を抱きしめてくる。ひどく上機嫌な様子だから、それはべつにいいのだけれども。

（いっちょん、意味がわからん。けっきょく、なんかわからんし）

照映は困惑顔になった未紘の額に、ちょんと唇を落とした。あまやかすようなそれは、やらしいキスよりよっぽど恥ずかしかったが、それ以上に照映の言葉が未紘を赤くする。

「かわいいよ、ほんとに」

笑みを残した目で覗きこまれ、ぽつりとささやかれた瞬間、あまい痛みが胸を刺した。

あの日、踏切のそばで動いた唇と、同じ形にそれは動いた。

かわいい——なんて、ほかの誰かに言われたら、ばかにされたと思うだろう。けれど照映が向ける言葉なら、それが好意を示しているなら、未紘にとっては最高級の讃辞になる。

目が潤んだことに気づいた照映が、瞼《まぶた》に唇を押しつけてくる。睫毛《まつげ》をくすぐるような、触れるか触れないかのそれは、強く押し当てられるよりも愛でられている感じがするのだと、はじめて知った。

頬、鼻、額と順番に唇を押し当てられたあと、ぽわんとなって見つめた照映は、またちょっと笑いの形に唇を歪めていた。

「ま、とにかく、開けてみな」

なにがなんだかわからないまま、言われるとおり蓋を開け、照映の手に透明ジェルの中身を絞り出す。においもないこれは、なんの薬なのだろうか。

「で、寝ろ。さっきと同じ格好で脚開きな」

やたら事務的に言われたせいか、さきほどあれだけ羞じらったポーズなのに、反射的に従ってしまった。そして、開かされた脚の奥にぬるりとしたものが触れ、未紘はぎょっとした。思わず「あ!?」と叫んで照映を見あげると、彼はくっくっと肩を揺らして笑う。

「わかったか。薬っちゃ薬だけどな。まあ、そういうことだ」

「わ、わかっ、わかった……っ!」

こういう用途にはまったく思い至らなかった自分に赤面する。いくら未紘がウブとはいえ、薄ぼんやりした知識くらいはある。

(そうたいね。男同士て、アソコでやるし、そうすっと、濡れんから)

要するにあれだ、ワセリンとか潤滑剤とか、そういう類《たぐい》なのだろう。

「念のため、なんでこんなもん使うのか、とか訊かなくてもいいか?」

こくこくうなずくと、照映が意地悪く笑って未紘のうえに上体を屈めてきた。

「いらねえの? 懇切ていねいに教えてやるぜ?」

「想像つくから、いいです! いらんです!」

にんまりと卑猥にささやく照映に、必死でかぶりを振った。自分の声と容姿を最大限に有効利用する方法を知っている男にこのエロ声で説明されたら、未紘の神経がパンクする。

そして、くだらない言い合いをする間にもジェルはゆるゆると塗りつけられ、次第に奥へと滑る指に、未紘はさすがに怯えを感じた。

「ちょ、待って。それ、いや……っ」

「なんでだよ」

「お……俺、風呂入っとらんかったですっ」

照映の、きれいなものを生み出す指が、自分のもっとも汚い場所に触れていることが耐えがたい。半べそで見あげたのに、照映は「それがどうした」とあしらった。

「こぎれいなまんま、セックスなんかやれねえだろ。どうせ汚れる、あとで入りゃいい」

「セッ……！」

しゃあしゃあと言う照映の口から放たれた、ストレートな単語に未紘は硬直した。

（そうか。これ、セックスになるとか）

頬が痛いほどに紅潮し、目が泳ぐ。突発事故やショックでパニックになる未紘にはもうだいぶ慣れたのか、照映は鼻で笑った。

「だから、いまさらナシはねえっつったろ。わかったか、ばかウサギ」

「う……はい」

照映の『処理』を手伝うはずがなし崩し、ここまでいたってしまったせいで、未紘のなかで言語と行為が結びついていなかった。だが、たしかにいましていることや、さっきまでしたことを、ほかにどう言えばいいのかわからない。

（俺ってやっぱばかなん……？）

いまのいままで、照映とセックスするという事実を認識していなかった未紘は、彼が言うように知能の低いウサギなのかもしれない。

「あ……あ!? うわっ、や……!」

目がまわりそうな気分で逡巡《しゅんじゅん》していると、硬い指が肉を分けるように進んでくる。びくっと震えた未紘が我に返ると、いつの間にか両脚の間に入りこんだ照映にのしかかられ、逃げ場がないまま身体の奥を探られていた。

「最中に考え事するかよ。……まあ、もういい。勝手に悩んでろ」

そのかわり俺も勝手にすると言われ、火照っていた身体が一瞬冷えかかる。ぐちぐちと音を立てる指は、さきほどのようにただジェルを塗るだけではなく、しっかり力を入れて奥へと進もうとしている。

「やっ……そん、そんなしたら、入る……っ」

「入れてんだ、ばか。なんのためにやってんだよ」

強引にこじ開けて踏みこむのではなく、指が身体がなじむまでじりじりと捏ねては、未紘の緊張がゆるんだ瞬間にすこしずつ進んでくる。

「痛くねえ?」

「なんか、変。けどまだ、痛くはない、です」

答えながら、ひくひくと喉が震える。違和感もすごいが、正直、照映はめんどくさくないんだろうか。おんなのひとなら、もっと簡単に身体が開くだろうに。そして照映なら、そういう相手はよりどりみどりだろうに——。

(こげんこつまでせな、できんとに)

それでもいいのだろうかと、未紘は切れ切れの息のしたから問いかけた。

「そ……そんな、いれ、たい？」

「ああ、入れたい」

即答した照映は、どうしても逃げを打つ未紘の身体を右手の肘で押さえつけ、指をまわしてくる。んっ、んっ、と未紘は喉で悲鳴を押し殺し、違和感に耐えた。

「じゃ、じゃあ、がんばるっ」

「……がんばるって、おま……」

いちいちおかしい、と照映は口もとを歪ませた。そしてやっぱり耐えきれずに噴きだす。

「笑いながらやったことなんかねえぞ、俺は。すげえな未紘」

なにがどうすごいんだと聞き返したくても、関節ひとつ分は含まされた指が気になって身動きも取れない。ひぐ、と喉からひきつったような声が漏れ、照映はなだめるようにキスをくれる。

「それでも萎《な》えねえよ、ほら」

触ってみろと促され、おずおず手を触れると、なんだかすごいことになっている。きゅ、と握ってみると広い肩が震えて、照映の眉が歪んだ。は、と息をつく様が色っぽくて、じっと見つめていると、気づいた照映がにやりと笑う。

「……そんな目して見んな、スケベ」

「あ、あう」

ごめんなさいを言うまえに、ぬるりと唇が舐められた。唇を触れあわせたまま「……そのまま、こすって」とねだられ、直後に舌を含まされて、未紘の頭は沸騰する。

（うわ、うわ、……これって）

未紘の唇のなかを行き来する舌と、両手に包んだ照映の熱が、同じリズムで動くのに気づかされたからだ。たぶんわざと、しかもちょっと大きく音がするように、尖らせて硬くした舌を未紘の唇で扱《しご》く。

（なんか、むずむずする）

緊張と弛緩を繰り返す身体の奥、ゆるやかに、それでもしたたかに進んでくる照映の指が、なにかを探すように動きはじめ、不可思議な痺れが次第に沸きあがってくる。戸惑う未紘よりも早く、照映はそれに気づいた。

「……よくなってきたか？」

「あ、わか、わから……っあ！」

ぬるっと引き出され、また押しこまれる。少し痛いけれども、いままでに感じたことのない感触に未紘は目を開いたまま、あまい悲鳴をあげた。手のひらの下、照映の性器がびくっと震えて、なぜだか乳首が、勝手に尖る。

「だめ、いかんって、それ……!」

「だめじゃねえだろ、感じてきたんだろ」

シーツを蹴るように脚が跳ねあがり、照映の腕を摑んだ指は白くなるほどに力がこもる。いや、と未紘はかぶりを振った。

(お、音、おとがきこえる)

中指が粘膜を拡げ、音を立てる。最初は慎重に探って、入れたままずっとなかを拡げていた指が、出入りしていることを意識させるように、ずるずる動く。そのたび、未紘のそこはとろりとろりと濡れを増し、照映がふっと短く息をつく。

「……っとに、素直な身体だぜ」

「んぁ、あ! あふ……あっ、やめ、やめて、いやっ」

「さっきは逆のこと言ったろ」

照映は取りあわず、むしろ悶える腰を抱えて指の動きを激しくする。ああ、ああ、と甲高《かんだか》い声であえいだ未紘は、身体を折り曲げ、体内にできていく知らないなにかに怯えた。

やめないでなどと言ったのは未紘のほうだった。照映の指はひたすらにやさしくて、なにひとつ未紘を怯えさせなかった。なのにいまは、怖くてたまらない。

「やぁあっ、言う、たけど、これっ、あっあっあっあっ」

「なか、すげえな未紘……とろとろだ」

照映の指をくちゅくちゅと食《は》んで、肉の薄い尻が忙《せわ》しなく上下する。心は混乱しきっているのに、だらしなく開いて、嬉しげに跳ねて、声もあまくひずんでいる。

痛みや苦しみなら、たぶん我慢できた。けれどいま、未紘の身体はまったく知らなかった感覚に振りまわされ、混乱へと叩きこまれる。

「やぁあっ、ちが、これ、ちが、あ……っ」

身体が変わる。感じる身体になる。射精につながらない、感じたことのない快楽を覚えさせられ、本当に男が好きな身体になってしまう。

(怖い、怖い、いやだ、こわい、やだやだやだ……!)

もうこれ以上追いつめられたら、わけがわからなくなる——困惑していた未紘は、次の瞬間「あう!」と短い悲鳴をあげた。

「な、なに? なに?」

いきなり指を抜かれ、体内の虚《うろ》を意識した。両足首を摑んで持ちあげられ、本能的に閉じた膝には照映の引き締まった腰が挟まった。

「未紘」

照映が軽く腰を揺すった。指とは較べものにならないような脈打つなにかが空洞の入り口に触れていて、雫をこぼしながら未紘に包まれたがって、圧がどんどん強くなる。

あ、入れる気だ。反射的にそう思って見つめた照映の顔は、なぜか無表情にも見えた。

まばたきも忘れたように未紘の顔と脚の奥を交互に眺め、やがて唇だけでじわあ、と笑う。

食らわれそうな迫力のある笑みが怖くて、そのくせときめく――だが。

「入れていいな？　入れるぞ」

宣言されたのは考えまいとしていた事実で、未紘は顔を歪め「ひう」とあえいだ。

（これが？　あそこに？　入らん、むり、ていうか裂ける）

ぬるぬると軽くスライドされて、求められたことにも、粘膜の触れあう感触の卑猥さにも、
未紘はパニックを起こす。触るだけで持てあましたあの大きいアレを、挿入なんかされたら
どうなるのか。待って、という代わりに、未紘はひきつった顔で照映を呼んだ。

「……照映、さん、照映さん、しょうえいさんっ」

「ん？」

怖くて怖くて両手を伸ばし、抱きつきながら、助けてほしいと訴えた。自分を追いつめる
男にすがりつき、名前を呼ぶ矛盾が、なぜかこのときはわからなかった。

「たすけ、て。こわい、しょうえ……さんっ」

ぼろぼろこぼれる涙は彼の手に巻かれた包帯が吸い取ってくれて、すりすりと頬をこすり
つけながら、涙の向こうでぼやける照映を必死に見つめた。

「……やめるか？」

問われて、自分でもうなずくかと思った。なのに未紘はぶんぶんと否定を示してかぶりを振り、しゃくりあげながら「ごめんなさい」と告げていた。

「なんで謝る」

「照映さん、泣くの、いや……しょ？　泣いとうし、こわい、けど、……けど」

ぐずるようなことを言ったり、泣いたりするのが照映はきらいだ。さんざん『泣くな』と怒られたし、ちゃんと知っている。

「俺のこと、きらわんで……きろうたら、やだ」

お願い、と繰り返した未紘を、照映は凝視した。返ってきたのは、求めた抱擁や慰撫する指ではなく、苦い舌打ちで、びくっと未紘は震える。

「くそ、この、ばか……」

未紘のわななく指を、不自由な手に捕らえて押さえつけた照映が、肩に額を押しつけてくる。ゆっくり、なにかこらえるような熱っぽい息をこぼされ、湿った肌が震えた。

「泣くならやめてやろうとおもったのにおまえ、……それじゃ逆効果だろうがっ」

「う……っ、な、……っんむ？」

「誰のせいでこんなんなってっと思ってんだよっ。俺だってそうそう枯れてねえんだ！」

いきなり怒鳴って、照映が荒く口づけてくる。舌さきを含まされ、喉奥ではくぐもった声が絡んで沈む。その間にも溶けていく身体は未紘の意思を裏切った。

(あ、うそ)

気持ちに連動してゆるんだ身体は、照映の言うように素直に反応した。びく、びく、と指で撫で尽くされた粘膜が痙攣《けいれん》していて、押し当てた性器の先端にそれを感じたのだろう、照映がふうっと息をつく。

「いま入れたら、すっげえよさそうだな」

「あっ、あ、やだ待って、やめ……っん、んんっ」

やめて、と言いかけた唇がまたふさがれ、舌を舐めた照映がつらそうな声を出す。

「……入れてくれよ、未紘」

懇願の入り交じったような声に、ぞくっとした。怖がる心を裏切り、身体が勝手に照映に向かって開いていく。

(照映さんが、こんな)

大人で、なにがあっても揺らがないような照映が、細いだけの頼りない自分の身体に欲を覚えるのかと思えばそれだけで、不安も恐怖も凌駕《りょうが》する。

「なんでもすんだろ?」

わがままのふりで言質《げんち》を振りかざされたら、もううなずくしかない。

「うん、……うん、する」

うわずった声で告げたとたん、粘膜が照映の先端を飲みこんだ。引きつれるような感じを覚え、未紘は顔を歪める。圧迫感はすさまじく、きしきしと軋《きし》むような痛みがある。それでも、どろどろに脳が溶けるようなさきほどの快楽より、むしろ耐えられる気がした。

「ふっ……ふ、う……」

ぐっと押しこまれればもう彼を止めるものがない。熱く濡れ、震えて脈打ったあれが、いま未紘のなかにいる。割り開かれる感覚に未紘は苦しいとあえぎ、抵抗のきつい締めつけに、照映もぶるりと肩を震わせた。

「き、ついな……痛むか」

声もでないくらいきつい。けれど未紘が黙ってかぶりを振ると「嘘つきめ」と小さく笑った照映は、汗に濡れた頰を撫でてくれた。

「無理すんなよ。まだ、さきっぽ入ったばっかだぞ」

「え、うそ……」

「うそじゃねえよ。ぎっちぎちで進みやしねえ」

一瞬で、健気《けなげ》にがんばろうと思っていた気持ちがしぼみそうになる。照映も「くそ、あんだけしたのに」となにやらぶつくさ言っていて、その不満そうな顔に妙にほっとした。

「力、抜けるか?」

「あ、がんば、る……っ」

朦朧《もうろう》とする未紘の言葉に「またそれか」と照映は苦笑した。

「これじゃ無理だな。未紘、手貸せ」

「え、う、うん……やっ、なに⁉」

なにも考えないまま手を差し出すと、重なった身体の隙間に引き寄せられ、照映のそれよりも小振りな自分のものを握らされる。ぽかんとしていると、照映は言った。

「自分で、ここいじってろ」

「やだ！」

できないと青ざめた未紘に、「しょうがねえだろ」と言いつつ意地悪く笑った照映は、奥まった部分に指を触れさせ、緊張をする尻を揉んだ。

「や、や……そこっ」

「こっちいじるから、おまえそっちやれ。どっちもいっぺんにできねえし」

つながった部分を指で揺さぶるようにして、きつく狭まるそこを外側からほぐされる。

やだやだやだ、と唇を噛んでいやいやしていると、照映に、「やれ」と命令された。

「じゃないとずーっとこのまんまだ。……がんばるんだろ？　未紘。それとも、やっぱ降参するか？」

にっと笑って挑発され「どっちにしたっちゃ、するくせに」と半べそになりながら、未紘はおずおずと自分のそれを握った。だが、凝視する照映に向かってひとことくらい文句は言いたい。

「……そげん、じっと見んでください」

「しなきゃこのまま見続ける」

意地悪にもほどがある。ぶわあ、と涙が下瞼に盛りあがって、あふれるまえに照映がそれを吸い取った。ひどい、とすんすん鼻を鳴らした未紘の頭を撫でる手はやさしい。そのくせ、口ではこんなことを言う。

「泣くからだろうが。おまえが悪い」

「なんでえ……っ？」

「うっせ。さっさとやれ」

口調は冷たいけれど、けっきょくはおもしろがっている照映には勝てない。ひくひくと喉をつまらせながら、未紘はおぼつかない手を動かしはじめた。

（せっくすって、こげんこつまで、いちいちするとか……？）

初心者には、かなりハードルが高いのではなかろうか。そんな疑問が頭をよぎったけれど、ゆるやかに腰を揺すっている照映の息が、じつは乱れているのに気づけば逆らえなかった。

（じつは、余裕ないとかな）

いま自分を侵略しようとしているそれの硬さを思えば愚問だと、自答した未紘は、いきなり胸に走った刺激に身体を仰け反らせる。

「やっ。な、なに……」

あわてて照映に目を向けると、乳首に吸いついていた照映にじろりと睨まれた。

「気ぃ散ってねえで、ちゃんといじれ。もっぺん指でいじめるぞ。今度はいくまで」

「やっ、やります、やるっ」

なんでこんな色気のない展開なのだろう。べそべそしつつ、もうやけくそで手を動かした未紘は一瞬だけ目を閉じ、そうしてぼっと赤くなった。

(こ、これ、なんかほんとに俺が妄想したまんま……)

――いや、いやだ、見たらいや……見られとない、恥ずかしい。

照映を思って自慰に耽った日のソレと寸分たがわないシチュエーションに、羞恥と、うしろぐらい喜悦がわきあがってくる。はふ、と熱っぽい息をついた未紘に、照映が「お？」と小さく笑った。

「濡れてきたな、また」

「やー、もう、いちいち、言わんでっ……」

「うっせ。しゃべってねえと、またキレっだろ、俺が」

妙に色気のない会話はわざとなのだと、その瞬間気づいた。はた、と目を開けて照映を見ると、こめかみから滴る汗を舌で受けとめているところで――ぎゅわ、と未紘のなかになにかがおきる。

「……っ、なんだかんだ男だな未紘。ビジュアルに弱いか？」

目があうと、照映は見せつけるように舌を出し、ぞろりと頬を舐めた。捕らえられた視線は誘導され、お互いのつながった場所へと向けられる。

「あ、ああ、……うわ、あっ」

「もう半分、おまえのなかだ。奥まで行くの、見るか？」

そそのかす目が、さっきのあの欲情にまみれた獣の色をまとっている。そして未紘も同じだと、素直に獣になってしまえと、言葉でなくささやいてくる。

見たい、と思った。この身に沈んだ照映が、どんなふうに乱れるのかも、そして自分がどうなるのかも。

ぞくり、震えたのは背中ばかりではなく、照映を食んだあの場所も同じだ。触れた指先と、なにより締めつけられた自身で感じたのだろう、にやりとした彼はやさしくさすっていた手を離し、未紘の腿を抱えあげた。

「続けな。見ててやる、ぜんぶ」

「やだ、まっ、待って、あっ」

「もう、充分待ったろ。欲しがってんのは、俺だけじゃねえ、よ……っ」

「ひっ……！」

ずん、と突きあげられ、爪先までぴんと伸びきった。腰を揺らしながら照映が進んでくるごとに、重苦しい感触が腹のなかで息づいて、壊されそうで、なのにじんじんする。

いっぱいに埋まった照映に、指でいじられておかしくなった場所をずるりとこすられ、自分でもぎょっとするような淫猥な悲鳴が漏れる。

「あああっん、あん、……ああ……！」

あわてて口を押さえる未紘を、ゆらりと腰をグラインドさせた照映が笑う。

「あう……っ、あ、待ってっ」

「かなりよさそうだな。痛くねえならいいだろ……ほら」

「ないけど……っや、こわ……いっ」

試すようにゆっくりと抜き差しされ、その感触のあまりの卑猥さに瞼が熱くなる。

「んあっ、あっやっ、うご、動いた……っ」

「動かすだろ、そりゃ」

ほんのささいな身じろぎすら照映に圧迫された敏感な粘膜に響くから、未紘はもがくこともむずかしい。なのに照映はゆったりと、次第に大胆に早く腰を動かし、口を閉じることさえできないくらい揺さぶられた。

未紘の手はもう、自分の性器には触れていない。激しく求められるたび、小柄な身体はベッドのうえを滑ってしまった。振りまわされるのが怖くて照映にしがみつくと、なんだか彼は嬉しげに「そのまま摑まってろ」と言い、未紘は必死ですがった。

「あっ、あっ、あー……あ！」

視界が揺れるなまなましさに、未紘は目を閉じる。内部をこすっていくその動きと音の連動に、どうしてか腰が浮きあがって、無意識のままうねうねと動いていた。

「や、やあ……っひろが、ちゃ……っ」

次第に小刻みになる律動。粘りつくような卑猥な音がする。脈打つ照映の形やその動きを聴覚でも思い知らされ、未紘は髪が頬に当たるほど頭を振りかぶる。朦朧としたつぶやきに、照映は笑って未紘を強く揺さぶった。

「……どこが？」

「んっん、んー……っあん、やっ、やっ」

「未紘、どこが……拡がってる？」

頭がぐらぐらするくらい揺すぶられ、照映の動きについていくだけで精一杯だ。脳がかきまわされているかのように思考は霞み——未紘の理性は、すでにかなり飛んでいた。

「あ……お尻……っ」

「ん？　そこがどうした？　どうなってる」

意地悪く笑う照映の顔は涙でぼやけて見えない。耳朶を噛む唇は濡れてやわらかくて、声もあまくひずんでいる。与えられる官能に沈みこんだ未紘はただ感じたことを口にする。

「おしり……おっきいので、ひろが……っ、あっ、あんんっ！」

「はは。まじで言うか」

苦笑した照映が、子どもを誉めるような言葉をいくつかささやいた。なんだかそれがすごく卑猥で、けれどすべてが悪い酒のように未紘を陶酔させる。こんなに快い感覚を知らずにいた、いままでの自分がなんだったのかと思う。

「未紘、気持ちいいか？」

「うん……い……っ、すご、すごくいい……っ」

何度も口づけながら問う照映の眉は、ぎゅっと寄せられている。苦しそう、とぼんやり思った未紘は、状況に不似合いなほどに無邪気に、にっこり笑ってうなずいた。とたん、ぎくりと照映が肩を強ばらせる。

「あ、またおっきくなった」

舌足らずに言う未紘のとろりとした顔に、照映は笑い混じりの複雑な表情を向ける。

「おまえ、やっぱとんでもねえな……」

「う……ん？　なにが？」

どろどろに溺《おぼ》れきっている未紘の両頬を手のひらで挟み、ゆったりと味わうような動きに変えた照映が、笑いながら言う。

「はじめてのセックスとは思えないくらい、いやらしいな、未紘。……これが好きだろ？」

「っあ、そん……っや、ちが」

さすがに正気づいて、未紘はびくっと震えた。愉悦に潤みきっていた目が怯えをたたえる直前に、照映は音を立てて口づけ、ずるいような声でささやいてくる。

「きらいじゃねえよ。……もっと、ぐずぐずになっちまえ」

「あ、ほん、……ほんと？」

安堵に胸が震え、同時にぶるりと震える腰が、照映を締めつける。片目をぎゅっとつぶり、軽く奥歯を食いしばった照映が、長い息を吐き出した。

「……っ、こっちは覚え早いな、おまえ。食いつきやがったぞ、いま。どうやった？」

「や、し、しとらんっ」

揶揄するようなそれにひどいと爪を立てると、片手であっさりと腰を高く抱かれ、壊れそうなくらい、めちゃくちゃに、がくがくに、揺さぶられた。

「あっ！　あっ！　……いや、そんっ、はやっ」

未紘は今度こそ本当に泣き出した。舌を嚙みそうになりながら「壊れちゃう」とどうにか告げたのに、荒い息をつく照映はにべもない。

「平気だろ。そんなに……ひどくは、してねえよ」

「うっ、うそ……うそつきっ」

充分ひどいと睨もうにも、目がまわりそうなほど突きあげられては無理だった。

なにより、こすれて抉《えぐ》られて熱い部分が、耐えがたいほどに未紘を混乱させ、いやいや、

と悶えながらも脚を開いて、さらに深く求める照映の背中を抱きしめる。

「未紘、気持ちいいか?」

「いっ……ひ、い、いい、よっ、……いい、よぉ」

こんな場所をいじられて、おそろしいほどの射精感が高まるのが不思議だった。引いて、また満たされて。彼が去ろうとする瞬間、物欲しげにうねるそこに、タイミングをずらしてねじこまれる。意地悪で不規則なリズムが、爪先から脳まで全部痺れさせて蕩かす。

(いきたい、いきたい、いきたい……っ)

照映と自分の身体に挟まれた性器が、硬い腹でこすられて、ぬらぬらと濡れている。けれど不充分な刺激に悶え、未紘はもうそそのかされもしないまま、淫らに指を使った。

夢中で快楽を追う未紘の、火照って濡れた頬を囓り、照映は言った。

「手、治ったら、そっちもちゃんといじってやる」

「ん、ん……いじって……っ」

夢中になって腰を振り、かくかくと壊れた人形のようにうなずく未紘に、彼はさすがに
「本能に忠実すぎだ」とあきれたように笑った。

「おまえ、ほんっとに、エロいことに弱ぇなあ……」

「だって照映さん、きもちい、もん……っ」

早く怪我が治らないかとずっと思っていたが、いまはそれが楽しみになった。

触れるだけで身体に火をつけるこの手で、敏感な場所をなぶられたらひとたまりもないだろう。想像しただけで震えあがり、それは照映も自分をも追いつめる蠢動《しゅんどう》になる。

「たまんねえよ、おまえは、ほんとに……」

「ア……っ、あっいく、も、でる……っ」

「もうちょい待てっつの。追いつくから」

あまえきって泣いた身体に、照映は苦笑混じりの揶揄と濃厚な愛撫をしっかり与えた。まっすぐ奥まで突きまくってくるから、いったいどこまで進んでくるのだろうとさえ思った。

「や、いく、もっと、もっとして……っ」

あとから思い出したら恥ずかしいどころではない言葉が、ぼろぼろとこぼれ落ちた。けれど、「このスケベ」と目を細めた照映は全部許してくれる。

「もういい、そのまま好きに飛んでろ。つきあってやるよ」

「やん……っ！」

がむしゃらなくらいに照映の唇を求め、やわらかい舌を食べさせられた。キスに夢中になる未紘に、照映が困った顔でなにか言うけれど、ほとんど意味がわからなかった。

「俺だけにしとけよ……って、聞いてねえか。ま、ここまでなりゃ、男冥利に尽きるかな」

「知らん、わからんて、はよ、もぉお……っ」

部屋に満ちるのは、息遣いとベッドの軋む音。耳障りなほどに大きくなった鼓動に紛れて聞こえるそれが、行為の生々しさを未紘に教える。

なんだかもう、とんでもないことをしているとは思ったけれども、もはやいまさらだと目をつぶって、照映の言うとおり、未紘は飛んだ。

照映が、ん、と呻く。抱きしめた広い背中が強ばって、未紘のなかでなにかが弾ける。

「ほら、いけ、未紘」

「んふ、ふあっ、は、あっ……ん！」

湿った悲鳴とともに濡れたのは、身体ばかりでなく。

部屋を包んだ空気さえもが滴るようなあまさを含んで、未紘を包みこんでいた。

＊　＊　＊

めまいがするような初体験を終え、未紘が正気に戻ったのは翌日のことだった。

ぱちりと目を開けたとき、すでに日は高くのぼり、午後も近い時間になっていた。広いベッドのうえ、照映はぐっすり眠りこんでいる。ぼんやりと寝顔を眺め、未紘は思った。

（うつぶせ寝とか、赤ちゃんのごつ寝ようす……）

ぽえんと寝ぼけたまま微笑んだあと「あかちゃん？」とろれつのまわらない舌でつぶやいた未紘は、その単語から一気に記憶をよみがえらせた。

――なんか、赤ん坊みたいなにおいすんな、未紘。

ささやかれた声と状況が、ものすごいスピードで脳内再生され、ぼむっと音が出るほど赤くなる。一気に目が覚めた未紘はすっぽんぽんの自分を眺め、ついでたくましい背筋をさらした照映の寝姿を確認し、「ひい」と小さな声をあげた。

(なんしたとね、俺、なんした⁉　は、は、恥ずかしか……っ)

裸で、眉をひそめるような格好で脚を開いてすべてをさらし――それだけでも死にそうなくらいなのに、未紘のお粗末な想像力では考えもつかない淫らなことをして、された。溺れきっていた最中には忘れていた羞恥と理性が、朝の白い光のもと克明によみがえる。

逃げたい。というかもう、死にたい。

「ひー……う、うわーっわーっ！」

衝動のまま叫んでベッドから飛び降りようとしたけれど、不慣れな身体をさんざんいいようにされていた未紘の足はみごとにもつれ、すごい音を立てて顔からすっころんだ。

ぎゃん！　と犬の鳴くような声をあげると、ベッドのうえから笑い声がする。

「……うっせえな。なにやってんだおまえ。朝から笑わすな」

声をあげてげらげら笑われ、行き場のない怒りや困惑や羞恥と、とにかくいろんなものがごっちゃになり、未紘は赤くなった鼻を押さえてうずくまるしかできない。

「ばーか。昨日の今日だぞ、まともに歩けるわけねえだろ」

「そげんこつ、知らん！　もー、やだ……っ」

あまりのことにべそをかき、裸の身体を縮めていると、片腕でひょいと抱えあげた照映に、ぶつけた鼻と尖った唇を舐められた。

そのまま徐々に口づけは深まり、「朝なのに」ともがけば「もう昼だ」とちっとも理由にならない理由で返され、ふたたびシーツのうえに引き戻され――起き抜けの身体を、もみくちゃにされてしまった。

それでまた、あんあんと悶えた自分も照映を増長させたのだろうけれど、泣きながら、もういやだ家に帰ると告げれば、久遠の言いつけまで持ち出す始末。

「いいけど、見張ってねえとふらふらするぞ？」

どれだけ大人げない大人なんだと憤慨しつつも逆らえず、週明けまで、未紘は照映のマンションに拘束されっぱなしとなり。

(虚弱どころか、えらい元気のあらす……)

照映は見た目の割に虚弱などと久遠は言ったけれど、本人の言うとおり単に熱を出しやすいだけのことだと、未紘はいやというほどに思い知らされた。

＊　＊　＊

未紘が『KSファクトリー』で手伝いをはじめて、三週間が経過した。

「ミッフィー、雑巾がけ終わったら、こっちにちょうだいね」

「はーい。もう終わります」

屈みこんでせっせと床を拭いていた未紘は、手招いた久遠に汚れた雑巾を渡す。

この日は区切りよく作業が終了して、就業時間直後に『中掃除《ちゅう》』をすることになっていた。大掃除というほどでもないので、久遠が勝手にそう呼んでいるらしいのだが、毎月定期的に行われているらしい。

「ん、終わったね。じゃあスリッパも脱いで。こっちと取り替えてね」

差し出された真新しいスリッパに履き替えると、久遠は古いそれをコンテナにしまう。

「そんなんから、ほんとに回収できるんですか？」

「できますよ。貴金属片は大事にしないとねー」

初日に渡されたそれの裏を「ほら」と見せられると、たしかにちょっと光っているところがある。基本的に作業で出た金属の破片などは、バットに落とすようにしていたり、できる限りは回収している。だが、削りの作業で粉塵《ふんじん》として人体や衣服に不着したものなどは、床に落ちてしまう。そのため定期的に『中掃除』を行い、スリッパや雑巾を業者にまわし、金やプラチナの粉塵を回収してもらうのだと久遠は説明してくれた。

「グラムいくらの世界だからね。排水も、生活用のそれとはべつにタンク引いてるんだよ」

「ああ、だから作業あとの手洗い、洗面所じゃなくてぜったいに洗い場でするんですか」

ここでは、作業後の水仕事は台所を改造した洗い場で、ジュースやお茶のカップを洗うのは浴室そばの洗面所と決まっていた。

「ほんとは独立した工房ほしいんだけどね。資金貯めるには、もうちょいかかるかな」

立地条件が悪く、バブル崩壊後のあおりで投げ売り状態のため、改築ＯＫのマンションを見つけただけでももうけものだけど。久遠はそう言って笑った。

「あとはうちの所長さんが、さっさと年季奉公明けてくれりゃ、いいんだけどねぇ」

本来、照映の腕ならもっと仕事も取れるし、自身のデザインを大きな企業に売りつけることもできるらしい。だが、育ててくれたうえ、若いうちに子会社として独立させてくれた『環《かん》』に恩義を感じる彼は、最優先で親会社の仕事を請けてしまうのだそうだ。

「義理堅いんだよね。ま、地道にがんばりゃ、どうにかなるでしょ」

前向きに未来を語るきれいな顔に、未紘もほっこりする。「がんばってくださいね」と微笑みながら、なんの気なしに床掃除をした腰をたたくと、久遠の目がちかっと光った。

「ところでミッフィー、腰どうかしたの？　若いのに、拭き掃除きつかった？」

「はっ、いえっなんにもっ」

未紘はどかんと赤くなり、無駄なごまかしと知りつつあわててかぶりを振る。

「またまた。わかってんだからさあ。かわいがられちゃったんでしょ」

わかっているなら言わないでほしい。あう、と微妙な声を発し、未紘はもじもじとエプロンの端をいじった。

照映が熱を出したあとから、こうして久遠にからかわれることが増えた。まさか、こうもあっさりバレ、なおかつ受け入れられるとは思っていなかった未紘は、いまだに久遠のノリについていけないでいる。

そして、それを助長しているのが、この事態のもうひとりの当事者だ。

「久遠、もうあがりでいいなら、未紘よこせ」

べつの部屋を掃除していた照映が、頭のタオルをはずしながら近づいてくる。雑巾を投げてよこし、キャッチした久遠はあきれを隠さない顔で言った。

「あのさあ照映、ミッフィーにも休肝日ならぬ休エッチ日あげたらどうなんだよ」

「あ？　昨夜はやってねえよ」

「照映の言う『やってない』は、突っこんでないってだけだろ。慣れてない子はオーラルだけでも疲れるじゃん。手加減してやれよ」

今日の夕飯なに食うか、と同じノリで交わされる会話に、未紘は意識が遠くなる。

「あの……仕事場で、ふつーにそういう話、せんでほしいんですけど」

「なんで、大事なことだよ？　とくに未紘と照映の体格差考えたら、きちっとしとかないと身体壊すことになるんだから」

ミッフィーではなく未紘と呼んだことで、久遠がまじめに言っているのはわかった。だが、身体の心配をするなら心の心配もしてほしいと、未紘はじわじわ涙目になる。

「もうよせ。久遠に心配されることでも、口出されることでもねえだろ」

照映がそう咎め、ほっとしたのは一瞬だけのことだ。

「だいたい、こんなツラしてけっこうタフだし、未紘も好きなほう――」

「……ぎゃー！　なんば言いよっとか、このスケベオヤジ！」

伸びあがって照映の頭をひっぱたくと「いてえな」と睨まれるが、知ったことではない。

この勢いでオープンすぎるから、初体験から数日後の週明けには、すべてがつまびらかになってしまった。

本当にあれは最悪だった――と、未紘はあの日の記憶に思いを馳せる。

着替えに帰りたいという未紘を照映は許さず、月曜の朝までベッドでいじめられ――けっきょく照映のシャツを借りて、出勤する羽目になったのが、久遠にばれるきっかけだった。

月曜、未紘の正式なアルバイト初日に、借り物の服のなかで身体を泳がせている未紘をじーっと眺め、照映と幾度か見比べた久遠は、きれいな眉をひそめて言った。

――ちょっと、なにこの未紘のエロ顔。照映オッサンのくせにがんばりすぎじゃない？

妙にすっきりさっぱりとした表情の照映と、触れなば落ちんという風情で足腰ががくがくしている未紘では、言わずもがなだったらしい。

──オッサン言うな。おまえのほうが年上だろうが。

──ふたつだけじゃーん。

その言葉で久遠のほうが年上なのだと知った末紘は、意外さにぱちくりと目を瞬かせた。

──うそ、久遠さんて三十二なん⁉　見えん！

──あはは、うん。まあ照映が老け顔なのはまえからなんだよね。秀島家って十代で顔が決まっちゃうっぽいんだよ。いとこの慈英《じえい》くんも昔から大人みたいな顔してて──。

そのまま会話は雑談に流れ、それ以上の追及もされずにほっとしたのだが──残念ながら久遠は、それできれいに流してくれるほど、あまい人間ではないのだ。

一週間が経ったいまとなっては、ことあるごとにいちいち末紘をつつき、そのリアクションをおもしろがるのが、久遠の日課になってしまった。

「ねー、なんか歩きかた、がに股《また》っぽくない？」

「いえっ、もうちっともふつうですっ」

「あれぇ、ミッフィー、ちっともの使いかた間違ってるよ？」

万事がこの調子で、赤くなった顔がそのうち戻らなくなるのではないかと思う。

指摘されるまでもなく、昨夜もさんざん照映にいじめられたおかげで、今日は歩くだけでも一苦労なのだ。これ以上ストレスまで抱えたくはないと、末紘は照映に訴える。

「いちいちそういうこと、言わんでくださいっ。照映さんも、なんか言って！」

けれど、こちらはこちらでデリカシーもなく。

「つっても、バレたのはおまえがエロい顔して戻らなかったせいだろ」

「そげんこつ知らんくさ！　エロい顔とかした覚え、いっちょんなかもん！」

平然とエロだなんだと言ってのける大人たちに涙目で抗議するけれど、久遠は容赦なく笑ってそれを叩き落とす。

「いやあ、エロかったよあの日のミッフィー。凌辱《りょうじょく》されちゃいましたって感じで」

秘め事を揶揄されて受け流すには、あまりに未紘は幼かった。なにしろ関係が深まったのも唐突だった。恋の自覚とはじめてのキスとはじめてのセックスがぜんぶワンセットという状態に、ウブな未紘が心構えなどできようわけはない。

「もう、久遠さんも、照映さんも、好かん……！」

そう叫んで拗ねるのが関の山の未紘は、それでもたぶん、幸せだった。浮かれているといってもよかった。——だから、気づかなかったのだ。

にぎやかに騒ぐ三人を見つめる誰かの目が、暗く濁っていたことを。

＊　＊　＊

酷暑がますます厳しくなる八月もなかば、この工房のごく短い盆休みが明けた。そろそろ定期納品があるということで、相変わらず忙《せわ》しない状況のなか、久遠が伸びをしてぼやく。

「あああ、もう盆休みも終わりかあ」

「贅沢《ぜいたく》言うな。そもそも、休み取れるほどの余裕はねえだろ」

たった三日の連休、しかも土日を利用したそれだから、実質的には彼らの夏休みは一日しかない。とはいえ、正社員二名の小さな会社で、まともな休みが取れようわけもないのが実情なのだそうだ。

「今日は本社の社員来てるから、こっちで打ち合わせする。未紘、悪いけど今日の作業は、制作室のほうでやってくれ。あと、話に区切りついたら茶ぁ頼む」

「わかりました」

未紘はふだん応接スペースにノートパソコンをセットして入力作業をしている。制作が立てこんできたとき、いちばんじゃまにならないのがそこだからだ。

指示されたとおり、ファイルの束とノートパソコンを制作室に運びこむ。最近未紘がやっているのは、ストックされていたデザイン画のファイリングとデータ化だ。クリアファイルやバインダーに突っこんであった古いデザインをきちんとナンバリングし、パソコンソフトで管理できるように入力するこれは、指示されたのではなく、自ら申し出たことだった。

無料奉仕の時期に手がけた伝票入力がすべて終わってしまい、雑用係としてしか使えない自分が申し訳なく、未紘なりにいろいろ考えていた。そして用事を言いつかったり掃除をした際、放置された状態のデザイン画を発見し、これだと思ったのだ。

「あれ、こんなデザイン画あったんだ」

せっせと古い絵を整理していると、隣にいた久遠が覗きこんでくる。

「あ、はい。ラックの奥のほうにしまってあったやつです」

「あー、学生時代のやつか。なつかしいな。……これなんか、いま意外に使えるかも？」

前衛的なデザインのそれを手に取り、久遠が真剣な顔をする。

未紘が「ほんとですか？」と喜びの声をあげると、彼はやさしくうなずいた。

「照映、昔の作品なんかは忘れちゃうタイプだからもったいないんだよね。ミッフィーが発掘したっていったら、作る気になるかも。お手柄だねえ」

よしよしと頭を撫でられ、未紘は「えへへ」と笑った。思いつきのお手伝い程度のことではあったが、もし役立ったならとても嬉しい。

「じゃあ、今度このへん、俺のデジカメで写真撮って取りこんで、もっときれいなリストにしてもいいですか？　そしたら、一覧のデータも番号だけよりわかりやすくなるし」

「ああ、だったらスキャナ買おうか。もうちょっとPCまわり補強したいんだよねえ。顧客とのデザインのやりとりも楽になるし。うちは手書きのアナログデザインにこだわってるし、CADなんかぜったい使わないけどさ」

昨今ではジュエリーの世界でも3Dソフトを利用してデザイン画を読み込み、簡単に原型まで作ることはできるが、この工房と『環』では基本すべて手作りだ。数値化されたデザインには色気も個性もないというのが照映の言い分なのだそうだが、未紘もそれはうなずける。

「手で描いたデザイン画のほうが、きれいですもんね」

「まあ、そこは本社の環《たまき》センセイ譲りだね。デザインは設計図にあらず、質感は自分の絵でもって示すべし、ってね」

環センセイこと環智慧《ちえ》は、本社『ジュエリー・環』を興した社長であり、還暦をすぎてなお現役の宝飾デザイナーだ。いちど、本社へのお使いにいった際に見かけたが、女性ながらすさまじい迫力のあるひとだだと未紘は思った。

「てゆっか、ミッフィーは照映の描いたデザイン画が好きだよね？　にこにこ眺めてるし」

まじめに言ったのに茶化されて、未紘は赤くなる。こうしていちいち反応するからからかわれるのだとわかってはいても、そう簡単に変われない。

「おかげで照映も機嫌いいんだよね。ここ最近、妙に元気だし」

「そ……そうですか」

「そうそう。休みにも仕事してばっかかなのに、ここんとこ顔色いいったらないし。なんかいいことでもあったのかなあ？」

にやにや笑う久遠から、未紘は目を逸らした。

揶揄された本人は、さきほど現れた本社の人間と、ドアの向こうで打ちあわせをしている。

リューターだのヤスリだのバフだのと、とにかくやかましい音を立てる職場なので、ドアは防音がきいたものになっている。久遠の言葉はむろん彼には聞こえるまい。あるいは照映なら、気にもせず「いいことしまくったぜ」くらいは言いそうだが。

(悪趣味なんやから、もう……)

久遠も照映も意地悪だと、未紘は無言で抗議する。

「あれえ、スルーするスキル身につけちゃったのか。つまんない」

照映との関係がばれてからというもの、最初は久遠になにか言われるたびにうろたえたものだったが、もうお腹いっぱいと思うほどにからかわれたおかげでだいぶ慣れた。

「俺もちょっとは成長するんですっ」

言い返したものの頰は赤いし、今日もちょっぴり身体はだるい。

ほとんど毎日お持ち帰りされているせいか、さすがに腰を抜かすようなこともなくなった。だが、そのぶん照映に遠慮がなくなってしまったのだ。

連休ともなれば照映は容赦がなくなり、未紘は困って、それ以上に溺れて——おかげさまで休み明け、恥ずかしながら、目に映る太陽がなんだか黄色い。

「へえー、そうかあ。どこで大人にされちゃったのかなあ」

「ちょ、妙なこといわんでくださいっ!」

真っ赤になってわめきつつ、こうしておちょくってくれる久遠のおかげで、ずいぶん気楽でいる自分も知っているから、複雑だ。

(あげん悩んだとに、ぜんぶばからしゅうなったしなあ)

いちいち強烈な照映についていくのが精一杯という状況のおかげか、つい先日まで嫌悪すら感じたセクシャリティ絡みの鬱屈《うっくつ》は、あっという間に吹っ飛んだ。おまけに職場では、上司とバイト、男同士というダブルのタブーなど無視して、ナチュラルに冷やかされる始末。

(こういうのも案ずるよりなんとか、言うんかな)

いやそれは違うだろうと未紘は内心セルフツッコミを入れる。少なくとも羞じらいはもっておくべきなのではないだろうか。それともこれが大人ということなのか。

世の中の大人というのは、どうして『あんなコト』をした翌日に、さっぱりと清潔な顔で会社にいったり仕事をしたり、ひとと話したりできるのか、未紘にはいっそ謎だ。

昨晩も、激しく羞じらってぐだぐだになる未紘をおもしろそうに眺め、照映は言った。

——最中は案外大胆なのに、おまえは終わったあととか翌日のほうがテンパるよな。

こういうのも慣れだと照映は言うけれど、慣れる日など来るのだろうか。それとも、慣れるまでするしかないのか——と、うっかり問いかけたのがまずかった。

——じゃあ、もうしねえのか?

照映がけろっと言ってのけたのは、未紘の答えなどわかっていたからだろう。意地が悪いときいきいと怒っても笑われるばかりで、あれは完全に遊ばれていたと思う。

——やっとよくなってきたとこでやめんのかよ。性感は育てねえとだめになんだぞ？

そんなことを彼が言ったのは、探るように腰を使って未紘を泣かせている真っ最中だ。照映はほぼ毎日、やさしいとしつこいの、ぎりぎりのラインで未紘をさんざんいじりたおす。おかげで近ごろ、身体の奥が彼の形になってしまった気がして落ちつかない。

（だって、おっきいもん、照映さんのアレ……）

未紘はぼっと赤くなる。それが好きだと言わされ、ねだらされた記憶は充分なまなましい。

——やだやだ言うくせに、欲しがるのは誰だよ？　急かすな、慣れるまでしてやる。

意地悪な指にさんざん焦らされ、おっきいのいれていじめて、と泣きじゃくるまで弄《もてあそ》ばれて、イイだのイクだのわめきながら、彼の手を汚した。

（……うわ、思い出してしもた）

ノートパソコンに顔を隠すようにうつむくと、向かいの作業台でリズミカルな音を立て、リングの腕にヤスリをかけていた久遠が、にやっと笑った。

「ミッフィー？　さっきから百面相してるけど、どうしたのかな？」

「なんでもないですよっ」

きらきらした目でこちらをうかがう久遠と目があい、未紘は口の端をひきつらせた。

「え、そう？　思いだし笑いしてなかった？」

無視してやろうと黙りこむけれど、しつこいからかいに動揺しないわけがない。データを打ちこむ手が滑り、エラー音を響かせる。

「あ、間違《まちご》うた……」

「あらら。幸せボケしてるからかなあ？」

「もうっ、そんなん、しとらんです！」

勘弁してくれと、未紘は声をあげる。だが、久遠のしつこいからかいを制したのは未紘のキレ気味の叫びではなく、下田《しもだ》の不機嫌な声だった。

「……いいかげんにしろよ、ピーピーうるさくて集中できない」

「あっ、すみませ……」

正直、存在感の薄い下田のことをすっかり忘れていた。かなりぼかした会話で、事情を知らなければ意味不明なやりとりではあったにせよ、他人に聞かせたい話ではない。

いまさら青ざめた未紘に、彼は細い目を眇める。

「なんにもできないんだから、それくらいのことちゃんとしろよな」

軽蔑もあらわな下田の態度に、久遠が眉をひそめた。

「ちょっと、いまの話ふってたのはぼくでしょう。なんでミッフィーに怒るわけ」

「じゃあ言いますけど、久遠さんのその、ミッフィーって呼びかたもどうかしてると思いますよ。仕事場なんだから、ちゃんと名前で呼ばれたらどうなんですか」

久遠から言われれば引っこむかと思いきや、下田は陰気な目で流麗な顔立ちを見やり、ふっとあざけるような笑みを浮かべた。

「だいたい、久遠さんて、言語センス変ですよね」

「ちょ……下田さん！」

なんてことを言うのか。ぎょっとした未紘は声をあげ、非難の目で下田を見る。だが返された視線は濁った暗い色を持っていて、嘘寒いものを覚えた。

（このひと、どげんかしちょらんや。なんし久遠さんにまで、こげん物言いすっとか）

下田の物言いには未紘も辟易《へきえき》していたが、上司である久遠と照映に対する不遜《ふそん》な態度も、かなりまずいのではないかと思っていた。とはいえバイト風情がなにを言えるわけもないし、ざっくばらんな彼らのこと、無礼講も暗黙の了解ではあるのかといままでは黙っていた。

けれど、照映とは違う意味で慕っている久遠に侮蔑を向けられては、さすがに見すごすことができそうにない。

ひとこと言わねばと口を開きかけた未紘の耳に、のんびりとした久遠の声が聞こえた。

「んー、まあ、わかんないひとにはわかんないから、ぼく」

久遠はいつもと変わりのない表情で作業を続けていた。ヤスリがけを終え、なめらかになったリングの表面。そこに小さな王冠のような形の石留めの爪と、ロウと呼ばれる小さな合板のかけらをピンセットでつまんで載せ、火を細くしたバーナーであぶる。

久遠は次々と数をこなしていくから簡単そうに見えるが、これは非常に精緻な技術がいる。

いちどだけ「やってごらん」と言われて未紘もチャレンジしたが、バーナーの火の勢いでロウが飛んでいったり、溶けたロウが爪と台座を接着するまえに丸く固まってしまったり、見当違いのほうに流れ出したりの繰り返しで、久遠にけらけらと笑われた。

——ほんとにミッフィー、ぶきっちょさんだね。

未紘をからかったその声は、本当にやわらかくてあたたかいものだったのに、いまの久遠はどきりとするほど冷たいオーラを纏《まと》っている。

「うるさくして悪かったけど、少なくとも、ミッフィーもぼくも手は止めてなかった。それにエラー音が気になるくらい、集中を欠いてたって証拠でもあるよね」

言葉のとおり、久遠の手はこうしてしゃべる間にも、いちども止まらない。むしろさきほどよりも作業のスピードは増していき、仕上がりも完璧だ。下田は一瞬言葉につまったが、毎度のごとくむっとした顔で反論した。

「逆ギレして言いがかりつけるの、やめてくださいよ」

久遠は顔をあげないまま、ふっと微笑んだ。口調こそ穏やかなものだったけれども、声は冷徹そのもので、未紘は首筋に冷たいものを感じた。

「……自分の学歴と、センスとやらを振りかざして傲慢《ごうまん》になるよか、いいんじゃない？」

「な、んですか、それは」

「言ったとおりだよ。あれだよねー、下田くん自分大好きだもんね」

「失礼なこと言わないでください！」

下田の毒舌がちゃちなものに思えるほど、久遠の皮肉はすさまじかった。ふだん柔和なぶんだけ、その迫力はものすごく、未紘は声も出ないまま圧倒されてしまう。

言い負かされた下田は、頬をひくひくと痙攣させて真っ赤になっている。

(久遠さん、怖い……)

あの照映の親友だ。根っから穏やかな人間ではないとは気づいていたが、目《ま》のあたりにした冷ややかな怒りに、未紘は対応しきれない。

どうしよう、と青ざめていた未紘の頭に、ぽんと大きな手が載せられた。

「おう、未紘。茶ぁ淹《い》れてくれ」

「照映さんっ」

振り返ると照映がいて、未紘はほっと息をつく。その顔をじっと見つめ、照映は言った。

「加山《かやま》さんコーヒーだめだから、紅茶な。それとこのリスト、コピーして渡してくれ」

つまりこれは、席を外せということだと察し、未紘は「はいっ」と立ちあがった。案の定、照映と入れ替わりに部屋を出る瞬間、低い声が聞こえてくる。

「——下田、ちょっとこい。久遠もあとで話がある」

これからお説教だろうかと不安になりつつ、後ろ手にドアを閉めると、そこには二度ほど顔をあわせたことのあるスーツの男性がいた。

「や、未紘くんこんにちは」

「こんにちは。すみません、いまリストをお出ししますから、お待ちいただけますか？」

未紘は手早く紅茶とお茶菓子を出し、ソファセットの脇にあるコピー機で作業をする。

「焦らなくてもだいじょうぶですよー。ゆっくりお茶いただいてますから」

「あは、ありがとうございます」

本社営業部長の加山は未紘と同じ年の息子がいるらしく、かわいがってくれる。穏やかな人柄で、未紘もまた彼を好ましく思っていた。だがその彼が、ちらりと照映の消えたドアを眺め、お茶目な表情で声をひそめて言った内容には苦笑せざるを得なかった。

「君は明るいからほっとするねえ。下田くんにはお茶淹れてもらってもまずくって」

まだアルバイト歴も一ヶ月に満たない未紘のほうが、下田よりも受け入れられているような気がするのは傲《おご》りだろうとは思う。

だがじっさい、下田に対して友好的な人間というのを未紘は見たことがないのだ。

――あの暗いひと、荷物運んできただけで怒るんですけど、なんなんです？

――正直、本社の工房で問題ばっか起こすから、照映さんとこに修行に出されてるけど、けっきょく性格直ってないんだよねえ。

宅配業者は未紘に愚痴るし、手伝いにきた本社のクラフトマンはあきれ顔。加山はまだソフトなほうで、下田を見るなり目を逸らすひとまでいる。

照映も下田については「本社から押しつけられて」と言っていたし、その後ふたりの人間をやめさせるに至ったことに、かなり腹立たしさを覚えていたようだった。

（あげんまできらわれとるんも、可哀想《かわいそう》かけど……俺もやっぱ好きになれんもんなあ）

今日の久遠への絡みかたを見るに、どうも尋常じゃなく性格がねじれているのだろう。クラスにひとりは、ああいうのがいるんだよなあと考えつつ、未紘はコピーを終えた。

「それじゃ、無事受けとりました。未紘くん、お茶、ごちそうさま」

「いえいえ、お粗末さまでした。お気をつけて」

戻ってこない照映の代わりに加山を玄関まで見送ると、背後のドアが開いた。

「コーヒーくれる？　未紘くん」

めずらしく名前呼びをする久遠は、なんだかしょんぼりして見える。さっきのことを気にしているのだろうかと思いつつ、未紘はコーヒーメーカーをセットした。ぽたぽた落ちるコーヒーの雫を眺めながら「照映さんは？」と問いかけると、「バフ室に下田とこもった」という、いささか暗い声の返事がある。

（やっぱ落ちこんどらす、なあ）

細長い印象の身体をソファに沈めた久遠に、彼の好きなあっさり目のブラックを淹れて手渡す。「ありがとう」と答える声が力なくて、未紘はますます眉をさげた。

「えっと、あれからどうなりました？」

「照映に、あんま未紘つつくなって怒られた」

叱られた、ではなく怒られた、と拗ねたように言う久遠を笑えばいいのか、心配すればいいのか。おいでおいでと手招かれ、未紘は自分のカフェオレを持って久遠の隣に腰かけた。

「まあたしかに会社だしさ、私語が多いのはよくないよ。でもあの空間で、だまーって、もさーっと作業するのって、むさ苦しいじゃない」

「それもそうですねえ」

「ぼく、ぴりぴりしてるのきらいなんだよね。……自分のやなとこ出ちゃうし。ごめんね」

しゅんとする久遠の言葉に、未紘は「とんでもない」とかぶりを振った。

「久遠さんのこと、やだとか思ったことないです」

「……ほんとにい？」

じと、と拗ねた顔をする美形がおかしくて、未紘は思わず破顔する。

「ほんとです。『ニューカマーバンド』は『新しいオカマのバンド』のことだって教えられても、悪いひとだなんて思いません」

数日前、ふたりで作業しながらＦＭを聞いていたときに、未紘をだましてからかったことを蒸し返すと、ようやく久遠が笑った。

「なんだよ、やっぱ根に持ってるじゃーん」

「嘘つかれるくらいだったら、ミッフィーとか呼ばれるほうがましです」

「ましって……似合うから言ってるのに。ひどいわぁ。アタシ、ショック」

「なんでオネエになっとるとですかっ」

未紘が笑うと、思いがけないような強さで、久遠にむぎゅっと抱きしめられた。

「わ、わっ。く、久遠さん？」

「いいなあ、未紘はかわいくて」

しみじみとしたつぶやきの意味はわからないものの、至近距離で微笑むきれいな顔に、未紘は赤面した。久遠はくすっと笑って腕をほどき、ソファの背に身体をもたれさせる。

照映と下田はまだ姿を現さない。疲れた表情をする久遠も気がかりで、未紘は口を開く。

「下田さんて、なんであんなケンケンするんですかね？」

未紘の問いに久遠は苦笑し、「あれは、照映のファンだから」と言った。

「ファン……ですか？　あんな態度で？」

どういう意味だろうと未紘は首をかしげる。ファンなのが事実とすれば、未紘や久遠につっかかる理由のひとつにはなるだろう。けれど下田は、照映にもかなり反抗的だ。

「デザインは芸術じゃない、クラフトマンは職人たれってのが照映の、ひいては環センセイの持論なんだけどさ。残念ながらモノ作ってる人間って、勘違いしやすいんだよね」

「勘違い……ですか？」

未紘にはぴんとこない話ながら、久遠の話にじっと耳を傾けると、彼はため息をついた。

「単なる技術の向上が、自分の才能の開花だと思いこんだり、単なる模倣であることに気づけないまま酔っちゃったり。クラフトマンなんて、ひとに言われたとおり作ってナンボなのに、自己流アレンジするのなんて言語道断」

――パーツが指定と違ってんじゃねえかよ！

照映の怒鳴り声を思いだし、未紘はあっと口を開いた。

「これも環センセイ曰くだけど。装飾デザインはアールヌーヴォーとその後のアールデコで、究極までいっちゃってる。人間の考え得る新しいものなんか、もう出てくることがない」

爛熟したあの時代にすべての『形』は出尽くした。あとは時流とニーズを掴みアレンジし、いかに戦略を練り売っていくかが、デザイナーの仕事である――と環は言ったそうだ。

「ジュエリーだけの話じゃなく、デザイナーという職業はクライアントの意向がすべてにおいて優先される。ある意味では職人であり、芸術家ではない――その環センセイの言葉に俺たちはすごく納得したし、そのとおりだと思ってる。だから条件多少悪くても『環』と組んで仕事がしたい。お金のことだけじゃなく、尊敬してるから」

未紘は、こくんとうなずいた。リスペクトではなく尊敬という言葉を使った久遠の心が、とても真摯《しんし》なものだと理解したからだ。環の持論というか、主義についても、なるほどと素直に思う。――けれども。

「でも、下田はそれ、納得すると思う？」

それを問われると「うーん……」と顔をしかめてみせるしかない。久遠も苦笑いして、また小さくため息をついた。

「下田もね、センス悪くはないんだよ。うまくはまればいいもの作るし、プライド高いのも納得できる部分はある。だけど、こう……彼は過信してるから。なにかを」

「俺は職人なんかじゃないし、新しいものが作れるんだ、――とか？」

鼻っ柱の強い下田がいかにも言いそうなことを口にすると、久遠は大きくうなずく。

「じっさい言いました。出向初日のレクの最中に、自信たっぷりにね。そして照映は当然」

――おまえは、ばかか？　傲った陶酔気質を才能だと言い張るかよ。ちゃちな器用さなんて、そんなものはまったくないほうがましだ！

「……ってね。あれは気持ちよかったなあ」

「あー、照映さんなら言いますね」

目に見えるようだと苦笑した未紘に、「のっけから大騒動だったよ」と久遠も笑い、そのあとすぐ真顔になった。

「それでもさあ、照映ってイイヒトなのね。なにかしら、ひとには能力が――才能じゃなく、力があるってけっこうまじめに信じてる口だから、怒ってでもなにかさせようとすんの。ぼくなんかは、わりと早く見切りつけちゃうけど、あいつは投げないよ」

「うん……照映さん、そういうひとですね」

未紘が「わかります」とうなずくと、久遠はにこりと笑ったあと、壁の時計を見た。

「あいつらまだ出てこないし、すこし早いけどお昼いこっか？　ミッフィー」

いつもどおりに呼んでくれたことが嬉しく、「はいっ」と元気よく答えた未紘は、ふと引っかかりを覚えて問うた。

「あの、でもそれが、照映さんのファンっていうとと、どげんつながるとですか？」

「あ、なまった。ひょっとして、ぼくのこと好きになったでしょ？」

未紘がなまるのは、気がゆるんでる証拠だから、嬉しいね。そう言って笑った久遠はいつもの彼で、未紘はほっとする。

「うん、好きすき。ちょーあいしてる」

「やっぱり。そんな気はしてたんだ」

悪のりする久遠に適当なことを返したとたんに、また背中からむぎゅっとされてしまう。

「ちょ、痛いっ、久遠さん……ぎゃっ！」

あげくには頬に、きれいな色っぽい唇で音を立てるような派手なキスを送られた。わめいたのは不愉快だったからではなく、唇に触れそうな位置へのキスにどぎまぎしたせいだ。

「もおっ、なにするんですかっ！」

「いいじゃんべつに、減るもんじゃなし」

照映とのことをからかわれるだけでなく、久遠のセクハラめいた悪戯はしょっちゅうだ。

困ってあわてる未紘と、微妙に不機嫌になる照映の両方がおもしろいらしく、つきあいがばれてからというもの、ひとまえだろうとなんだろうと肩を抱かれたり、いまのように軽いキスをしかけてくるようになった。

「そもそも、ぼくとキスするの、はじめてでもないじゃん」

「誤解を招くこと言わんでって、もう！」

「ええー。ミッフィー冷たいよ。愛が感じられないよ」

「だからもう、ちゅーはいらんて！」

またむちゅっとやられて、きれいな顔を押しのける未紘の背中に、いきなり悪寒《おかん》が走った。おそるおそる振り返ってみると、そこには仁王立ちで腕を組む照映がいる。

「……なにやってんだ、おまえらは」

「セクハラされてます……」

「セクハラしてますー」

しおしおと告げた未紘と、開き直って小さな身体を抱きしめる久遠を睨みつけ、照映は深々とため息をつく。

「ふざけてないで、メシに行くならさっさと行くぞ！」

「下田は？」

「弁当持ってきたらしい。ひとりになりたいんだろ、ほっとけ」

ふいと背中を向けた照映はあきらかに不機嫌だった。未紘が肩をすくめると、久遠がこっそり耳打ちしてくる。

「あれマジで妬《や》いたかも。今晩、いじめられたらごめんね？」

「ひとのことだと思って……」

眉をさげると、よしよしと久遠が髪を撫でてくる。への字に口を歪めた未紘は、また背中がぞくっとしたことに気づき、あわてて振り返ったが、ドアはぴったり閉まっている。

「……あれ？」

「どうした、未紘」

立ち止まり振り返った照映に「なんでもないです」と告げて、玄関のドアを閉める。

さきほどの強い視線は照映のものだと思ったが、いまのはいったい——と考え、残る人物はひとりしかいないことにすぐに気づいた。

（また下田さん、俺んこつ睨みよらしたんかなあ。説教されたばっかかだけん、いつもより怒っとらしたかもしれん）

もしかしたら下田も未紘のように、かまわれるポジションにでもなりたかったのだろうか。ふとそんな考えが浮かび、きらわれ者キャラの下田がすこし可哀想にも思えたが、これは、完全によけいなお世話だろう。

「おせーぞ、未紘！」

いまは不機嫌に急かす照映をなだめなければと、未紘は小走りに彼の姿を追いかける。

そしてそれっきり、小さな違和感については、忘れてしまった。

＊　＊　＊

今日こそは、まっすぐ家に帰ろうと思っていた。けれど仕事帰り、拉致するように連れこまれた照映のマンションで、長い口づけを受けるうちにこれは無理かもと未紘は焦る。

最近の照映は会議が立て続き、環先生に注意されたこともあって、こまめに鬚を剃っている。なめらかな頬が未紘の頬を滑る感触にぞくぞくするけれど、必死になって押し返した。

「ん……っ、照映さん、も、だめ……もう帰るけん、離してっ」

「もう終電ねえだろ。泊まってけ」

ソファのないリビング、ラグのうえ。ハーフカーゴパンツのゆるい裾から這いあがる指をどうにか追い払おうと、未紘はずっと戦っている。

あれから習慣になった照映の洗髪をすませ、汗をかいた未紘もシャワーを借りた。流れを思えばこのままもつれこみそうだけれど、今日こそはアパートに帰りたいのだ。

「だけん、いかんて！　今日はぜったい、エッチせんよっ」

「あー、わかったわかった。やらねえやらねえ」

まったくあてにならないことを言う照映は、疲れた顔をしている。男は疲労したときにダメになるタイプと妙に盛りあがるタイプといるらしいが、照映はあきらかに後者のようだ。それでも、体力がないときにそんなことをすれば、もっと疲れるのは目に見えている。

「ったく、うっせえなあ……おまえ、なんか久遠みたいになってきてんぞ」

じろりと睨まれたが、未紘は断固として言った。

「明日も仕事でしょうが。いらんことせんで、早よ寝たほうがいいです！」

「いーだろちょっとくらい。べつに最後までとか言わねえし」

中途半端に触られたりしたら、欲求不満に悶える羽目になるからなおのことしたくない。

未紘はじりじり尻でいざって照映との距離を取った。

「なんかなし、だめ。しません！」

ちっと舌打ちをして、照映はやっとあきらめてくれた。ほっとしつつ、すこしだけ寂しい気分になるのは、照映にとってセックス以外の未紘の存在価値がわからないからだ。

関係を結んでから、正直、なし崩しのまま続いているいまが、未紘にはわからない。

照映から、具体的な好意を示す言葉をもらっていないせいもあるだろう。むろん、憎からず思ってくれているのは知っている。ふたりきりになると、ことさらあまく感じる空気は、いくら恋愛経験がない未紘にもわかるくらい、あからさまだ。

それでもはじめての夜、照映が言った言葉が微妙に引っかかっているのも事実だ。

――だから、おまえは俺が好きなんだろうが。

あのとき、照映は未紘の気持ちだけを指摘して、自分のことはなにも言わなかった。それがいまさら、じわじわと不安の種を育てている。

(俺って、照映さんの、なんになるとかなあ)

抱きしめられることに慣れ、心地よさを肌に刻みつけるたびに、不安がひどくなる。けれど、「ここにこい」と腕を差し伸べられると逆らえない。

かわいがってくれているし、たぶん気にいられてもいる。このうえ照映の気持ちまで望むのは贅沢だと、どこかで未紘は考えている。だから自分をどう思っているのか、あの日はっきり訊くこともできなかったし、いまとなれば完全にきっかけを失ってしまった。

(好きとか言うてくれたら嬉しかけど、無理っちゃろなあ。遊んでもらえるだけ、ましか)

どころか思いあがるなと笑われたら、ぼろぼろになってしまうだろう。そんな怖い賭《かけ》には、とうてい未紘は出られない。だったら、あいまいなままでいたほうがいい。

ふたたびこぼれた吐息はせつなさを孕《はら》んで、照映は怪訝《けげん》な顔をした。

「……なに考えてる?」

「ん? んん……あの、あれ、誰の絵ですか? 照映さんが描いたん?」

未紘はあわてて壁の絵に目を向け、話を逸らす。オレンジと赤、緑などの激しい色づかいが印象的なその抽象画は、はじめてこの場所へ訪れてから不思議と目についていた。

未紘に指さされたそれを見あげて、ふっと照映が微笑む。

「まえに言っただろ。慈英が描いたんだ」

「あ、いとこさん、ですよね？　芸大の」

なるほど、とうなずいていた未紘の身体が、あぐらをかいた照映の膝に載せられ、うしろから抱きしめられる。一瞬身体を強ばらせたが、照映の腕は未紘の腹のまえでゆるく組まれ、いたずらをする気配もないから、すぐに力を抜いた。

「俺もまえは描いてたんだよ、油絵。つっても、高校のころまでだけど」

「そうなんですか？　なんでやめたと？」

「この絵のせいだ」

笑っている照映の目は遠く、未紘にはけっしてわからない類《たぐい》のものを見つめている。ふと不安になった未紘が顔を曇らせると、微笑んだ照映がやわらかい声で問いかけてくる。

「未紘は、才能って信じるか？」

才能という言葉に、久遠との会話を思いだした。なんと答えるべきか未紘は迷ったが、逡巡ののちに「信じる」とうなずいた。

「えっと……俺とかはふつうの大学生だけん、照映さんとか久遠さんとかみたいなクリエイターのひとは、才能あるっちゃんなぁって思う」

素直な答えに、「そっか」と照映は笑った。

「俺も昔は信じてた。だからかな、よけい、これでぶちのめされた」

懐かしむ目で語る照映の横顔に気負いはないが、どこか寂しそうに映った。未紘がそっと腹にまわった腕に手を添えると、まるで胸のなかにしまいこむように抱きしめられる。

「これ描いたときの慈英は中学生で、たしかまだ、十三歳だった」

「え、これで⁉」

中学生の絵画といえば、写生大会などのイメージしかなかった未紘は目を丸くする。油絵などまったくわからないが、慈英の作品が傑出したものなのは、素人目にもあきらかだ。

「そのころ俺は美大の受験生だった。毎日手ぇ真っ黒にしてデッサンして、絵の具まみれで油絵描いて。自分ではかなりいい線いってると思ってた。じっさい当時の評価でA+以外はもらったことなかったし、賞を取ったりもしてたし」

皮肉っぽく自慢してみせるのは、茶化したいからだろうか。未紘が無言でじっと見つめていると、照映はふっと真顔になる。

「慈英は俺になついててな、いまだに鬚まで真似しやがるくらいだ。俺は兄弟はいねえし、あいつもそうで。あんまりしゃべるやつでもなかったし、年もけっこう離れてるけど、なんかウマがあって。鎌倉と東京に住んでたけど、毎週、週末には俺んちに遊びにきてた」

なつかしそうな声は嘘ではなく、兄貴分として年下のいとこを大事に思っているのは知れた。未紘は「うん、うん」と小さく相づちを打ち、なんとなく照映の腕を握って揺らす。

「で、子どものころから俺の真似してたあいつが、絵を描きはじめるのは当然だ。俺のアトリエだった裏庭の倉庫で、ごそごそやってたから、お古の画材一式、やったんだよ」

好きにやってみろと絵筆を渡したのは、ほんの気まぐれ。自分が受験用の絵を描くかたわら、通いつめてくる子どもを、照映はきっと、とてもかわいがっていたのだろう。

「絵、見てやったりとか、しとった？」

「いや、慈英はシャイっていうか、わりと秘密主義でな。完成するまで見せたくないっていうのも、恥ずかしいからだろうと思ってて……で、いざ現物見たら、世界がぶっ壊れた」

照映は笑いながら、すべてが打ちのめされたと言った。未紘はもう、相づちも打てず、黙って何度もうなずく。

「こいつは天才かもしれねえって思った。そしたら、技術とプライドを塗ったくったみたいな自分がばかばかしくなってな。大学の受験学科を油絵から工芸に変更した」

「なんで？」

「さあな。金属ぶちのめすのも、ストレス解消になると思ったからじゃねえか？」

打ちのめされたというくせに、照映は笑いながら過去を語った。たぶん、本心のすべてを語ってはいないだろうが、彼自身にもうまく説明できないのかもしれないと未紘は思う。

包むようにまわされた腕を胸のまえで握りしめると、照映は未紘の頭に顎を載せてくる。

「大学じゃ前衛作品みたいなのも作ったけど、どうも腑《ふ》に落ちなかった時期に、たまたま紹介されたバイトで環先生んとこにいった。俺は鍛金だったし、なんでジュエリーだよって思ったら、環先生も鍛金からそっちに流れた妙な経歴のひとで、科はなんでもいいから、手先が器用なやついねえかって募集かけられてた」

彫金なんてやったこともないのに、だいじょうぶなのかと戸惑う照映に、環はあっさり「だから、手先が器用な、って条件つけたんでしょ」とのたまったそうだ。

「やったことないなら、覚えりゃいいって、あっさり。どうせデザインなんて過去に完結しちまってる、下手な才能なんざクソだ――っつうあのひとの持論は、極論だし、乱暴だとも思うんだが、俺はやたら納得した。おかげで、なんだか妙なもやもやが晴れたんだ」

「……そっか」

先日久遠に聞かされた話を照映が口にしても、未紘は知っているとは言わなかった。

おそろしくプライドが高く、クオリティに対してもひどくこだわる照映の仕事ぶりは、短い期間でも未紘の目に焼きついている。こんなに穏やかに壊れた自分の世界について語るようになるまで、どれほど苦しみ、逡巡を乗り越えたのだろう。

目元がじわり、滲んで、未紘はそれをこっそりと、指先で拭《ぬぐ》った。

「芸術家は自分の世界を構築するもんだが、職人ってのは無私でなきゃならない。けど、その腕にはぜったいの自信とプライドがある。未紘は『忘れ物の墨壺』って知ってるか?」

「んーん、知らん」

「東大寺の南大門が明治時代に修復されたとき、梁《はり》の上から墨壺が発見された。けど、墨壺ってのは大工にとってすげぇ大事な道具で、うっかり置き去りにするようなもんじゃない。だから工事に携わった宮大工が、わざと残していったんじゃないかと言われてる。俺はここにいたぞ、ってな。名も残さず、言葉では語らずに」

粋な話だろう、と照映は言った。そして、自分もそんな『職人』になりたいのだと。

「やるならトップ目指したい。商売もきらいじゃない。制限された条件のなかで、どれだけの俺らしさを入れられるか。そういうチャレンジは、おもしれえだろ？」

熱の入った口調で、楽しそうに語る照映の声に嘘はない。それがひどく眩しかった。

憧れと尊敬を、愛情で大事にくるんだ気持ちに、未紘は胸をときめかせる。

「会社ももっとでかくしてえし、俺がこうなると、久遠に負担がいっちまうからな。いずれ、人数を増やしたいとは思ってるが、なかなか人材がいねえんだよな」

照映がかざしたのは右手だった。表情を曇らせた未紘を軽くはたいて、「気にするな」と照映は細い身体をゆすった。未紘もくすんと洟をすすり、笑ってみせるしかなかった。

「そういえば、久遠さんとはいつから、知りあいなんですか？　会社に入ってから？」

「高校が一緒なんだ。あいつが事故で入院してダブったせいで、同じクラスになってから、ずっとつるんでる。卒業後は進路分かれたけど、環先生のアルバイトで手が足りなくて、暇なヤツ、ど素人でいいから連れてこいって言われて、あいつが乗ってきた」

久遠をこの道に誘ったのは、そのときだったと照映は語った。一般大学に進み、ものづくりは素人同然だった久遠は意外にも造り手としての才能があった。めきめき技術を覚えていくのが悔しくて、張り合うように腕を磨いたのだそうだ。

「まさかここまで組む羽目になるとは、思わなかったけどな。昔から変なヤツだった」

なにを思い出したのか、照映は小さく噴きだす。だが未紘はすこしも笑えなかった。照映を長いことそばで見てきた久遠が、当然のように相棒でいられる彼が、うらやましかった。考えたところで意味がないのに、悔しいと感じてしまうのは止められない。

挫折を知るからこそ、照映は強い。さまざまなことに負けずにあろうとするからだ。そんな彼に、自分は釣りあいが取れているのだろうかと思えば、たぶん無理だろう。

(けど、そげん考えは、よくなかろ)

複雑な嫉妬に、ちくちくと胸は痛い。けれどせめて、卑屈にだけはならないでいたい。

未紘は気分を切り替えるように、あえて明るく訊《たず》ねた。

「照映さん、いとこさんと、気まずくとかはならんかったと?」

「あ? 気まずくって、……そうか。言われてみりゃ、そういうこともあるか。けど俺と慈英の場合、まったく関係なかったな。年が離れてっからかな。俺はこの絵が好きだったし」

その声にはなんの屈託も見つけられず、本心と知れた。そして、唐突に喉奥で笑った照映が、「これ、なにを描いたんだと思う?」と問いかけてくる。

「きれいな絵とは思うけど……なにが描いてあるのかは、正直わからん。太陽、とか？」

赤を基調とした激しい色づかいの抽象画は、あえて言うならば太陽とフレイムのように見えた。そして——どこか照映を思わせる気がすると、未紘がぼんやり思う胸の裡《うち》を読んだかのように、照映が言った。

「俺なんだってよ。……んなこと言われりゃ、うらやむこともできねえだろ」

こくこくと無言でうなずく未紘の髪を、照映がそっと梳く。やさしい指に胸がつまった。

この絵を愛おしむ視線と、その仕種が同じ色をしている気がした。どうか、そうであってほしいと心から強く願う。自分を納得させるように、うん、と未紘はうなずいた。

（これで、充分。俺がこのひとを好きなら、それでいい）

言葉はくれないけれど、どうでもいい人間に手を差し伸べるような彼ではない。いま抱きしめてくれていることだけを信じよう。目を閉じて、未紘はその手に頬を押し当てた。

未紘が傷つけてしまった指は、もうあとすこしで完治する。いまだに申し訳なさでいっぱいになるけれど、それでもこの怪我がなければ、こうしていることもなかったのだ。

未紘にしてくれたように許して、包んで——この絵も、慈しんできたのだろう。

「……好き」

「なんだいきなり」

声がぶっきらぼうになるのは照れているせいだとわかる。ふふっと未紘は笑った。

「作ってるときの照映さん、かっこいいもん……だから、すごく、好き」

たくさんの挫折を越えて、いまの照映であってくれて嬉しい――そう言いたかったのだけれども、照映はなぜか、未紘を抱えた腕を、不穏な感じに強める。

「作ってるとき？　そんときだけかよ？　えらく低く見られたな、俺も」

含みの多い声で問われ、気づいたときには無事なほうの手が膝を丸く撫でていた。

「いや……そ、じゃなくて。ほかにもいっぱい、いいとこが」

「だめ。おまえ今日、お泊まりな」

「もお三日も帰っとらんよぉ……！　やっ、だめだめっ」

かさついた指が性急に下肢を探り、手早くまえだけをくつろげてくる。未紘は脚をばたつかせ――「疲れてるのにだめだ」という、さきほどのやりとりが繰り返される。

「もー、いかんって、目の下クマできとうでしょうがっ」

「んじゃ、今日おまえだけいじって、俺の体力は温存する」

「そんなん、もっといや、や！　だめだめだめ……っ、あっ、あ！」

直《じか》に握られてしまえばもう抗《あらが》えず、未紘はびくんと腰を跳ねさせて、すぐに照映の指を濡らしはじめる。シャツのうえから肩と首の間を噛まれ、あまくあえいだ。

「やだやだ言うわりに、もう濡れてんじゃねえかよ」

いじられる場所からくちくちと、濡れた音が聞こえてくる。いまさらやめられても引っこみがつかない。照映の右腕を握りしめ、小さくあえぐ未紘に、意地悪な問いが投げられる。

「どっちがいい？　こっちと、……ここ」

「ひあ……っ！」

立ちあがり濡れそぼった性器の先端とその奥を、交互につつかれた。沸騰したように頭が熱くなる。短い間にすっかり開発されてしまった、小さな尻の奥がひっきりなしに疼く。

簡単に落ちる身体があさましくて、恥ずかしくて——でもこんな時間には、照映が特別にやさしいのも知っているから、こっち、と小さな声で告げてみる。

「こっちって、だから、どこだよ？」

頬に口づけて促され、未紘は内心「このスケベオヤジ」と唇を噛む。

はじめての日に、朦朧《もうろう》としたまま言わされてしまった言葉のせいで、照映はたびたび悪趣味な問いかけをしてくるのが常になった。羞じらいつつ、言葉でいじられるとよけいに感じるのも事実で、未紘はふにゃ、と泣き崩れ、鼻にかかった声でねだる。

「おしりぃ……奥……して……」

顎にかけた手で仰向《あおむ》けられる顔に、逆向きのキスが降りてくる。指でするか？　とささやかれ、言葉だけではもどかしく、うずうずと身体が揺れる。もう止まらない、渇く口のなかに舌を欲し、唇を開き腕を伸ばして、照映の首を抱いた。

下肢だけを剝《む》かれた格好で、用を足す子どものようにうしろから抱えられた。脚を開かされ、浮いた腰の奥に濡れた指が忍んでくると、身体中が嬉しがって震える。

なじんでいく身体、すこしだけ心が置いてきぼりでも、照映が欲しくてたまらない。長い指が深く潜って敏感な場所を撫でれば、ひくんと未紘の幼げな性器が自己主張する。どこでもできるようにと、専用のジェルが居間にまで用意されているのが恥ずかしいのに、感じる。

「気持ちいいか？」

「う……んっ、うん……！」

左手にうしろを触られながら、不自由な右手の親指でぷつんとした胸を潰される。きゅっとすくみあがる粘膜が、指をしゃぶるように蠢くのが恥ずかしい。でも、止まらない。

「……欲しいんじゃねえの？」

やわらかい小さな尻に当たる照映のそれがきつく強ばっているのは感じた。それでも、欲しいと言いかけた声を飲みこみ、ふるふると力なくかぶりを振る。「強情」と照映は笑い、ぐっと指を突き立ててくる。

「ああっう！　あんっ、あ、ぐちゃぐちゃし……っ」

「して欲しい？」

拡げるように指を突っ張られ、空気が通ったあとに、とろりとなにかが伝い落ちる。あふれた、と照映が小さく笑い、未紘は意味のない声をあげ続けた。

腰が、溶ける。何度も足されたジェルは体内で溶け、襞《ひだ》が潤んでなめらかになり、照映の指の動きをもっと早くしてしまう。粘ついた音がだんだん間隔を狭め、未紘は無意識のまま腰を上下させはじめた。

「いや、や、……やあっ、あっあっ、あっ！　いき、いきた……っ」

あまくいじめられる身体は限界に震え、我慢できずに性器へと指を伸ばせば止められた。

「こっちだけでいきな」

「いやっ、やだ……っ、やだっ」

「やだってなんだよ。ひとを我慢させてるんだから、あたりまえだろう」

耳を嚙まれて、あたりまえってなんだと身悶えながら、開ききった脚をじたばたとする。うしろだけで極めさせられるのは、これがはじめてではない。だから怖い。

金属を熱し、削って彫り、あざやかなうつくしいものを造りあげる照映の指は、まっさらだった未紘の身体も自分の思うままに造り替える。

「いやなら抜くか？」

「やっ、抜くん、やあ、もっと……」

意地悪く告げられたそれにいやだと泣いて、深く沈んだ指のさき、左の手首を摑む。

「もっと、なんだ？」

含み笑われ、ひくひくと限界の近い身体をこらえていると、また頭上から口づけられた。

粘液が粘膜を流れる感触、肉のまざる音、それをこそぎ落とす指に未熟な腰が上下する。

「んんっ、もっと、……なか、もっと、かきまわし、て……っ」

「最初っから素直に言え」

笑うひどい男にささやかれ、濡れた頬を吸われてしまえば蕩けて落ちる。

器用な指は怖いくらい卑猥に動いて、なにかが足りないような、刺激が強すぎるような、相反する感覚に、未紘はただあえいだ。

「ふ、う……んっ、ん！　あっ、いくっいくっいくっ……！」

腰骨をくっきり浮かせるくらいのけぞり、びりびりと電流の流れる腿と膝は、曲がったり伸びたりを繰り返す。逃げるためなのかもっと感じるためなのかわからないまま、未紘の腰がバウンドするかのように跳ねた。望んだ場所をゆるやかにかきまわされ、余韻に震える。

「……おまえ、やっぱこれ、好きだよな？」

そして、よけいなことは言うくせに肝心な言葉をくれない、悪い愛しい男の舌を噛むのが、未紘にできる精一杯の抗議だった。

＊　＊　＊

未紘がしつこくいじめられた翌々日の朝のことだ。

八月も下旬に近づき、決算と来期に向けての企画会議があるそうで、朝礼のあと本社に向かう照映は、ふだんのラフな服装ではなく、質のよさそうなスーツ姿だった。

「ったく、このクソ暑いのに、うぜえったらねえ」

文句を言いながらも、今回の会議には大手百貨店の営業などもくわわる大きなものであるため、スーツ着用を環先生に申しつけられたらしかった。くせのある長い髪もびしっと撫でつけ、別人のような姿に未紘が見惚れていると、久遠がにやにやと小声で耳打ちをする。

「ミッフィー、口ぽっかん開いてると虫が入るよ。朝も見たんじゃないの？」

「きょっ、今日はうちのアパートからきたけん、見とらんですっ」

未紘があわてて口を閉じると、笑った久遠が頬をつついた。毎度ながら照映はそれにいやな顔をしたが、時間がないのか腕時計をちらりと見るなり、朝礼を締めにかかった。

「——ってわけで、未紘は原型整理。手が空いたら久遠を手伝え。……ドジんなよ」

揶揄されて「しませんてば！」と声をあげた未紘に笑ったあと、照映は声を低くした。

「それと下田、指示した作業はすませとけ」

目顔で圧力をかける照映に、下田は無言でうなずきもせず、未紘は顔を歪める。

（なんかもう、あれからずうっと、こがんたいね。ええかげんにすればよかとに）

先日久遠に突っかかって以来、ますます態度が悪くなった彼を持てあましているのは未紘だけではないらしく、照映はため息を押し殺したような小さな息をついた。

「じゃ、今日の戻りは夕方から夜になる。とりあえず久遠、あとは頼む」

了解、とうなずいた久遠には、これといった指示はない。それも当然かと思いつつ、ちょっとだけ「いいなあ」と未紘は思ってしまう。

照映にあんなふうに信頼されることがうらやましい。ドジるなと笑われる自分とは雲泥の差だと――考えまいとしつつも、ちょっぴり妬けるのは毎度のことだった。

照映が出ていってしまうと、工房のなかの温度が、すこしだけさがるような気がした。だが、それから数時間が経過してかかってきた電話は、さらに緊迫した空気を運んできた。

「えっ。棚卸しのときの伝票と、在庫の数があわない？　照映、それどういうこと⁉」

電話を受けた久遠の硬い表情と声に、未紘もはっと顔をあげる。「わかった、そっち行く」と険しい顔で短い言葉を交わし、久遠はすぐに電話を切った。

「ど、どうしたんですか」

「ちょっとトラブル発生。このあいだ納品したはずのブツ、数が足りてないっぽい。もしかすると、盗難の可能性があるかもしれない」

未紘はぎょっとする。どういうことだと青ざめていると、久遠が舌打ちした。

「ふ、紛失とかは……」

「ココを出たときにはブツは揃ってた。配送関係は厳重に梱包してるから、それはない。最近やめたパートさんがいるから、調査中らしい」

その手のことが発覚するのはパートや社員がやめた直後に多いのだと、彼は舌打ちした。

久遠曰く、残念ながらこの業界で盗難やデザインの盗作はよくあることなのだそうだ。外注に出したキャスト屋が、そのままパーツを流用したり、DMの写真などから再現されてしまい、それを『海外の無名デザイナーの作品』として廉価に売ることも、よくあるらしい。

「ただ、幸か不幸か環先生とか照映のデザインって、ものすっげえクセ強いから、そのまんま流せないいんだよね。解体して石だけ売るか、着服するか、どっちかしかない。だからめったに出てこないんだけど。今回の問題は、なくなったのがセミオーダー品だったことなんだよ。代替品ってわけにはいかないし」

転売されないぶん追跡は困難。そして、あげくの果てには社長命令で、納品システムそのものの見直しをしろとの大騒ぎになり、幹部に一斉招集がかけられたのだという。

「大至急で対応策考えるらしい。呼び出しくらったんで、ぼくも顔出してくる」

未紘は固唾を呑んでうなずきつつ、「でも、ずいぶん急ですね」と目を丸くする。

「しょうがないんだよ、環先生、オーナー社長だから。ぜったい権力者なの」

ワンマン社長のトップダウンには逆らえないと久遠は肩をすくめた。

「それもあって、早めに独立したかったんだけど……まあ、完全に分離したわけじゃないからね。うちも関わってるし、しかたない」

出かける用意をしながら、そう漏らした久遠の横顔は、疲れているように見えた。

「悪いけど、今日は食事も外に出ないで、ぼくたちが帰るまで待っていてくれるかな？」

「わかりました。お待ちしてます」

「……ごめんね、だいじょうぶ？」

玄関まで見送った未紘に、下田とふたりきりにさせてしまうけれど——と髪を撫でてくる久遠は、下田の風あたりが日に日にきつくなっていることを心配しているようだった。

「ん、だいじょうぶ。ちゃんと留守番しますから」

笑ったとたん、久遠がぎゅうと抱きしめてきて、子どものように背中を叩かれた。

「ミッフィーは、ほんといい子だね。照映にはもったいないよ」

「あ、あはは……」

最近どうも抱きしめぐせがついたらしい。ぐりぐりと頭をかいぐられてしまうと、照映との気の置けない関係に嫉妬を覚える自分が恥ずかしくなる。赤くなった未紘が照れたと思ったのか、おかしそうに笑う彼の唇が、キス直前の距離でちゅっと色っぽい音を立てた。

「ぎゃっ！　やめてって！」

「いいじゃない、もう慣れようよ、いいかげん」

最近の久遠はすぐこれだ。業者さんや本社のひとがいようと、ハグもキスも遠慮ない。そしていやがって暴れる未紘をおもしろがっているのは久遠だけでなく、目撃した側も「セクハラすんな」「いや、もっとやれ」と大笑いし、はやしたてる始末だ。

そもそも、照映を怪我させたのが痴漢と誤解したから、というエピソードは本社にも知れ渡っている。そのあげく、年配の加山にまで「しょうがないよねえ、未紘くんはかわいいから」などとしみじみ言われて、どうすればいいのかわからなかった。

（まあ、白い目で見られるよりは、よかけど）

最初はいちいちピリピリした未紘だったが、それらの反応のおかげで、男同士でじゃれあっていても大抵は冗談ですまされるのだと教えられたようなものだ。

「もお、冗談もたいがいにしてくださいね」

「んふふ。じゃね、ミッフィー。いってきます」

笑いながら消えた久遠に未紘は苦笑したが、振り向いた瞬間の下田にぎくりとした。

「……気持ち悪いことしてんなよ」

軽蔑を浮かべた表情に驚き、未紘が息を呑むと、嫌悪が滲むような声で吐き捨て、彼はきびすを返した。

それからずっと、ふたりきりの制作室のなかは、無言の緊迫感に満ちあふれている。無言の圧力を未紘にかけ続けている下田が、せわしない手つきでヤスリがけをする音以外、まったくの無音状態といってもいい。

（空気が重かです）

未紘がせめてラジオでもつけようかと思っても、立ちあがったとたん、下田がじろりと睨んでくるせいで、身動きも取れない。もくもくと、久遠に言いつかった作業をしながら、先日の彼の言葉をしみじみと噛みしめていた。

――あの空間で、だまーって、もさーっと作業するのって、むさ苦しいじゃない。

(早く帰ってきてください……)

キャスト屋から戻ってきた原型のゴム型を整理する作業は単調で、それだけに沈黙が重い。

(やっぱりさっきのあれ、誤解されたとかな)

悪ふざけにしても少々いきすぎたかと思いつつ、ちらりと横目にうかがった下田はふだんの三割り増し不機嫌に見えた。角度的には、未紘と久遠が本当にキスしたように見えたかもしれない。頬への軽いそれなどは何度も目撃されているだけに、言い訳のしようもない。

(けど、なんしあそこまで、むっとされんといかんとや)

とにかく早くこの作業を片づけて逃げたい。一仕事終えれば、パソコンで伝票整理をするとかなんとか言って、制作室から出られるだろう。未紘はせっせと作業を続けた。

出会いからこっち未紘を目の敵《かたき》にしていた彼だが、未紘がこの会社になじむごとに、ますます態度はかたくなになっていった。もともと未紘がいようといまいと、照映に叱られるのは変わらない状態だったらしいのだが、彼のなかでは「ひいきする相手がいるせいだ」という結論に落ちついたらしく、照映が説教するたびに未紘を睨むようにまでなっている。

まして、どうもそりの合わない久遠までが未紘をかわいがるのが、本当に不愉快らしい。

(俺、おもしろがられとるだけっちゃけどな。下田さんも、もっと素直になればよかとに)

好かれたいならば、もうすこし愛想よくすればいい。叱られたくないなら、まずは言われたことをしっかりこなせばいい。ふつうの失敗なら照映はあそこまでどやしつけはしない。反抗的な態度で注意を無視するから、彼を苛立たせるのだと、なぜわからないのだろう。

（このひと、黙っとっても喋《しゃべ》っても、なーんか怖かっちゃんなあ）

下田の、喉にざらつくような妙に高い声がいやみを発すると、心臓を冷たい指で撫でられた気分になる。さりとて無言になられても、なんだか居心地が悪い。

どうにも合わない人種というのはいるものだと、未紘は小さく吐息した。それを聞きとがめたのか、ヤスリ掛けの手を止めた下田はリングをかざしながら言った。

「なに、びくびくしてんだよ」

「え？」

突然の言葉に下田を見ると、憎々しげに歪んだ唇が端だけつりあがっていた。いびつな表情にすこしぞっとすれば、ふんと鼻を鳴らした下田は耳障りな声で続ける。

「自意識過剰なんだよな、気持ち悪い。男がみんな自分に気があるとでも思ってんのか？」

「は、はあ？」

あまりのことに、一瞬、下田の言葉を理解することを未紘の脳は拒否した。反応できない未紘を眺めて下田はせせら笑い、手にしていたリングをヤスリ台のプレートに投げ入れる。あんなことをしてはキャストに疵《きず》がついてしまうのに、とぼんやり未紘は思った。

「だいたい、会社のなかでモロバレってのはどうなんだよ。見苦しい」

未紘に対して侮辱を受けるだけなら、たぶん我慢して受け流しただろう。だがその言葉には、顔が強ばるのをごまかせなかった。

「な……なに、言ってるんですか」

「ごまかすな。知ってんだよ、このホモ。男のくせにかわいこぶって、ばかじゃねえの」

かわいこぶっているつもりはないが、さすがに未紘は反論もできなかった。

セクハラまがいの発言をする久遠にせよ照映にせよ、未紘の件に関しては開き直っているというか、まったく隠すような気配もなかった。本当にこんなでいいのかと、ずいぶんおろおろさせられたが、やはり下田は不愉快に思っていたらしい。

(だけん、オープンすぎって言うたつに……っ)

そんなことをいまさら言っても遅い。それに未紘をどう言われようとかまわないが、照映を色眼鏡で見られるのは困る。下田のようなタイプはどんな非難を投げつけるのかわかりはしないし、言いふらされでもしたら、照映に迷惑がかかるかもしれない。

青くなった未紘に、下田は思いもよらないことを言った。

「照映さんばかりか、あの久遠さんまでたぶらかして、意外にやるよなあ」

「……は?」

見当違いのことを言う下田に、未紘は目を瞠った。彼はひきつった笑みを浮かべる。

「いまさらごまかしても無駄だ。場所もわきまえずにべたべたして、見苦しいと思えよ」

「久遠さんと、俺が？　べたべた？　……なん言いよっと？」

まあたしかに、無駄にふざけてじゃれついていたかもしれない。だが見るものが見れば、あれが親愛の情を基本とした悪ふざけだということなど、一目瞭然《いちもくりょうぜん》だろう。

（ほっぺちゅーとか、ほかのひとのまえでん、しょっちゅうされよろうが）

ましてや相手が常識どころか性別も越えたような久遠だ。未紘にしてみれば、なんの危機感も持てないし、彼のちょっと浮き世離れしたキャラクターは周知のことである。

（みんな笑とるだけっちゃん……このひと、そがんともわからっさんとかね）

未紘がまだぽかんとしていると、下田が吠えるような声を出した
「とぼけんなっつってんだろがっ！　さっきだってキスなんかして、きもいんだよ！」

下田が唐突に立ちあがり、机の脚を蹴った。細い目の奥がいやにぎらついて、どこかしら常軌を逸した表情に未紘は眉をひそめた。なんだか下田はふつうじゃない。苛立っているのはたしかだが、神経質にもなっているようだが——理由がわからない。

なにが起きたのか未紘が理解するまえに、下田はヒステリックな声をあげた。

「照映さん怪我させたっていうのも、ただの口実なんだろ？　ここに、入りこむための」

「は？　ちょ、なに？　なんでそういう話？」

「男あさりにきまってんだろ。まったく、やることえげつないよな」

なにをどうしたらそんな結論が出るのか。啞然とするばかりの未紘に、頰を痙攣させながら下田はなおも言った。

「だいたい、この会社のひとたちもどうかしてるよ。お稚児さん飼ってられるほど儲《もう》けてねえくせにさあ。給料は安いし。……ああ、それとも自分だけ貯めこんでんのかね？」

嗤《わら》いながら吐き捨てた言葉が胃を焼くほどの怒りを覚えさせる。

「ちょ……貴様《きさん》、なんちゅうこつば言いよるか！」

「なに言ってっかわかんねえよ、日本語話せよなあ、田舎もん」

反射的に怒鳴った未紘を、下田はせせら笑う。とりあわず、未紘は冷たく言い放った。

「田舎ものじゃあるばってん、貴様がごつ、ひとば裏でこそこそねちねちいじめよる、根性腐っちょう人間に言われたっちゃ、なんも恥ずかしゅうなか」

「この……っ、開き直るな、変態のくせに！」

ひゅっと頰をかすめたのは彼の机にあったペンチ。背後の壁に当たって派手な音が立つ。

頰が切れたのを感じたが、痛みだとは認識できなかった。いきなり暴力的な行動に出た下田に、なぜか恐怖は感じない。癇癪《かんしゃく》を起こした子どものような男が、哀れだとさえ思った。

いままで、いちいち彼の言動に怯えていたのがばかばかしい。こんなヤツ、照映に叱られる瞬間の百分の一も怖くない。

「モノ投げんな。だいたい、俺がどげん性癖だろうと、そっちに関係なかろうが」

「はっ。認めんのかよ、変態ホモ野郎」

あざける下田に、未紘は苦笑した。以前はこんなことを言われたら、それこそ真っ赤になってキレていただろう。けれど、ここで羞じたら照映のことを羞じることになる。

肌をあわせた日から、ふとした瞬間に引け目を感じる未紘を、照映はおおらかに包んでくれた。久遠も、ちょっと意地悪にからかうことで、照映の隣にいる未紘を認めてくれた。

信じられないくらいかわいがってくれたふたりのおかげで、未紘も強くなれたのだ。

「俺はあんたと違《ちご》うて、自分はごまかしとうなかもん。なんでかんで、俺のせいにしたっちゃ、照映さんはあんたんこつ怒らすし、認めてもくれん」

「つんの、オカマ野郎が、えらそうにっ……」

「ホモは差別用語ぜ。だいたい、オカマとゲイは根本的に違う。そげんとも知らんとか？」

あえてばかにしたように言いきれば、胸ぐらを摑まれた。だがすぐに殴るほどの度胸もないのか、下田はぶるぶる拳を震わせ、血走った目で睨んでいるが、どうも様子が変だ。

（なんこれ、ビビっとる？　……違うな。なんか、うしろめたいことでもあっとか？）

怒りもある域を超えると、妙に冷静になるらしい。さきほどは混乱していたので見逃していたが、やたらしつこく絡む下田の目は、さっきからせわしなく泳いでいる。

なにかがおかしいと本能的に感じるが、下田がわめきちらすせいで考えがまとまらない。

「そうやって、小賢しいことばっか言いやがって、むかつくんだよ！　私立大のくせに！」

「はぁあ？　いまは学歴関係なかろうもん。そこしか自信にゃあけんて、いちいち大学引き合いに出すな！」

「うるっせえんだよ、このお荷物が！　ろくな仕事もできないくせに！」

「そら、そっちも同じやろうが、いっつも照映さんに怒られて！　だいたいこの間も、納品のとき荷物運んだだん貴様やろが。なんか間違いでもしたっちゃなかや⁉」

　売り言葉に買い言葉で未紘が怒鳴ると、下田はさあっと顔色をなくした。過剰な反応に「えっ」と未紘が目を瞠ったとたん、わけのわからない声をあげて下田は拳を振りあげる。

「うるさいっ、うるさいいい！　俺が悪いんじゃない、俺が、俺は……あああああっ！」

「ちょ……な、なんいきなりキレようとや⁉」

　殴られてやる義理はない。未紘はとっさに足を払い、ふたりはもんどり打って床に倒れた。けんかっ早いせいで、地元にいたころはしょっちゅうこの手の荒事を経験した未紘とは違い、下田は殴り合いもろくに経験がないのだろう。闇雲に腕を振りまわしてこられてもじっさいにヒットするのはその一部だった。

（くそ……乗られたせいで、逃げきれん）

　体重をかけられてしまえば、小柄な未紘は不利だ。何度目か振りまわした下田の拳があたり、がつんと衝撃を受けた小さな頭が揺れる。下田はやはり意味不明なことをわめいた。

「俺じゃない。俺はべつに悪くない。ろくな給料もよこさないのが悪いんだ……そうだろうが、なあ、そうだろうがっ！」

「なん、言いよるか、わからんてっ……のけっ、あほ！」

摑みあい、殴り返し、蹴り返し、狭い床でもがく。あちこちに身体をぶつけながらもどうにか逃れようとすれば、Tシャツの襟首を強く摑まれた。

「なんすっとか、こんボケ……っあぐ！」

圧迫感に呻くと、布の裂けるいやな音がした。作業着用のTシャツは汚れてもいいように着古したものだったから、あっけないほどに簡単に破れる。

「……なんだよ、これ」

未紘の白くやわらかな肌には、つい先日照映が刻みつけた痕《あと》があった。ふだんはそんなことなどしないのに、拒んだ未紘へのお仕置きとして何度もきつく吸いあげたそれは、一日、二日では消えてくれなかった。

「けっこう、激しいんだな、久遠さん。それとも、照映さんか？」

「見んなっ、それに、久遠さんは違うって言いよろうがっ」

「でも、これ、女じゃないな。ほんとにマジホモかよ、信じらんねえ……気色悪い」

うわずった声を発する下田が、目をあやしげに光らせる。未紘は単なる暴力とは違う危機感を覚え、反射的に身を縮めて暴かれた肌を隠そうとした。

「ふん……そういう顔で誘うんだ」

下卑た笑いを浮かべた下田がいやなふうに喉を鳴らした瞬間すくみあがった。露骨な欲情を向けられ、不快感とおぞましさに身動きできなくなるのは痴漢に遭ったときと同じだ。気持ち悪い。怖い。動けない。けれどふっと頭をよぎる照映の言葉が、未紘を動かした。

——俺だけにしとけよ。

夢心地で抱かれるさなか、彼はたしかにそう言った。だから未紘はこの身体を、自分を、護らなければならない。こんなやつ相手に触らせるなんて、冗談じゃない。

「だっ、誰が誘うか！　勝手なことばっか、言うなっ！」

ひきつった顔で叫びもがく。闇雲に手足を振りまわすと、爪先が彼の臑《すね》にヒットした。

「痛っ……てめえ……！」

「あう！」

足を抱えて呻く下田から逃げ出そうとすれば、うなりをあげた男に足首を摑まれ、また倒れこんだ。がっちりと馬乗りになった下田は、したたかに顔を殴りつけてくる。もろに頰にめりこんだ拳に脳が揺れた。歯のさきに下田の拳が当たり、自分の唇も彼の拳にも血が滲む。鼻がきなくさいようなにおいを覚え、一瞬、視界が暗くなる。

「ふざけんな、このオカマが……っ」

血に興奮したのか、口から泡を飛ばすようにしてわめいた下田が、強引に下肢を暴こうとする。抵抗しなければと思うのに頭がぐらぐらして、未紘はもう声も出ず、動けもしない。

（このまま、やられっとか？　そがんこつ、いや、やだ、……いやだっ！）

あきらめ悪くもがいた腕が、四角く硬いものにあたる。手探りで触れると、取っ手らしきものがあり、とっさに未紘はそれを摑んだ。

「──っが、あああああっ!?」

「え……？」

精一杯の力でそれを振りおろすより早く、下田の悲鳴が聞こえた。のしかかっていた身体が視界から消え、驚きに『なにか』を取り落とした未紘の耳に、冷たい声が聞こえた。

「いいかげんにしな、このクソガキが。盗みだけじゃ飽きたらずに強姦かよ。あ？」

下田は未紘の横で容赦なく蹴りあげられていた股間を押さえ、ひいひいとのたうちまわっている。かすむ目を凝らすと、身を乗り出した照映を片手で押しとどめた久遠がいた。

「離せ久遠、てめえっ」

「やかましい！　下田殴ってる暇があったら、未紘だっこしてやれ！」

「くそっ……未紘、だいじょうぶか!?」

ぐっと唇を嚙み、駆け寄ってきた照映が未紘を胸に抱きしめる。ぎゅっとされて頰は痛んだが、おかげでようやく状況が飲みこめてくる。

「照映、さん？」

助かった、とほっと息をつけば、さらに強く抱きしめられる。照映の腕が、なにかをこら

えるようにかすかに震えていて、未紘もその腕にしがみついた。

ちらりと見やった下田は、まだうずくまったまま、久遠に蹴られた股間を押さえていた。

「ひ……いて、痛えっ」

「あたりまえだ。痛いようにやったんだから」

同性だけに、半勃ちの状況でのそれがどれほど痛いかは理解できて、未紘は複雑な顔になる。だが久遠は容赦なく、土足の靴さきでにじるように下田の背中を踏みつけ、身が凍るような声で怒鳴った。

「俺にタマ潰《つぶ》されたくなかったら、二度とこんなことすんじゃねえよ、ばか野郎がっ！」

「ひ……！」

下田は鼻水を垂らして泣き出したが、未紘もまたびくりと震えた。無意識に照映にすがると、彼は力なくため息をついて、友人をたしなめる。

「そのへんにしとけ、久遠。未紘がびびってる」

抱えこまれたまま久遠を見あげると、ばつが悪そうに顔を歪める。そして、不安そうに腰を落として未紘を覗きこみ、殴られた頬にそっと触れた。

「ごめんね？　怖かった？」

「平気、です。久遠さん、おかえり、なさい」

痛みにひきつる顔で未紘はどうにか告げたが、ひとこと発するにも切れた口が痛む。

「久遠、手当」

「ん、おっけ。照映、あっちに救急箱あるから、連れてってあげな」

顎をしゃくった久遠にうなずき、照映は未紘を抱えたまま、身体を起こしてくれる。

「歩けるか？　頭、どうもねえか」

「ちょっと、くらくらするけど、平気……いたた」

スーツの上着を脱ぎ、服が破れた未紘をくるむ照映の手は、まだ震えている。懸命に下田を見ないようにしている理由がなんとなく察せられ、未紘は気丈に笑った。

「だいじょうぶだから。ただのけんかです。そんだけ。なんもなかったけん、ね？」

照映はその言葉に目を瞠り、骨が軋むくらいの強さで未紘を抱きしめてくれた。

「この、ばかが……っ」

照映のきつい抱擁に、呻くことさえ一瞬忘れた。切れた唇の熱ささえも、押し殺した声で告げた彼のくれる舌にはかなわない。呆然としている下田が視界の端に映ったけれど、照映のキスのほうがよっぽど大事で、未紘はそっと目をつぶる。

「……ま、いいか。バカップルはほっといて、下田」

ため息をついて、久遠はまたひやりとした声を発した。

「明日、正式に通達するけど、とりあえず、きみはクビね」

「な、そ……っ」

「不当解雇だとか訴える？　いいよ？　出るとこ出ても。でもその場合、不利なのどっちか考えな。なんで俺らが予定より早くここにいるのかも、ね。それから念のため言うけど、逃げても無駄だから。親御さんに、きっちり連絡入れさせてもらうよ」

冷たく告げる久遠に、震えあがった下田は、瞬間すがるように照映を見た。けれど、久遠よりなお険しい目にぶつかり、彼はがくりとうなだれる。

「失せろ。二度と、そのツラ見せんな」

照映の地を這うような声に真っ青な顔になった下田は、よろよろとその場を去っていく。

未紘はなにも言えないまま、ぎゅっと照映の広い胸にしがみついた。

怖いからではない。いまそうしないと崩れそうなのは照映のほうだと、なぜだか思えてしかたなかった。

＊　＊　＊

下田が去ったのち、久遠は応接ソファで未紘の疵の手当をしながら、にやにやと言った。

「いいとこ取りしちゃったから、誤解のないように言うけどね。下田に殴りかかったのは照映がさきだったんだよね。だから、照映が出遅れたってことではなかったんですと、一応、ミッフィーにご報告をば」

「よけいな報告すんな」

照映はぶすっとしたまま、ソファの肘掛けで頬杖をついている。久遠はいっさい取りあわず、なおも言う。

「こいつ、もともとは両ききなんだよね。で、右のほうが力あるから、かっとくると右手が出るの。んなことしたら、また骨イっちゃうし。だからぼくが一発金的を」

「そう、なん、ですか……っ、いぢっ、いたっ！　そこ痛い、痛いって！」

「はい動かないの、ミッフィー」

未紘の顔を消毒しつつ、久遠は苦笑した。もういつもの顔に戻った彼に、未紘もほっとする。もしかすると久遠の本質は、照映よりもよほど激しいものがあるのかもしれない。

それでも、怖がらせてごめんと詫びる久遠を、険しい表情の照映を、未紘はすこしも怖いとは思わなかった。

暴力は、我が身に受けてしみじみ思うが、やはり肯定はしない。けれども正しく憤り、怒れる人間はむしろ、魅力的だとさえ思う。下田のように癇癪を起こし、日々の鬱屈をぶつけるのでなければ、それはきっと未紘をなにも傷つけないだろう。

ふっと息をついた未紘は、そういえばさきほどの状況がよくわからないままだと、首をかしげて問いかけた。

「あの。ところで下田さんですけど。あれくらいでクビとか、せんでもよかとじゃないですか？　それに不利って、なんがあったとですか？　ふたりとも、予定よりえらい早よ帰ってきなさったけど、なして？」

　未紘は照映に言ったとおり、これはけんかだと思っている。いちいち訴えるつもりもないし、この場でおさめればいいのでは――と思ったが、問いを向けられた大人ふたりは顔を見あわせ、これも同時に苦い顔でかぶりを振った。

「あのね、ミッフィーの件については、すでにオプションなんだよ。どっちにしろ、下田はもう、切るしかなかったの」

「……例の紛失した商品、どうやらあいつが盗んだらしい」

　久遠と照映の説明に、未紘は愕然とした。そして、そういえば下田がキレたのは、未紘が挑発した直後だったことを思い出す。間違いでも――と言ったあれは、ミスのことをさしたつもりだったのだが、考えてみると違う意味にとれなくもない。

「状況証拠しかないんで、ずっと決めあぐねてたんだけどな。本社時代もあいつが納品に関わると、毎度、なにかしらブツが消えてたんだ。正直それもあって、狭くて目の届くこっちに、よこされてた」

　そういうことだったのかと、未紘は目をしばたたかせた。そして、本社のひとたちがこちらに来るたび、けっして具体的なことを語らないまま下田を敬遠していた理由や、照映の厳しい、まるで躾《しつけ》かのような説教などのすべてに、納得がいった。

「ウチに来てからは、さすがにブツがなくなることもなかったんだ。納品についても、用心して配送しか使わなかったし……ところが、この間押しに押して、手持ちさせてみたら一発でこれだ。一応やめたパートのほうも調べてみたけど、やめた時期が紛失以前で、不可能」

「――で、もうこりゃ下田がクロだろって話になって、一応問いただしに帰ってきたら、ミッフィーが強姦されかかってた、というわけでした」

疲れたため息をつく照映の言葉を引き取り、久遠はあきれたように肩をすくめる。

「あの……盗難て、警察いくんですか？」

おずおずと未紘が問えば、久遠は「どうかな」と言った。

「明日の話しあい次第かな。以前言ったとおり、転売はむずかしいし、ブツは自宅にある可能性高いから、ちゃんと返却すれば注意ですませるかも。スキャンダルはごめんだし」

ましてて下田は金銭目的というより、個人的趣味で盗んだ気がすると久遠は言った。

「性格に難ありではあるけど、環先生や照映のデザインに傾倒はしてたんだ。売り払うより、コレクションしてるほうが、あり得る。まあそれもこれも明日になってみないと、だけど」

これでいやな話はおしまい、と彼は両手をあげる。そして、にんまりと笑った。

「にしても、勇ましいねえ、ミッフィー。っていうか危険？　凶器使っちゃだめだよ」

「そ、それは、とっさだったから……だっ、いたい、いたい！」

「おまえ、とっさで工具箱、ひとの頭に振り下ろそうとすんなよ」

疲れた声で照映が煙草をふかす。知らぬこととはいえ、やばかった、と冷や汗をかく未紘の頬に絆創膏を貼りつけた久遠が「なに言ってんの」と声を尖らせた。

「ぼくが止めなかったら、照映、工具箱で殴るよりとんでもないことしたでしょうが」

「それが金的かました人間の台詞《せりふ》か」

どっちもどっちだと未紘が遠い目をしていると、口の端に最後の絆創膏を貼られた。

「はあい、お手当終わりました」

久遠のきれいな指から解放された頬をさする。派手に殴られはしたが、さほど痛みはひどくないようだと思っていると、見透かしたように久遠が言った。

「殴り慣れてるやつのパンチじゃないから、腫《は》れもひどくならないだろうけど、ちゃんと冷やしなさいね。顔に湿布じゃきついから、冷えぴたとか貼ってるといいよ」

とりあえずはこれでも当ててなさいと、火傷《やけど》は日常茶飯事の職場に常備してある、アイスノンを渡された。タオルでくるんだそれを顔に押し当て、未紘はつい問いかける。

「久遠さんてもしかして、けんか、慣れとる?」

一見暴力的なことに縁のなさそうに見えるが、さきほどの蹴りにいっさいのためらいもなかったし、怒鳴りつける声はものすごく怖かった。んふふ、と久遠はあいまいに笑う。

「そのあたりのことは、照映に聞けば? ベッドででも」

だからそのあからさまな揶揄はやめてほしい。未紘が思わず赤面し「あう」と涙目になれば、苛立ちもあらわに照映が怒鳴る。

「久遠おまえな、そもそもは誰が、あいつ挑発したと思ってんだ」

「んん、まあ反省してるよ、誤解の多い言動でした」

両手をあげて反省ポーズを取ったが、久遠の顔は笑っている。舌打ちをした照映は、下田が久遠と未紘を誤解していることに気づいていたらしい。それを下田が必要以上に嫌悪していたらしいことも、だから注意していたことも、照映の言葉の端からうかがえる。

「だからやめろっつったろが、こいつをつつくのはっ」

「だってかわいいんだもーん。だいたい、なんでぼくがミッフィーかまっちゃいけないわけ」

笑いながらもなぜか挑むように照映を睨み、久遠が未紘の首に腕をまわしてくる。照映は不機嫌な顔をさらに歪め、怒鳴った。

「おまえと下田のとばっちりに未紘巻き込むわけにいかねえだろうが」

「逆だよ、鈍いな照映。ぼくが未紘に絡まなかったら、下田はもっと早くキレた」

ふっと短い息をついた久遠は、真顔になって照映をたしなめる。

「憧れの『照映さん』がかわいがってるってだけでも、あいつは未紘のこと目の敵にしてた。……自分が執着されてることに気づけないのって、秀島家の血筋かねえ」

未紘には意味不明のことをつぶやいた久遠に、「いま慈英のことは関係ねえだろが」と照映がぼそりと言う。なんのこと、と首をかしげる未紘に久遠はかぶりを振り、なおも言う。

「ぼくとしてはできるだけ、矛先こっちに向けようと思ったわけですよ。裏目に出たのは失敗だった。けど、おまえも経営者だっつうなら、もうちょっと目端きかせろ」

ぐっと息を呑み、なおのこと剣呑《けんのん》になった照映の表情に、未紘はあわてふためく。ふだんの照映ならば久遠の苦言にも耳を貸すだろうが、今日の彼は冷静とは言えない。

「あ、あの久遠さ……っ」

だが、未紘が止めるよりも早く、久遠はすうっと険しいオーラを引っこめた。

「まあね？　誰かさんが、ひとりじめにしたいから触るなっつうなら、話はべつだけど？」

ねえ、と妙にあやしい目線でやわらかく髪の一房をつままれた。覗きこんでくるきれいな顔にはやはり、どぎまぎとしてしまう。おまけに久遠はなんだか、いいにおいまでする。

「……おい待て、なんでそこで未紘が赤くなる」

「いや、だってなんかいいにおいが、……ひっ、あひゃ!?」

こんな美形に鼻さきで覗きこまれて、赤くならない人間はいない。そう言いたかったのに、久遠の指にうなじをくすぐられ、妙な声が出てしまった。そして次の瞬間には、身を乗り出してきた照映がひったくるように未紘を奪いとり、抱きしめる。

「ひとのもんに気安く触るなっ！」

テーブル越し、離さないと言わんばかりの腕にぎゅうぎゅうと拘束されて、息が苦しい。

強引に抱きすくめられたせいで、テーブルに腿をぶつけるし、正直いって痛かった。

けれど未紘がそのとき覚えたのは、胸が痺れるような嬉しさだけだ。

「なんで照映が命令すんだよ。ミッフィーはモノじゃないでーす」

「やかましい、おまえはもうコレに近寄るなっ」

けち、と口を尖らせた久遠が、ちらりと未紘を見る。目を見開いて真っ赤になっている小さな顔を確認し、くすりと笑った。

「あのさ。照れてんのか知らないけど、言葉の出し惜しみはよくないよ？　照映」

「……ひとのことに口出すな」

「ほーら、すぐそれだ。だから未紘が泣くんだよ……ねえ？」

久遠がにこっと笑った瞬間、ひゅっと喉の奥が音を立てて、瞼が熱く潤んだのを知った。

「ちょ、……な、なんで泣くんだよ、未紘。おい？　どうした」

殴られても犯されそうになっても泣かなかった未紘が、ぼろぼろと、子どものように涙をこぼす。照映のあからさまなうろたえに久遠は大笑いしたあと、未紘にささやいてくる。

「あっはは。あのね、ちっちゃいもんとかいたいけなの、弱いんだよ照映。もーめろめろ」

「……ふえ？」

「だから、きみがうちのドア開けたときには、どこからさらってきたのかと思った」

ぽかんとする未紘は、照映にまた乱暴に抱きこまれて、呼吸を止める羽目になる。

「こんな渋い顔してかっこつけてるけど、照映じつはかわいいもん好きなんだよねえ。そりゃもう昔っから。また、似合わないのわかってるから隠すし」

ぶふっと噴きだした久遠は、なおもけらけらと笑い続ける。未紘はふと、この工房にきたばかりの日の会話を思い出した。

――久遠さん。キャラクターグッズ、お好きなんですか。

――んーん。カワイイモノ好きは俺じゃないけど。

あれは照映のことだったのか。なんだか呆然としていると、照映が呻くような声を出す。

「いらんことを……っ」

「言葉足らずな照映さんの代わりに、補足してあげたんじゃん。たまには素直にいろいろ言ってやんな。ちっちゃい子には、わかりやすく、やさしくね。これ鉄則」

さらっと言いたして、涙ぐむ未紘の頭を軽く撫でた久遠は立ちあがる。

「さて、ぼくはデートですから去ります」

「さっさといけ……」

脱力しきった照映は、未紘の髪に顔を埋めるようにつぶやく。おかしそうに笑った久遠は去っていく間際、さらによけいなことを言い残した。

「あ、いちゃつくのはいいけど、ここではいかがわしいことしないでね。掃除大変だし」

「誰がするか、ばか！　いいからとっとと出ていけっ！」

照映は怒鳴り、未紘は真っ赤になる。だが久遠のからかいが、うっかり盛りあがりそうなふたりへの歯止めになったのは、言うまでもなかった。

＊　＊　＊

もうすっかり覚えた照映のマンションまでの道のりを、未紘はうつむきかげんにゆっくりと歩いた。街灯が照らす照映の長い影があちらこちらに拡がり、光が少なくなるとまたひとつにまとまっていく。

会社を出てからずっと、無言でまえを歩く照映の、広い背中を包む真っ白なシャツが目に明るい。黒に近いダークグレーの上着は、未紘が借りている。

びりびりにされたTシャツは捨てるほかなく、素肌のうえにジャケット一枚というのは少々着心地が悪い。おまけに、肩も袖もぶかぶかのそれはボタンを止めてもかなり妙だが、ひと通りも少ないし歩いて帰りたいと言い張ったのは未紘のほうだ。

夏仕様とはいえ上着は暑くて、べつに上半身裸で帰ってもいいと未紘が言ったところ、派手なキスマークつきの身体を指さした照映から、ものすごい顔で怒鳴られた。

——んーなエロい身体さらして歩くな、ばかっ！

(これつけたん、照映さんのくせに)

だが、所有のマーキングを他人の目にさらしたくないという気持ちはなんだかくすぐったかったので、だまって汗をかきかき、照映のあとを歩いている。

久遠が去ったあと、彼がからかったようなことは、もちろんしなかった。――まあ、ほんの十分くらいはキスされたけれど、そのあとは下田が放り出していった作業途中の机と、乱闘にごたついた部屋を片づけ、地金の整理と掃除にふたりで精を出していたのだ。

おかげで戸締まりを終えると、けっこう遅い時間になっていた。そのまま、無言の彼のうしろをずっと歩いている。会話はなにもないけれど、不安でもないし怖くない。

(だって、俺の、て言うてくれたし)

すくなくとも、独占欲を持つ程度には大事に思ってくれているのは知れた。胸がほこほこするような幸せを噛みしめ、影踏みのように照映のそれを追いかけていた未紘は、ふだんけっして振り返らない照映が、歩みをゆるめて待ってくれているのに気づいた。

「遅ぇぞ。どっか痛むか?」

「んーん。……となり、歩いてい?」

えへへ、と笑った頬は絆創膏のせいですこしひきつる。痛ましげに見やった照映の腕が、あまり色っぽくなく肩を抱いてくる。体格が違いすぎてほとんど引きずられながら、ふと思う。

顔じゅう絆創膏だらけでぶかぶかのジャケットを着た未紘と、やたら背の高い、不機嫌そうな二枚目の取りあわせは、はたからはどう見えるんだろう。

「なんだよ。にやにやして」

「いや、いまの俺らって、ひとからは、どげん見えるんかなあって。なんか、補導される高校生と刑事さんとか、先生とかかなあって」

想像したらおかしくなったとけらけら笑う、自分がすこしハイになっているのは知っていた。殴りあいの余波でアドレナリンが出っぱなしの未紘に、照映があきれた声を発する。

「強姦されそうになったたってのに、おまえはなにを、呑気な……」

「や、だからあれは勢いで」

「勢いだからやばいんだろがっ」

状況がどうあれ、あれは未紘にとってけんかでしかなかった。下田にしても魔が差しただけだろう。怖くはあったが、本気で犯されると思っていなかったので、照映の怒声にはきょとんとしてしまった。

「そがん言うたっちゃ、下田さん、ほんとにするつもりなんか、なかったろうもん」

「なんでそう、言いきれるんだよ」

照映は頭を抱えて、どうにもやるせないものを嚙みしめている様子だった。

「服、全部脱がされとらんかったし。じっさい見たら萎えるやろ」

つくもんついとるし、と小首をかしげた未紘に、照映の頰がひくりとひきつった。

「んなわきゃねえだろ、あほ！　おまえは自分の顔とか身体とか、もうちょっと自覚しろ！」

「みぎゃっ！」

べしっとはたかれて猫のような声で叫んだ未紘の身体は、強く抱き寄せられた。唐突なそれに「外です」と小声で抗議しても照映の腕はゆるまず、なお深く抱きこまれる。

「照映さん……なんか、当たっとうよ？」

腰に感じる感触に赤面して身をよじると、照映はぶっきらぼうに言った。

「おまえのせいだ。怪我なんかしやがって……くそ、このばか」

ささやいた声が唇に溶け、まずいと告げるつもりの声は照映に吸い取られる。後頭部を手のひらに包まれて逃げられず、けれど傷口を案じてついばむばかりのキスに、焦れる。

「ひととか、殴ったらいかんよ」

「おまえが言うか」

お互い未練たっぷりに唇を離してかすれた声を交わす。唇にじかに伝わる振動で、身体の芯から濡れてしまいそうだと思いながら、未紘は真剣に言った。

「照映さんの手は、造る手だけん、壊したら、だめ」

下田を視界に入れようともせず、最後通告の瞬間だけ睨みつけた照映がどれだけ我慢したのか、久遠に言われるまでもなく、未紘はわかっていた。骨折のことすら忘れて振りあげたという右手を両手で包んで、じっと彼を見あげる。

「俺のせいで大事な手、傷つけてしもうたけん。照映さんはこれ以上、俺のことでわずらったらいかん」

「わずらったらって……おい、未紘っ？」

自分でも、まるで別れをにおわせるような言いまわしになったとは思った。けれど照映が驚いたように目を瞠り、そこによぎった不安の色を知ると、意地悪だがすこし嬉しい。

「あの、そうじゃのうて。えと、自分のことは自分で、するけん、……思ってもいい？」

「……なにをだよ」

「照映さんも、ちょっとは俺が欲しいって、思っていい？」

あまくなる声と、頬に触れた指。うっとりしながら、不器用な言葉しか持たない彼の代わりに未紘が告げたそれは、やさしく細めた目に受けとめられる。

「ちょっと、どころじゃねえだろが。ばか」

「ん……っ」

閉じた瞼は誘惑だった。頬に触れた長い髪の感触に、痛む唇を開いて舌を誘う。さっきよりずっと強く求められ、もっと痛くしてもいいと広い背中に腕をまわす。

「年甲斐もねえっつのに、毎日サカらせてんのはどこの誰だ。エロ小僧」

「ふにゅっ、わ」

ねっとりと口腔を舐めたあと、照映は「負けた」と笑って鼻さきを軽く囓ってくる。

「ガラじゃねえけど。……ちゃんと好きだっつったら、もう久遠とべたべたしねえか？」

さらっと言われ、未紘は何度も目を瞬きかせた。はじめて見るすこし照れたような照映の黒く濡れた目に、吸いこまれそうだと思う。

「えっと、久遠さん、そこに関係あるとかな？」

それでも、本日何度目かの人生最高の幸福に、とぼけたことを言うのが精一杯で、案の定照映はあきれかえった顔をした。そのまま、左手でこんと頭を叩かれる。

「おまえなあ。俺が、自分の恋人がほかの男にぎゅうぎゅう抱きしめられるの見て、まったく平気な人間とか思ってねえだろうな」

「……こい？」

ぽか、と口を開いて間抜け面をさらした未紘の反応は鈍かった。おそらく、本当に照れつつ言ったのだろう照映は、次第に不機嫌になっていく。

「おい、なんだよその反応は」

おそろしい形相で睨まれたけれど、それすら未紘は認識できない。そして、あまりのことに思考を放棄した脳の代わりに、脊髄が勝手に言葉を紡いだ。

「俺、照映さんのコイビトやったんですか？」

「――あぁ!?」

とたん、あまやかだった照映の顔がいままでにない険を帯びた。やばい怒鳴られると思いつつも、妙な興奮と混乱に目のまえがくるくるまわって、未紘はわけがわからない。

「だ、だって責任取れいうから、それ、怪我治るまでかと思ってて っ」

「んなもん言葉のアヤだろうが、察しろっつっただろ！」

「そげんこつ言うたっちゃ、本気で相手してもらえとるとか、考えたことなかったもん！」

「なにが考えたことねえんだおまえ、何回俺と寝たんだっ！」

夜中に大声で言い争う話ではないのだが、照映も頭に血がのぼっているようだった。肩を摑まれて近くの壁に押しつけられて、痛いのに嬉しくて——もはや未紘は支離滅裂だ。

「き、気に入ってはもらえとっちゃろなーって、それでよかったしっ」

「鈍いにもほどがあんだろ。なにが気に入ってる、だ。その程度ですむか！　おまえじゃなきゃ、この怪我させられたときに、そのままボコったに決まってんだろが！」

「だってほんとに、相手してもらえるだけで嬉しかったもん！」

叫んだとたん、だば、と涙があふれた。ぼろぼろなんてかわいいもんじゃない、ものすごい勢いでぼたぼた落ちるそれに、照映はぎょっとなる。

「てめ、ここでまた泣くかぁ!?」

頭の中も顔もぐちゃぐちゃのまま、「ひぃん」と泣いた未紘はいやいやとかぶりを振る。あきらかにうろたえた声で照映は、なあ、と声のトーンを落とした。

「まさかと思うが、マジで惚れたのは迷惑か？」

「ひっ、ひっ……ば、ばかぁ……！　俺が、も……好きて、なんべん、もう……っ」

こっちは何回好きだと言ったと思っているのだ。しゃくりあげ、まともに言葉すらつむげなくなり、未紘は照映の首に齧りついて「ばか、ばか」となじった。

けれども、たったいちど、それも微妙にごまかしながらの言葉にさえ、くらくらしている未紘のほうが、きっとばかなのだ。

「すき、好き……照映さ、……んっ」

「未紘……」

涙にしょっぱくなった顔中をやさしい獣の仕種で舐め取られる。どんなに口づけても足りないから、急いた声を互いの唇でもういちど飲みこみ、キスをほどいた。

未紘の肩を抱き、歩き出す照映の早い足取りに胸が躍る。互いに無言で、それはすこしまえの穏やかな沈黙とは違う。口を開けばあふれそうな淫靡《いんび》な感覚を押しこめるためだ。

早くして、めちゃくちゃにして、うんと抱かれて突かれて、いっそ犯すようにされたい。

身体じゅうが期待でいっぱいで、未紘は照映の広い胸に、熱のこもったため息を落とした。

＊　＊　＊

いつものように照映の髪を洗う。けれどいつもと違うのは、照映は裸で、未紘も服を脱い

でいることだ。真っ赤になってあちこち目を泳がせていると、くくっと照映が笑う。

「そこまで照れんな。こっちが照れる」

「無理、言わんとって」

帰宅するなりベッドに連れこまれそうになり、暴れたせいであちこちが埃《ほこり》と汗まみれになった身体を洗いたいと言えば、「だったらいっしょに風呂に入れ」ときた。

「裸になるなんぞ、いまさらだろ」

ものすごく恥ずかしかったけれど、未紘の羞恥を鼻で笑った照映に、強引に連れこまれた。

大急ぎで身体を洗い、さきに出ようとしたら「髪洗え」「次は背中流せ」と命令が飛んできて逃げられず、いまの未紘は大きな身体をごしごし洗っている。

片手での入浴ではやはり、届かないところもあっただろう。左腕では届かない部分を泡立てたタオルでこすってやると、ときどき気持ちよさそうに目を細めた。

「あ、いた……」

汗が疵にしみると顔を歪めれば、湯にふやけた絆創膏を照映がそっと剝がしてくれる。

「腫れは、あんまりないな」

「すぐ、冷やしとったから。久遠さんのおかげ」

久遠の名前に、照映はむすっとした表情になる。そして、濡れた髪を鬱陶しそうに振りながら、喉に絡んだような声を出した。

「……ちょっと聞きたいんだが」

こしこしと肩をこすりながら「なに？」と見あげると、照映は口ごもった。

「まさか、とは思うけど、そうやって誰にでも好き好き言うんじゃない……よな？」

「はい？」

なんだか今日の照映は、予想外のことばかり言う。自信のなさそうな照映というのも新鮮だが、その問いにはさすがに少々むっとして、未紘は無言で大柄な身体を反転させる。

「背中、流しまーす」

「おい、未紘」

「本気でそれ言ってるなら、俺、照映さん洗ったら、速攻帰ってバイトやめます」

尖った声で淡々と言うと、押し黙る照映がおかしかった。そうして、妬いてくれているのだと思えばやはり悪い気分ではない。

「だいたいが、俺のこと好きだろうとか、自信たっぷりに言うとったじゃないですか？」

傲慢かつ不遜にも言いきって、未紘の幼かった気持ちを引きずり出したのは一体誰だ。強引に身体を開かされてから、一月も経っていないのに、もう忘れたのか。

未紘が口を尖らせていると、照映はぽつり、「久遠だからな」と言った。

「あれと張りあうのは、俺は、苦手なんだ。タイプが違いすぎて、勝てる気がしねえ」

照映は肝心の部分で鈍い。そういう発言が未紘を不安にさせるということに、まったく気づかない彼には、むっつり唇を引き結ぶしかない。

（そーやって、久遠さんのことばっか、特別扱いしとっと、わかっとらんとかね）

照映をして「勝てる気がしない」とまで言わしめる、久遠への微妙な気持ちはこのさきも消えないだろう。恋愛感情など彼らの間にないことは明白だが、つかみどころがなくうつくしい久遠のほうが、きっと未紘よりお似合いで、ずっと自然に照映の傍らにいられるはずだ。

（景色がいい、かあ。このふたりが並んどったら、たしかに眺めよかもんなあ）

ふっとその言葉が頭をよぎり、すこしだけせつない気持ちになった未紘は、広い背中に身を寄せた。指で泡を拭い、現れた褐色の肌をそっと舐めれば苦い。

そのまま、ためらいを殺した指を伸ばし、長い脚の狭間にあるものにそっと触れる。

「おい、未紘？」

振り向いた照映は、驚いた顔をしていた。かなり意地悪な彼だけれど、罪悪感でも覚えたのか、未紘に奉仕めいたことを強要したのは最初のいちどきりだ。

羞恥心を一枚一枚剝がされていくような行為には、もうだいぶ慣れた。ちゃんと触れたい気持ちも芽生えて、たぶん照映がそれを許してくれることも、もう知っている。

めずらしく積極的な未紘に、戸惑う照映がちょっとかわいく見えて、未紘は微笑む。

「洗う、から、触らせて……？」

照映のそれに触れると、未紘の手のひらがびりびりと疼いた。帰り道、キスの最中に押しつけられた熱は、明るい浴室ではごまかしようもなくあからさまで、たまらなかった。

「どうしたよ。えらいノリノリだな」

「ん……触ったら、いかん？」

「悪くはねえけど。……んじゃ、こっち、きな」

照映に促され、彼のまえにまわりこむ。シャワーで泡を洗い落とし、濡れた目で見あげたとたん濃くて熱い口づけに見舞われ、未紘はその熱を必死に煽った。麻薬のような唇に、痛みも忘れて応える。片腕を濡らさないようシャワーの外に出していた照映が、残った腕できつく強く抱きしめてきて、未紘の手からシャワーヘッドが落ち、タイルの床で跳ねた。

「ん、……ん」

狭い口腔でしごくように舌を出し入れされ、気づけば熱心にこすっていたそれと、照映の舌が重なる。唾液があふれ、何度も嚥下《えんか》したあと、どうしようもなく淫らな気分になった。

「舐め、てい い？」

潤んだ目で告げると、照映の喉がごくりと動き、手のなかのそれが大きくなった。

「おまえ、今日どうしたんだよ？」

「この間、だめって言った、けん」

腰を軽く支えている、硬く大きな手のひら。肌に触れるそれだけで息が切れ、このままではもう身体が溶けてしまいそうで——だから早く、と急いた気持ちになる。

「いいよね……？」

答えを待たず、腕をすり抜けた未紘は照映のまえに膝をついた。大事に両手で包んだそれに、緊張で震えた唇をこすりつける。

「っおい、ばか、無理すんな」

その瞬間、高揚からあふれた涙に、照映は苦い声を出した。髪に指を差しこまれ、剝がそうとした動きを、首を振って制し、違うと未紘は涙声で言う。

「いやで泣いとるんと違う、……俺、おれ、こんなところまで、照映さんが、好き」

喉を鳴らしてしゃぶりつけば、くっと頭上で息を吞む音がした。感じてほしくて慣れない舌をまといつかせる。やりかたなどわからず、ただ懸命にがむしゃらに彼を舐めまわした。

小さな舌でひくつくそれを撫でまわし、おっかなびっくり口に含むと潮の味がする。

（う、覚悟しとったけど、でかい）

照映のそれは未紘の口には持て余し気味で、傷に障るから先端しかくわえることができない。けれど怯むどころか、感じてくれているのが嬉しくてたまらず、くんと吸いつければさらに膨れた。

（びくびく、して、おっきくて、熱い）

これがいつも未紘に入って、動いて、たまらない感覚をくれているのだと思うと、膝立ちのままの腰が自然と揺れてしまった。

「んー……っん、っん、んふっ」

口腔が感じるのは照映のキスで教えられていたけれど、舐めるという行為は予想外に気持ちよかった。こんなことまで快感と感じる自分はおかしいのだろうか。ちらりと見あげた照映と目があってしまう。未紘が真っ赤になると、照映は悪い笑みを浮かべた。

「あに、しょうえ、さ、……んふぁっ……!?」

「そのまま、続けろ」

突然、ぐいと頭を押さえられ、もう一度含まされる。舌をはじきそうなくらいにどくどく震えるそれにもがくと、未紘の性器が足の指で軽く踏まれ、きつく強ばった。

「んっうんっ！　ふぁ……んっう、やら、ぁ！」

「硬いぜ？」

下手に動けば踏みつぶされそうで、怖い。それなのに照映は、長い足指を絶妙な力かげんで、そわそわとこするように蠢かす。かと思えば全容を足の裏で転がされ、倒錯的なそれにぞくぞくする。屈辱的で、そのくせ感じて、未紘は思わず逃げを打った。

「んー……っも、しょ、え……あ！　……いたっ」

顔をあげたとたん、唇から外れた照映の屹立に頬をはじかれる。切れた唇にぴりっと染みて、頭にきたと睨みつけると、照映が「お？」と面白そうに眉をあげた。

「降参しねえのか」

「せん！　ぜったい、口でいかせてやる！」

ひとしきり舐めまわして覚えた照映の感じる場所をすすり、あま噛みし、手も使った。全部を飲みこめない大きさと格闘したが、一向に終わらない照映に、口が疲れてきてしまう。

（へたなんかなあ……）

なんだか情けなくなって、がんばったのにと悔しくなり、未紘は涙目になる。

「うえ……っん、や……ふ」

「未紘、もういい」

べそをかきながらの口淫にさすがに苦笑した照映は、湿った髪を長い指で撫でてくれた。けれど、犬の子でもかまうように、引き起こされて頭を撫でられても嬉しくない。

「なんしね、なんし、いってくれんのっ」

「よしよし……いって、噛むなっ」

癇癪を起こしたように肩に噛みつけば、痛いと言いつつ笑うからいっそ憎たらしい。

「もう、せん……っ下手なん、どーせ……っう」

「ばか。口切れてるくせに無茶すんな。雑菌入ったらどうする。だいたい食いきれてねえし、痛いんだろが」

ぺろりと傷口を舐められ、「それでもいいのに」と未紘はうなる。

「気になって無理だっつの。我慢させてまで出してもしょうがねえだろ」

「……そう言うばって、さっき頭押さえたの、誰ね」

「まあそこは、あれだろ、ノリで」

目を逸らした照映の言葉になんだか納得がいかないのは、道理だと思う。だがさらなる抗議をするより早く、ぐずる唇に深く舌を含まされ、濡れた尻を摑まれた。

「どうせ突っこむなら、こっちがいい」

「んぁ……っ」

「入れさせろよ、未紘。奥まで突っこんで、めちゃくちゃにしてやる」

キスを深くされてしまうと、小さな苛立ちもなにもかもわからなくなる。形よく盛りあがった肉の狭間に這う器用な指。うずうずと期待に揺れる腰が、照映のそれとこすれあう。どうにかして欲しくてたまらず、このまま——としがみついたら、突然、キスが終わる。

「え、なんで」

「これじゃ、な。……指がもう、ふやけそうだ。場所変えるぞ」

そして未紘は、ビニール袋でぐるぐる巻きにした手を振る照映の、余裕顔を睨むしかできなかった。

寝室に移って、濡れた身体を組み敷かれ、広いベッドで思いきり開かれた脚の間に入りこんだ照映の腰が、ゆらゆらと蠢いては未紘を追いこんでくる。こめかみが疼くほどの激しい脈に痛むのは、すこし腫れた唇の端だけ。泣きよがっては逃げようとするたび、肩のうえに抱えられた脚を押さえて引き戻された。

「んっ、んー……っしょ、えい、さん……っいっぺん、したらっ、い、いや、いやっ」

さんざんに抉られながら濡れそぼった性器を手のひらでもみくちゃにされ、いやだと未紘は泣きじゃくる。だが照映はとりあわず、余裕の顔で腰を使った。

「いいんだろ？　嘘つくな、ほら……ん？」

照映は笑いながらぎしりとスプリングを軋ませ、深いところを突いてくる。もうまともな言葉が紡げない。口もとにあてた指を噛み、ろれつのまわらない声で未紘はかぶりを振る。

「やっ、や……いいっ、い！　だめだめだめっ」

「だぁから、どっちだよ」

「っふ、そっち……っ」

あきれ声で問われた内容は、イイのかイヤなのかと問うていたのだが、朦朧とした未紘は完全に意味を取り違え、つながった部分を震える指で撫でた。

「ここがいい、ここ……んっ、んっ」

「……おまえ、わけがわっかんねえな、未紘」

触れた自分の指に感じて身をよじると、頬を引きつらせた照映が呻いた。涙でかすんだ視界に映るなんだか複雑そうな表情は、なかば吹っ飛んだ思考でも認識できた。

「う、ん……なにが？」

あどけなく問う未紘は無意識に誘うように腰をくねらせる。ふるりと照映は頭を振った。散る汗と、痛みでもこらえたようなその仕種が猷めいて卑猥だ。ぞくりときてまた腰を震わせれば、照映は片目だけ眇めて笑い、ぺろりと舌なめずりする。

「いや、いい。いまさら責任感じるガラじゃねえし……どうせなら、楽しむか、なあっ？」

「あっ、あっ……あふん！」

言いざま、立て続けにずんずん、強く突かれた。深く飲みこんだ照映がひくついて未紘を困らせるのに、天井を仰いだ照映は喉奥で押し殺したような声を出す。

「う……っとに、あんまいじめんな、未紘……っ」

「いっ、いじめって、な……っふあっ⁉」

こっちの台詞だと言おうとしたのに、今度は持ちあげていた脚を引きずられて身体を横倒しにされた。逃げかけた動きも全部利用され、体内をよじらせた照映が熱い。

「なん、なんすっと、この格好、なにっ——あは、あ……っ！」

そのままぐっと押しこまれ、はじめての刺激に震えた未紘は射精する。急な絶頂にめまいを感じ、快いというより苦しく、ただしゃくりあげるだけしかできない。

「たく、勝手にいきやがって。俺はまだだぞ、おいてくなっつうの」

「まっ……て、待って……っあ、やっ、あっ……はぁっはっ、はっ」

舌打ちした照映は、悩ましげな律動をやめなかった。よじれた体勢からの突きあげが、いつまでもやまない射精感を送りこみ、未紘はがくがくと全身を痙攣させた。

(だめ、だめ、やばい壊れる、あ、あ、あ、あ)

いけない、これは知らないものがくる。いままでの気《け》だるいようなあまい感覚だけでなく、なにかもっとすごいものが未紘を犯してだめにする。もう怖い、と本気で未紘は悲鳴をあげ、必死にシーツをずりあがるけれど、照映の腕から逃げられない。

「逃げんな。いいんだろが」

「ひっあ、あっ……あ!」

さらにずれた身体を、真横から犯される。頭に火花が散り、身体に連れて揺れている性器をきつく握りしめたのは、なにかから感覚を逸らしたかったからだ。

「あーくそ、吸い取られそ……ほら、こっち向け、未紘」

ふっと短い息をついた照映が、うわずった声でつぶやきながら卑猥に腰を動かしている。

舌は上唇を舐めたまま、にやりと笑って未紘の顎を摑み、目をあわせてくるのはわざとだ。

「見てろよ、好きだろ?　ほら、なあ?」

「いっ……いや、いや、ひあ、あん、あんっ」

ずるい、と泣きじゃくりながら、獣じみた目を見つめるしかできない。セックスのときの照映は、ぞっとするほど色っぽくて、かっこよくて、見ているだけで感じる。

「っ、面倒くせえな、もう」

身悶える未紘に、反射的に伸ばした右手。うまく動かないそれに舌打ちした照映は、包帯が湿ってゆるみかけたのを見て取るや、歯にくわえてほどいてしまう。

「ん……んっ、く……う、く、るっ、もうやめ、やめ、て、おねが、あっ」

「もーちっとだっつの。こらえろ」

照映は包帯の端を口にくわえ、くるくるとほどく合間も淫蕩な動きをやめなかった。やがて二本の指を固定したテーピングだけを残し、口の端に残った布を吐き出す。ぼやけた視界に白い包帯が突然飛びこんできた未紘は驚き、身を起こそうとした。

「え……な、なんしよっと……包帯、取ったらいかんてっ」

「うっせ。ほら、こっちこい」

未紘が咎めるように腕を摑むと、反対に引き寄せられる。勢い、膝のうえに乗りあがる形になった未紘は結合部にまともにその重みを乗せてしまった。

「ひ——う、あんっ！　……っ！」

がくりと首が折れて、無意識の腰がもっとと揺らめく。照映を吸いこみ、包んで締めつけ、波打つように蠢くそこが濡れて膨らんで、感じる。

「あー……あ、あ、いや、止まらんっ……止やめて、とめてっ！」

自分でも制御できず、忙しなく腰を踊らせて泣く未紘に、だが照映は笑うばかりだ。

「すげえな、そんな腰使って。いいんだろ？」

「んふうっ、い……っか、ら、とめ……っ」

言葉と裏腹、欲しい欲しいと訴える蠢動は未紘を高ぶらせ、照映の唇と愛撫を求めた。

濡れたやわらかな唇に耳朶をやわやわ噛まれ、つながった場所を指のさきでそっと掻くようにいじられる。熱を持てあます未紘の性器は頼りなく揺れ、どこかにこすりつけたくてたまらずにまた、跳ねあがる腰。

「あーっ、あっ、あー……！」

「すっげえ声だな、未紘」

意地悪に笑う声も、ぜんぶぜんぶ欲しくて、溺れてしまいたい。けれど、乳首を押しつぶす、幾重にもテープを巻かれた硬い板の感触が、未紘を正気に引き戻す。

「しょ……照映、さん、照映さん、み、右手、だめ……っ」

「んなこた、どうでもいい。それよか、もっと動けよ。ほら、腰あげろ」

よくないと泣けば、無骨な板で未紘の小さな胸をぐりぐりと押しこんでくる。体勢のせいで、いつものように彼の身体に触れられないのがもどかしい。

「あとはどこ欲しい、未紘……？」

「う……っん、ん、ここ……」

わかっているくせに、照映はやっぱり意地が悪かった。指で示してもお願いとねだっても、ちゃんと言葉で言えとまたそのかすだけで、未紘が言うべき言葉を耳に直接ささやいてくる。このスケベオヤジと涙ぐみながら、根負けした未紘はあえぎ混じりについに言った。

「も、あそ、あそこ……ん、ちん……さわっ……さわ、ってぇ」

告げた瞬間、顔が火を噴き、乱れる身体が薄赤く染めあがった。あざやかな変化に目を細めた照映がようやく指を触れてくれ、未紘は髪を振り乱した。

「これか？」

「うん、うんっ。そこ、こす、こすってっ、うんと入れて、いっぱい……っあぁあ！」

ねだったとおり、こすられて入れられて揺さぶられて、告げたそれ以上に肌を嚙られる。咀嚼《そしゃく》に似た音を立てる身体の奥、舌なめずりするような動きで照映を舐めすすり、吐息を塞がれた唇の奥にかすかに呻く声を飲みこむ。

（照映さん、感じてる？）

朦朧と恋人の最後の声を感じながら、この小さな声が欲しかったと誇らしく思う。

未紘がなにひとつ勝てない彼を、この瞬間だけは自分のものにできる。だから精一杯に身体を開いて、どうかこの頼りない腕のなかで鳴いてほしいと抱きしめる。

「っ、あ……いっ、いって、照映さん、いって……っ！」

未紘はいいから、いつでもいいから、好きにして、遊んで、使って、――溺れて。

「……っ」

ぐ、と未紘の身体に照映の指が食いこむ。肌を震わせる照映の熱は、慟哭《どうこく》のように激しく震えて未紘を濡らした。

「未紘……」

ぽつりと、照映が名前を呼ぶ。あたたかな感触、背筋から這いずった甘美な震えに、未紘もまた気の遠くなりそうな官能を知った。沈むさきは、痛いほどの抱擁をくれる長い腕と広い胸で、壊れることもなにも怖くはないのに、どうしてか、涙がこぼれる。

あたたかくやさしいその雫には、痛みはかけらもなく、ただ照映を映して静かに頬を流れていった。

＊　＊　＊

月が替わり、暦のうえでは秋になった。

いまだ残暑は厳しいなか、『KSファクトリー』では中途採用者の面接が立て続けにあり、ソファに大柄な身体を沈ませた照映が、うんざりと唇を歪めていた。

「まったく、ろくなのいやしねえ」

吐き捨てる彼に苦笑しつつ、グラスを差し出した未紘は、開け放したドアから久遠にも声をかけた。

「お疲れさまでーす。久遠さんも、アイスコーヒーどうぞ」

「んー、ありがと」

未紘が発掘した、照映の古いデザイン画と睨みあい、ワックスで原型を作っていた彼は、ハンダゴテのスイッチを切って立ちあがる。疲れたように自分の手で肩を揉みながら、ソファに腰かけた久遠は、ひとり減った工房を眺めて嘆息する。

「照映、贅沢言わないで、早く新人さん採ってくれないと、困るよ？　このままじゃ通常納品でも立ちゆかないよー」

「わかってるっつの。……くそ、こいつもか。なんでこう芸大が多いんだ」

送られてきた履歴書をめくりつつぼやく照映に、コーヒーをすすった久遠は冷たく言う。

「またそういう偏見捨てなって。だいたい、芸大受かったくせに自分で蹴ったのは照映の選択でしょ。それに慈英くんだって同じ大学でしょうが。あんまり言うとひがみっぽいよ」

「誰がひがんでるっつうんだよ！」

毎度の口論にはすっかり慣れたが、照映が芸大に受かっていたとは知らなかった。

（やっぱ、ぜんぶは話しちゃくれとらん）

ちょっとだけ拗ねた気分の未紘は無言で久遠の背後にまわる。固まった首に手をやると、振り向いた彼はにっこり微笑んだ。

「あ、ミッフィー肩揉んでくれんの？　ありがと」

いいえ、と未紘も微笑み返す。しなやかな首は気の毒なくらい凝っていて、未紘は「いろいろあったもんなあ」と思いながら、せっせと細い肩を揉み撫でた。

下田は、久遠の読みどおり、盗んだ数点の商品を自宅のコレクションにしていた。警察沙汰は許してほしいと父親に土下座までされ、モノを返したので表面上お咎めはナシ。ただし、業界への注意勧告はするということで話はついた。盗癖のあるクラフトマンなど誰も雇いたがらないから、実質的にはいちばん厳しい罰だったのだろう。

照映の怪我は、平能《ひらの》医師の言ったとおり、一ヶ月で完治したが、『環』本社での出向だけでなく、定例会議に引っぱり出されることが増えた。どうやら下田の盗難騒ぎ以来、本格的な連絡システムの見直しをはかることになり、偉いひとたちと侃々諤々《かんかんがくがく》しているらしい。

おかげで制作は久遠の細い肩に一手にのしかかり、最近の彼の疲労はひとしおなのだ。

「俺がもっと、手伝えたらいいんですけど」

「なに言ってんの、ミッフィーはよくやってるよ……あ、もうちょい右。あー気持ちいー」

未紘のアルバイトはいまも続いているが、メインはパソコンの入力や作業の下準備などの雑用だ。一時的には未紘を職人に育てるかという話も出たが、不器用な未紘が壊滅的に向いていないことは、すぐにわかった。

それに、未紘の夏休みは九月のなかばまでだ。大学がはじまれば講義を終えた昼か夕方、休講日しかアルバイトにこられなくなるため、いずれにしても戦力にはならない。

となれば未紘が請け負っていた雑務も照映と久遠に跳ね返るため、なんとか未紘の休み明けまでに新人を——と躍起になっているのだが、これがなかなかむずかしい。

「どうせすぐに使えるのなんかいないんだから、こうなったら性格重視でいいじゃん」

未紘に肩を揉みほぐされながら久遠が言うと、照映はじろりと未紘を睨んだ。

べたべたするなと、険のある視線は語りかけるが、未紘は知らないと顔を背けた。

（まだ、怒っとるっちゃけん、もー、しらん！）

最近知ったのだが、照映はどうもくどいほどにヤキモチを妬くタイプらしい。

——なんで新人さん、いつまっでん決まらんと？

——またおまえが襲われたらたまらんから、吟味してる。

というやりとりはさすがに冗談だったようだけれども——問題は、そこではない。

「ありがとねー、もういいよ。ところでミッフィーさあ」

「なんですか？」

細いが長い腕をうしろに伸ばし、わしわしと頭を撫でた久遠は、笑顔で爆弾を投下した。

「相変わらず電車通勤でしょ、どうなのそのあと、痴漢のほうは」

問いかけられた瞬間、向かいに座る照映の肩が尖り、びりびりとしたオーラを発した。

「どう、ってなんがですか」

青ざめつつ、照映との昨晩の大げんかの種になった問題を、けろんと口にした久遠は、邪気のなさそうな顔で未紘を振り仰ぐ。

「朝もぷりぷりしてたから、またお尻撫でくりまわされたのかと思ったんだけど？」

今朝は照映の家に泊まったため、徒歩でここまで歩いてきた。つまり未紘の尻を撫でまわしたのは痴漢ではなく、目のまえの男であると、いっそ言ってしまいたかった。だが未紘は眉間にだけ不機嫌な色を乗せ、あえてにっこりと笑ってみせる。

「最近はもう、慣れたから平気です」

昨晩、照映に目くじらを立てさせたのと同じ台詞を口にする。とたん、ぎろりと睨まれたが、知るものかとなおも続けた。

「べつにどーってこともないですし、もう。ケツのひとつやふたつ、好きにしろですよ！」

強がりではなく、ただの事実だ。照映にされていることに較べれば、服のうえから撫でられたところで、どうということもない。そしてそんな自分は、ちょっぴりすれたオトナになっちゃったのかなと、未紘は少し遠い目になる。

だが、あっさり気にしなくなった未紘と正反対に、照映はいちいちぴりぴりするのだ。

――気ぃゆるめんなよ。触られて、うっかり感じたりすんじゃねえぞ。

あげくのはてには真っ最中にそんなことまで言うから、未紘は本気で腹を立てた。もうしない、と突っぱねれば捕まえられ、ふだんの数倍意地悪にされ――まあ、よくなかったとは言えないけれども——気持ち的になんとなく収まらない。

（あんなん、好かん。揚げ足取って、ねちねちいじめてから、あ、あんなこつ……）

しつこかった照映を思い出し、未紘は徐々に赤くなる。

——痴漢にイかされたりせんってば……っ。

——ほんとかよ？　こんな敏感で、どこ触ってもびっくんびっくんするくせに。

追及されると、未紘の反論はいささか頼りなく揺れた。まだ照映とこうなるまえ、彼の手を痴漢に重ねて感じてしまった自分が、やましいからだ。

——なんで黙る、未紘。

それが照映を躍起にさせたのもわからないではないけれども、にっこり笑った照映のこめかみには、ぜったいに青筋が浮いていた。

（怒るとしつっこいんやもん……だったら試してやるとか言うて）

なんのかんの言い訳をつけて照映が行った『実証』は、痴漢プレイとしか言いようがない。

壁に手をついて立ったまま入れられ、あまつさえ濡れた未紘を壁紙にこすりつけていじめてくれた照映は、けっこうちょっと危ないプレイが好きかもしれないからまずい。

——ほら、いいんだろ？　ぬるぬるして、ほんとに感じねえの？

耳を嚙みながら言葉でまでいじめられて、照映さんしかやだ、照映さんのがいい、照映さんのおっきいのダイスキと、しゃくりあげながら言わされ、自分から腰を振らされた。

（ぜ、ぜったいあれ、最初からするつもりやった……っ）

顔をしかめつつ赤くなる未紘と、ますます機嫌が悪くなる照映のふたりをおもしろそうに眺めていた久遠が、「ふうん」とつぶやき未紘の手首を取る。

「なんかわかっちゃった。……こゆこと、でしょ？」

「わっ」

「――なあっ⁉」

んちゅっと手の甲に口づけてくる。あわてた未紘と反射的に立ちあがった照映に、久遠はにっこりと、見惚れるような笑みを向けた。

「照映、わかりやすいよ」

「てめえなあ……っ」

「ちょぴっと触っただけで怒るくらい好きなら、素直にやさしくしてやりゃいいじゃん」

にやにや笑う久遠を睨みつけたあと、無言で照映は立ちあがり、制作室に向かう。派手な音を立てて閉まったドアに吐息した未紘は、手首を摑んだままの久遠を殴るふりをした。

昨晩、照映をなだめるために未紘は身体を張ったというのに、これではまた振り出しだ。

「どげんすっと、まぁた怒らせて！　あとで面倒なん俺ですよっ」

「ごめーん。だって照映、おもしろいんだもん」

間延びした声で謝られても誠意を感じない。顔をしかめると久遠は苦笑した。

「許してやんなよ。男のヤキモチってうつくしくないし、過保護なのかもしんないけどさ、ああいう現場見ちゃって、責任感じてもいるんだろうし」

やんわりとした口調で下田の一件を示唆されて、未紘は口ごもる。

「だってもう、俺、気にしとらんし。べつに、傷ついたりしとらんとに」

「ああいうのは、目撃したほうがショックなの。ぼくであれだけ腹立ったんだから、照映なんかその倍でしょ？　おまけにぼくが蹴り入れちゃったから憂さも晴らせてないうえに、責任者として、いろいろ考えちゃってたみたいだし」

「それは……」

しゅんとする未紘の鼻をつついて、久遠は「そんな顔しなさんな」と言った。

「照映は、ファンは多いけどマジで惚れてくれる子少ないし、あれでけっこう純情なとこある、……ってまあ、ぼくが言うことじゃないか。未紘がいちばんわかってるんでしょ」

口を尖らせつつうなずいた未紘は、ふと問いかける。

「下田さんもファン、って言ってたけど。なんか、いかんとですか？」

本来、好意を持ってくれるひとを示すはずの単語だが、久遠はあまりいい意味では使っていないらしい。なぜだと覗きこめば、彼はくすりと笑った。

「照映の見た目って、中身と合致してるとこと、そうでないとこのギャップ激しいっしょ。それこそ未紘にだって見えちゃうくらい、はっきりしてんだけどさ」

未紘、と呼ばれてすこし、背筋が伸びた。久遠はそのけぶるような目をそっと伏せる。

「どうも、作品と外見からのイメージで、夢持たれちゃうらしいんだよねえ。おまけに、実像とのずれを感じると、勝手に失望されたり。ぼくは、そんなもんほっときゃいいと思うんだけど、照映は期待に応えられない自分に落ちこむんだよね。プライドの塊だから」

久遠の目は穏やかで、すこしだけうらやむような色を載せていた。

「それでもあいつは最終的には、誰かの理想を裏切らない自分に『なっちゃう』し、痛いとこも全部、隠して飲んじゃうんだ。すごいと思うけど、そばで見てるとしんどいときもある。未紘は、慈英くん……十三歳の天才少年の絵の話、聞いた？」

こくん、と未紘がうなずくと、なぜか久遠はとても嬉しそうだった。

「いまでこそあっけらかんとしてみせてるけど、当時はズタボロだったよ。だからぼくは、慈英くんダイキライ。本物の天才なんか、世間の害悪だよ」

「そ、そうですか」

久遠はきれいににっこり笑って言う。つまり「ダイキライ」は心底の本音だということだ。

だんだん久遠の表情が読めるようになった自分が、未紘はすこし複雑だった。

「でもそれ言うと照映怒るし、ぼくに哀れまれるのは、あいつすっごい、いやがるしねえ。面倒くさかったんだよね、正直いって」

照映を知り尽くした久遠に、未紘はなにも言えなくなる。だが、落ちこみそうな未紘の心を掬《すく》いあげたのも、久遠の言葉だった。

「あのね。照映が自分から、慈英くんの話をしたのは、未紘がはじめてだよ」

「え、だって……久遠さん……」

「俺は、横で知ってただけ。成り行き、知っちゃったせいで照映はいまだにいやがってる。

——ついでに言うと頼むから妬かないで、ぼくは本命いるし、女性が好きですからね」

久遠は未紘の頬をごく軽くはたいたあとに、みにょんと引っぱってすぐに離す。

「完璧主義で、熱出すまでバランス崩せなかった照映が、熱血ウサギのおかげですごく、わかりやすくなったよ。いいことだ。それだけでも、未紘に感謝してる」

「……俺?」

「大事なものにおろおろするような、そういう人間はとても、良質だと思うよ。……だから、いっておいで」

制作室のドアを指さし、久遠は「すこし早いけどお昼にします」と立ちあがる。

エプロンをはずす細い指が、一瞬ひどく儚《はかな》く見えて、未紘はせつなくなった。

久遠に言われた言葉たちが、とてもきれいでとても重くて、それでも嬉しいと思いながら未紘はその細い背を見送った。

もしも久遠の言うとおり、照映が未紘と出会ってすこしでも楽になったなら嬉しい。そして、完璧主義というならば、あのうつくしい彼もそうだろうと思う。

(久遠さんは、バランスを崩せる相手、おるとかな)

不意にそんな思いに捕らわれた未紘の目には、すこしだけ久遠の背中が寂しく映る。自分が満たされて傲慢になっているような気がして、思わずその背に呼びかけた。

「久遠、さんっ」

「ん?」

「俺ね、久遠さん、めっちゃ、好いとうからっ」

「……こら、言う相手が違うでしょう」

振り向いた久遠は苦笑して「でも、ありがと」と言い、ひらんと手を振った。

彼の背中でぱたりと閉まった玄関。しばらく見つめたあと、未紘はそっときびすを返し、すこし重い防音のドアに手をかける。

作業中かと思った照映は作業台に履歴書を広げ、熱心に眺めている。むずかしい顔で検討している姿に、未紘は一瞬声をかけるのをためらった。しかし気配で照映が、ふっと顔をあげる。目つきだけは仕事中のままに鋭いが、さきほどのような険はない。

「なんか用か?」

「んーん? 履歴書?」

「ああ、条件にあいそうなのはこれくらいか」

すこしほっとしてその手もとを覗きこめば、顔写真には髪の長い女性の姿がある。年齢は久遠と同じだが、経歴はかなり変わっている。有名私立大学を卒業したあとにインドを放浪、その土地で魅せられたジュエリーを作りたいと宝飾の専門学校に入り直し、今年夜学で卒業。白黒写真のきりりとした顔立ちは、情の強そうな性格を物語っている。

「この女のひと、なんかすごくなか？」

「この業界は、基本的に女のほうが腰座るからな。ひとくせもふたくせもありそうだが」

苦笑しつつ、「連絡を入れるか」とつぶやいた照映は、それをより分けた。

ふっと息をついた彼は、煙草を吸いたいときの癖である、人差し指で唇をなぞるアクションをした。未紘の好きなその仕種は、いつでも小さな痛みとときめきを覚えさせる。立ちあがりかけた照映の肩を押さえると、彼は不思議そうな顔をした。

「おい？　なに……」

未紘は、煙草にその心地よい唇を塞がれるまえにと、唇をそっと吸いあげる。じん、と痺れて、軽いからこそあとを引くような口づけはこれ以上は深くできない。

「……会社だぞ、って怒らんの？」

「ばか」

ここは照映の大事な場所だから、そう思って離れかけた未紘の身体が、完治した両手で膝に抱えあげられる。

嚙みあわせるような角度で唇を塞がれた。だめ、と弱くもがいた指は、けっきょく肩にすがってしまう。長く味わうキスをほどく瞬間、絡み合っていた舌が互いの唇から覗いた。

「いじめて、悪かった」

「ん……も、いい」

大人げない態度を謝ってくる照映に、ふるふると首を振ってしがみつき、相変わらずタオルを縛った頭を抱きしめる。ふだん、くせのある髪で隠れている耳にそっと口づける。

じつのところ、未紘がいちばん好きなのは、こうしてただ抱きあうことかもしれない。

お互いの弱さとか、幼さ、ずるさという不純物も、なにもかもを包みこんでしまえば、ときを経ても変わらないあの貴石のように、あざやかな景色になれるだろうか。

「ずうっと、こうしてたい」

頬をすり寄せ、不安定な体勢を支える腕にうっとりすると、もういちど引き寄せられた。

今度はあきらかに官能を探るやりかたで舌に触れられて、照映の脚をまたいだ未紘は、じんと走ったあまい痺れに小さく震える。

(ずっとここで、こうして、照映さんと……いたい)

まだ出会って日も浅い。頼りない照映とのつながりを、結晶のように時間をかけて、すこしずつ育てていきたい。けれどもいまはただ、心配をかけるばかりの自分がいる。

傷つけたくないと、護ってくれるのは嬉しいけれど複雑だ。きっと照映がくれるものならば、傷さえも誇らしくあるだろうし、なにより未紘はけっこう丈夫でタフだ。

だからなにも、怖くないから、そんなに大事にしないでいい。乱暴に扱ったって、ちょっとやそっとで壊れるような宝石《タマ》じゃない。

「時間は？」

「あと五分くらい、かなあ」

壁かけ時計に顔が向いた未紘に問いかけ、じゃあもうすこしだと抱きしめられる。

強くてやさしい、器用な照映の指が好きだ。

魔法のような技術を持ったこの指が、あっという間に未紘を変えた。黒く汚れて、それでも爪だけはなめらかに輝く、生きざまを表すその指を、未紘はそっと取りあげる。

もう痛々しかった包帯はないけれど、まだすこし感覚の戻らないらしい右手は、未紘が誤って傷つけた。夏の間じゅう覆われていたせいで、ほんのすこしほかの指より白いそれが、昨晩どんなに淫らにこの身体を掻き混ぜたのか——思い出すだけで熱くなる。

両手で腰を摑まれ、逃げるのを許さないと言うように深く彼につなぎ止められ、いやだと泣いているくせにぐねりと蠢いた、自分の身体があんなに卑猥に動くことなど知らなかった。

これからもっと、きっと、この指に知らない自分を引きずり出される。身体も心も、どこまでいくのか。すこし怖いと思うけれど、淫らで真摯な飢餓感に抗えない。

「変なこと思い出したろ」

染まった頰に揶揄を向けられ、「違うもん」といちどは否定した。けれど額をあわせて覗きこまれ、そっと腰を揺すられると、小さな声で白状してしまう。

「やらしいこと、ちょっと、思い出した」

「……今日も持って帰るぞ？」

脅すように言ったのは照れ隠しだろう。未紘が潤みかかった目をひたと向けると、照映が小さく息を呑む。ふらりとまた、唇が重なろうとした——そのときだ。

「無駄にいかがわしいよ、この部屋の空気。会社ではやらないでって、言ってるのになあ」

あきれ返った久遠の声が響いて、未紘は膝から飛び降りる。

「おおおお、お帰りなさいっ」

「久遠……わざとだろ、いまの」

「わざともクソも、ぼくが出てってからどんだけ経つのよ。四十分もいちゃついてたの？」

額を押さえた照映が、眉間に皺《しわ》を寄せる。それこそわざとらしく「やれやれ」と吐息する久遠には、さきほど未紘が感じた寂しそうな気配はかけらもない。

「新人さん入ってきたら、風紀は正してね？　きみらの気配、セクハラだよ、すでに」

自分のことを棚にあげる久遠にまたぺたりと貼りつかれ、未紘は深くため息をついた。

「だからおまえ、いやがらせに未紘触るのやめろつってんだろ！」

「えー、いやがらせじゃないよう。ミッフィー抱き心地いいんだもん」

（なーんか、この調子なんかなあ、ずーっと）

今度入ってくる新人は、果たして久遠と照映と未紘の、誰と誰ができていると思うだろうか。どうも男三人にしては過剰すぎるスキンシップに、すっかり慣れた自分を未紘は笑う。

（ま、よかろ。楽しかけん）

毅然とかっこいい照映と、きれいで鋭くやさしい久遠。このふたりに挟まれてきっと、自分はもっと磨かれるだろう。いつか彼らに追いつきたいと、素直にまっすぐ憧れ、追いかけていれば、それでいい。

明るい景色のなかに溶けこんでいるその笑みが、夏の名残のようなあざやかさであることを、未紘だけが知らない。

「だから、なんでそこで笑う、未紘！」

「えー？　嬉しいからなんじゃん？」

護る手と創る手を持った大人ふたりは、やわらかく未熟な貴石に眩しげに目を細め、それぞれの熱量とやりかたで愛でるべく、手を伸ばした。

あとがき

こちらは、慈英×臣シリーズのスピンアウト作品です。作品的時系列としては、『しなやかな熱情』と『ひめやかな殉情』の間くらいの時期の話になるかと。ノベルズ刊行時は『しなやか～』と今作は違う出版社でありましたので、今回文庫化させていただき、イラストも蓮川先生に描いていただくことで、やっと「シリーズです」と言える形になり、感無量です。

作品の時代背景としては二十世紀（笑）のジュエリー業界事情がベースになっております。ノベルズ版発行当時はまだそんなに遠い話ではなかったのですが、あれから九年近くが経過しているいまとなっては、催事の事情やそのほか、すでに伝説の状態ですね。数日の催事で億単位の売上など、平成不況のいまではあり得ない話だと、とりあえず補足しておきます。

照映の工房については、本来クラフトマンが最低十人はいないと、あの仕事量をこなすのは不可能なわけですが、キャラをあんまり増やさないようにしようと当時の設定で作っちゃっていたので、あまり大幅な変更は行いませんでした。お話上の嘘、ということで。

でもマンションを改装して個人工房にしているひとはけっこういました。これはほんと。

ちなみに照映じゃありませんが「芸大使えねえ」と呻いていた上司は芸大出身（院を首席で卒業）というのも実話でございました。作中に同じく、ある意味『工房』である現場では、社内のデザイナーや上司に絶対服従で動く、徒弟制度のようなシステムが強かったので、芸術性の強すぎるお歴々にはむずかしかったよなあ、といまになって思います。まあ、わたしのいた職場は業界で『タコ部屋』と呼ばれるほど過酷な会社だったんですけど……。

未紘の大学事情も、カレッジ制度からユニバーシティー制度に変わったところも多々あり、未紘のように学科の選別でてんやわんや、という状態があるのかどうか、正直いって謎です。ちなみに手元に持ってる資料は、友人のW大学法学部卒の子が二〇〇〇年当時使っていたものでした。まちこちゃん、九年経ってまた使ったよ、これ……譲ってくれてありがとう。

そして方言。最初は改稿で、いっそ標準語にぜんぶ直そうかと思いましたが、未紘のキャラやストーリーのキーワードにもなっていて、変更は断念。また、ノベルズ版では方言がわかりづらいため「なんちゃって九州弁」的な書き方をしていたんですが、福岡地方の読者さんに「間違っています」と指摘されたこともあり、今回はあまりにわかりづらいところにはルビを振ることにして、がっつり博多弁で書き直しました。なんで博多弁かと言えば、個人的な主観ですが、九州のなかでも特徴のあるこの方言は、ほかと比べて比較的文章化しやすかったからと、ネットで博多弁辞典のサイトがあったためです。資料としてとても使いやすい『逆引き』まであって、重宝しました。

で、まあ……エッチ長いのは、往年の某レーベルの規定ということで。削ろうと思ったんですけど、やたら懇切ていねいに書いてあって、削りようがありませんでした……。最近の私はここまで書かないなあ、としみじみしたものでした。これも時代ですね。

さて、そんなこんなのなつかしい作品を彩ってくださった蓮川先生のラフが、このあとのページに掲載されています。じつは照映のタオル巻き姿についてのカット指定がなかったのですが、ラフでいただいた絵が非常にステキで、是非読者さんにも見ていただきたいと思い、担当さんに「どうにか掲載できないか」とお話したところ、ＯＫがでました。

掲載許可くださった蓮川先生、今回もお世話になりました。照映、未紘、久遠とも、本当にステキで、改稿にものすごく力が入りました。またお世話になると思いますが、よろしくお願いいたします。

毎度ながらの大改稿、ほぼ書き直しの今作、またもご迷惑をおかけした担当さんには深くお詫びいたします。でも納得いくまで書かせてくださってありがとうございました。

それから、毎度の友人Ｒさん、ＳＺＫさん、冬乃、チェック協力ありがとう！

文庫化を待ってたと言ってくださった読者さん、はじめて手に取った方も、読んでくださってありがとうございます。またどこかでお会いできれば幸いです。

Shouei

Mihiro
Kuon

✦初出　インクルージョン……………ラキア・スーパーエクストラ・ノベルズ
「インクルージョン－饒舌な指先－」
（2001年9月）を大幅加筆修正

崎谷はるひ先生、蓮川愛先生へのお便り、本作品に関するご意見、ご感想などは
〒151-0051 東京都渋谷区千駄ヶ谷4-9-7
幻冬舎コミックス　ルチル文庫「インクルージョン」係まで。

幻冬舎ルチル文庫

インクルージョン

2009年6月20日　第1刷発行

✦著者　崎谷はるひ　さきや はるひ

✦発行人　伊藤嘉彦

✦発行元　株式会社 幻冬舎コミックス
〒151-0051 東京都渋谷区千駄ヶ谷4-9-7
電話 03(5411)6432[編集]

✦発売元　株式会社 幻冬舎
〒151-0051 東京都渋谷区千駄ヶ谷4-9-7
電話 03(5411)6222[営業]
振替 00120-8-767643

✦印刷・製本所　中央精版印刷株式会社

✦検印廃止

ISBN978-4-344-81683-1　C0193　Printed in Japan